欧洲时间

阿航 著

南方出版传媒·花城出版社
中国·广州

图书在版编目（CIP）数据

欧洲时间 / 阿航著. -- 广州：花城出版社，2021.9
ISBN 978-7-5360-9266-2

Ⅰ.①欧… Ⅱ.①阿… Ⅲ.①长篇小说－中国－当代 Ⅳ.①I247.5

中国版本图书馆CIP数据核字(2021)第143586号

出 版 人：肖延兵
策划编辑：程士庆　何　平　朱燕玲
责任编辑：许泽红　慈　琪
技术编辑：凌春梅
封面设计：DarkSlayer

书　　名	欧洲时间 OUZHOU SHIJIAN
出版发行	花城出版社 (广州市环市东路水荫路11号)
经　　销	全国新华书店
印　　刷	佛山市浩文彩色印刷有限公司 (广东省佛山市南海区狮山科技工业园A区)
开　　本	889毫米×1194毫米　32开
印　　张	9.625　　1插页
字　　数	185,000字
版　　次	2021年9月第1版　2021年9月第1次印刷
定　　价	49.80元

如发现印装质量问题，请直接与印刷厂联系调换。
购书热线：020-37604658　37602954
花城出版社网站：http://www.fcph.com.cn

目　录

I　我眼睛看树上，身边发生了事　　1

II　鸡零狗碎　　25

III　随波逐流　　61

IV　实与虚　　89

V　似乎意识到了什么，我既害怕又惆怅　　116

VI　撞上大头鬼　　129

VII　各式各样的人　　139

VIII　衣工场，皮工场　　171

IX　巴黎不相信眼泪　　185

X　这一家子　　228

XI　兔子　　246

XII　你要把这段经历写成书哦　　289

一 我眼睛看树上，身边发生了事

布达佩斯·初抵欧洲

吕璧：本文主角"我"，浙江青田人，1990年偷渡至欧洲，辗转欧洲各国谋生

周山：吕璧同乡

刘观水：吕璧同乡

万俊：吕璧同乡

邱丽华、叶碎民：吕璧同乡，一对夫妻

矮脚阿青、程建贤、鲁家常：蛇头

伍靖年：留日留学生，蛇头

1990年的秋天,我与一小群半熟夹生的乡人飞抵匈牙利布达佩斯机场。

周山在域外混过,要老到一些,他抛来一句话,腿不要哆嗦啦!我从队伍中偏移出半边身子朝边防检查亭观望,小心翼翼问周山,不是免签证的么,怎么还要在护照上盖章哇?排身后的刘观水说,这叫落地签。我仍旧一头雾水,腿脚勉强没哆嗦心口扑扑跳。那个灰色调亭子在我眼中一如屠宰场,似乎听得见霍霍磨刀声呢。

关键节点上我脑子开小差,琢磨起匈牙利边检人员的制服颜色。我从未见过这种颜色的制服,用老家的土话蛮接地气,称作屎黄色。身穿屎黄色制服的边检人员盖章盖到手发软,眼皮子半睁半开地在我护照上盖下老蓝色入境章。

一星期前,我入住北京大栅栏市井里头一家中不溜秋档次宾馆,这里的住客全为操我们那带方言的人。当年出境入境大部分得从北京机场过,这座名叫大方圆的宾馆处于中心位置,交通便捷且不显山露水,成为我们老乡出国回国的中转站与联络点。

刘观水能说会道,他这个房间出、那个房间进,搞清楚了同一航班的几个人头。动身头晚,他召集大家吃饭。周山颇显威仪说道,出远门,酒就不要喝了吧。一锤定音。刘观水赶苍蝇似的叫服务员把酒瓶子撤走,一律喝可乐。当年喝瓶装水刚兴起,我们这些来自小县城的人尚未接受,认为花钱买水喝不划算,而喝可乐则是一种时髦了。周山要了水,他说小孩喝碳酸饮料不好。

周山是从意大利回来的,他之所以绕道匈牙利走偷渡路线,缘于他两个儿子跟我们一样没有合法手续。

跨出机场,我的心情由阴转晴,如释重负,愉悦得很。蓝天特别纯净,白云如刚采摘的棉花一样,踩在脚下寻常不过的小方石路面及对过人行道上夹竹桃的红白相间花朵,一股脑给初次踏上欧洲土地的我留下了美好印记。

我与万俊从宾馆跑出来,他略微激动地说,刚才在车上看见报亭里……有黄色画报卖!在乘的士进城区路上,我见识到了传说中的蓝色多瑙河,以及多瑙河上架起的一座座漂亮桥梁。万俊的注意力,显然没在这上头。

经过一个汽车修理铺,几位穿橘黄色油污背带工装裤的工人靠在墙脚根抽烟,吹口哨,自由散漫的样子。不知何故,这场景烙在了我脑子里。

我在欧洲购买的第一样物什,是一本黄色画报。过去,一位在葡萄牙打工的同学曾给我寄过此类纸片,用复写纸夹在里头。据说当年中国海关检查严格,会把每封海外来的信件放在台灯下映照,而复写纸是不透光的。同学在信上说,"赤臀画报"在国外泛滥成灾,这几张便是从垃圾箱捡来的画报上剪下的。我与万俊在一处台阶上并头翻阅黄色画报,大气不敢出,眼睛犹如被磁铁吸住了似的。

回返宾馆路上,一辆巴士打我们身旁缓速驶过。巴士后头玻璃框内有位妙龄女孩倚栏而立,她凭空笑开了,灿烂如夏花。女孩挥手，双脚跳起来疯狂挥手。我们认为女孩的笑与挥手是对他人的，但环顾四周没人（当年匈牙利东方人面孔稀少缘故吧）。我们小跑着追赶巴士，边跑边乱舞手臂，直至巴士远去没了踪迹。我说要是我们会讲番人的话就好了。万俊说，如果我们会讲番人的话，那就追到停靠站去，她头发金黄像日头佛花，一眼能认出来的！

去一家小餐馆吃饭。

落座后跑堂拿来菜单簿，大家装模作样翻看，没见菜品图片。周山用意大利语对跑堂说要吃面，并辅之吃面手势，嘴巴吸溜出声响来。跑堂直眨眼睛，他听不懂这半生不熟的意大利话。小餐馆没啥生意，空荡的餐厅里仅一位男食客在喝面汤。周山站起看见汤水里头的面条，顿时双目发亮脸膛紫红，他将跑堂扯到食客面前指着碗里的面，大声大气地说了几个音节。

两位中年男跑堂各自娴熟地将四只冒热气大碗托出来，摆放桌面后，他们自我感觉良好脸露欣慰笑意，迟迟不愿离去。周山两个儿子动作最为麻利，手执长柄不锈钢调羹将碗里物什搅了个底朝天。大儿子带着哭腔嚷道，阿爸，这不是面条！小儿子用清脆的语气报告说，我数过了，有九根面条！大人们早已面面相觑，猜度这是番人用来配面包的面汤。刚才那位食客，在我们尚未注意上的时候，已经将面包吃进肚子里了。

邱丽华说，我肚皮饿到贴后背了，这几根面条哪能吃得饱哎。她老公叶碎民接嘴道，这么几根面条等于大猫（老虎）吃只蝴蝶嘛！刘观水板起面孔呵斥道，没老大在场，你们连面汤都买不来喝！不知从何时起，刘观水称周山为老大了。邱丽华与叶碎民变戏法般的换成笑脸，女的鸡啄米似的点头道，是呵、是呵，很难得了呀；男的更上一层楼说，这汤滚烫，高热能呢！周山舒展开盘菜脸，幅度颇大地舞着手说，番人比猪还笨，匈牙利和意大利都在欧洲呀，怎么就听不懂我的意大利话了？！俩跑堂一位离开，一位仍原地站着，傻傻看着这伙中国人的古怪举止。周山过去搭住跑堂肩膀，用调羹捞起两根面条递到他鼻子底下说，这个，中国人要吃这个！这几个词自然是意大利语了，铿锵有力。跑堂孙悟空似的转动眼珠子，然后恍然大悟样子发出爽朗笑声。跑堂再数了遍人头，在纸片上写下8字，打个问号。周山对他竖大拇指，OK！OK！跑堂进厨房后，周山一屁股坐下长舒一口气道，这回总算把这头猪调教明白了。刘观水眉毛一挑说，有老大在，还怕没面条吃啊！大伙埋头喝面汤。毕竟饥肠辘辘有面汤喝也是幸事。

刚喝完面汤，但见两位手胳膊黑毛密布的壮汉又各自托出四只热气腾腾的大碗。周山胸有成竹神气说道，番人的面条耐饿，碗也大，这一大碗打进去，到明天中午都能顶得住。刘观水唱歌似的腔调说，民以食为天嘞，出门在外吃饱穿暖最要紧嘞。说话间八只大碗摆上桌面，依旧清汤寡水，仅有的几根面条形同游弋的细鱼，欲沉欲浮。大儿子嚷道，阿爸，又是面汤哎！小儿子索性咧嘴哭开，呜呜声不绝于耳。俩跑堂的笑脸僵在那里，他们没法搞懂这些中国人为什么如此爱喝面汤,而小孩子的哭,更是让他们摸不着头脑了。

回到宾馆,我听周山房间动静颇大,自个房间里几人均不在。我磨蹭转过去,推开虚掩着的房门。周山坐地板上,抬脸看了我一眼。我没来得及琢磨周山投来的一瞥啥意思,眼睛即被他面前摊开的皮箱牵制住了。细化来讲是被皮箱里头的一筒筒月饼钩住了。这头沉重的皮箱,一路上由刘观水鞍前马后提着。我曾经纳闷皮箱里到底装了啥物什,把体魄健硕的刘观水提得龇牙咧嘴的,原来里头塞了半箱子月饼呢。离开中国前,中秋节刚过,周山皮箱里装有月饼倒是顺理成章的事。不过,其他人谁会提着月饼偷渡哇,人人都是轻装上阵的。

眼前,周山两个儿子左手一只月饼、右手一只月饼,正左右开弓,狼吞虎咽。

足足半分钟时间,周山没下一步动作。

他盯住月饼看,像是哺育了一群毛茸茸小鸡仔的表情。

这月饼……带到欧洲不容易呐!

周山终于开了腔。

空气霎时流通开来,人也活泛了。刘观水道,千山万水,这月饼成金饼了呀,你们看,一个个金光闪闪呐!

周山脑袋一垂,说,过来嘛。

大家围拢过去,从周山手上接过一只只月饼。

末了轮到我。

周山说，手伸过来啦。

我把手伸过去。

周山说，也给你一个啦。

周山与刘观水要去火车站摸情况。我说我也去可以吗？周山说，你这个不响屁今天出声了呀。刘观水噎我一句，你以为菜园子？不是随便什么人都能去的！周山道，让他跟来吧。

不晓得是布达佩斯哪座火车站，位于城中央。广场上鸽子成群结队。有位穿得破破烂烂的老头，身上佩戴不少金属奖章，一门心思地喂鸽子面包屑。鸽子纷纷落在老头身上，头顶上歇了一只，将一粒花白色鸟屎准确无误地落进他衣领。老头一惊一乍，逗人发笑。

步入火车站，设施陈旧，灰秃秃的没见一抹绿色。

站台挂钟指针摆在十点的上下位置（时隔多年，那只挂钟依然悬浮在我的脑屏里）。

蛇头为两位中年男人，一开腔便晓得是浙南一带老乡。戴眼镜的瘦高个儿说，匈牙利免签以来，每天拥进的人比蝗虫还多，好多人困在匈牙利了。没啥特征的那位说，碰见我们，算你们运气好啦！周山问，你们今天接到多少人了？刘观水嘴一撇说，一眼望到头，没见一张中国人面孔嘛。戴眼镜的瘦高个儿说，这趟车还真吃蛋了……不过说不定的，有时候一趟车下来几十人也常有的事。没啥特征的那位说，现在通过火车来的少了，大部分都乘飞机了，乘火车路途远，太吃力了……你们几位是飞机过来的吧?

我们三人去火车站旁的麦当劳吃午饭。

周山老马识途做派说,像麦当劳这种店多好,要吃什么手指头戳戳就可以了。刘观水拿话语敲我,瞧你探头探脑样子,该不会头次吃麦当劳吧?我不好意思笑笑说,还真被你说对了。我们"手指头戳戳"点了汉堡、炸鸡腿、炸薯条及三杯百事可乐。

刘观水说,他们这个偷渡费太高了。周山脸偏向我说,你别光顾吃了,也要发表意见的哦。我抬头说,我也这么认为,太高了。周山说,在一个集体里,每个人都要发挥作用,你说对啵?我吞下喷香的鸡腿肉说,晓得了。

天黑后,我们按戴眼镜瘦高个男人给的纸条搭乘的士去某街区,在一座灰蒙蒙洋楼前下车。

那天晚上的整体感觉是昏暗。街道上的路灯不甚明亮,旧楼进去的悬挂灯鬼火一般,人的脸面看上去双层叠影,四遭飘浮一团氤氲。电梯松松垮垮,噪声刺耳。记得是8楼,电梯出来是一条偏暗走廊,一眼望不到头。刘观水摸出打火机打上火苗。临近前,周山嘘了一声,示意火苗熄灭。与此同时,他做出一个往后虚推手势,傻瓜都晓得,我们得止步了。

情景有些吊诡。这种老式旧洋楼,临走廊这边墙壁除了门,另安有窗户。窗户拉上了窗帘,不严实,淡薄的灯光从一侧的隙缝泄漏出来。周山屏声静气,目光如炬。借助光线的映照,能清晰辨别出周山脸部表情。一种无法言喻的表情。

刘观水的注意力在走廊那头。一条幽深廊道，穿堂风时不时穿过，像是掀起了什么杂物。刘观水正是听到细微的窸窣声后调转脑袋的——他眼见有个人影子飘忽不定地移走过来，悄无声息，步步逼近……刘观水不禁骇出一身冷汗，脱口喊道，老大，有人来了！

房间里头传来一阵既急促又含糊的声响。而后针掉在地上都能听见了。

我们鱼贯而入。女人脸浮浅笑，腮帮现潮红，她边拢头发边将我们让进里间，是个小小客厅。我们仍站着。女人说，坐呀，喝点什么吗？女人将沙发上杂物清理到茶几上。周山问，你老公呢？女人说，你们是和建贤联系好的？

是的，周山将小纸条递给她看。女人说，这是鲁家常笔迹。原来她非戴眼镜的瘦高个儿男人老婆，是没啥特征男人老婆。

女人说，建贤和鲁家常他们去机场接人了，晚上有航班到。

壁柜上头摆着一个地球仪，这地球仪比我过去在国内见到过的要大一倍光景，相当醒目。我忖度它应该是房东留下的旧物吧。好几次，我想起身去转动地球仪瞧一瞧匈牙利这个国家处在哪个位置。

不多时，一位上身长下身短、稍稍有点罗圈腿的男人出现在我们面前（后来知晓此人为矮脚阿青）。矮脚阿青腋下挟条香烟。他与我们打过招呼后，略微夸张地将香烟扔在茶几上，说，大使馆刚回来，他们送了我一条配给的中国烟，我到现在还是吃不习惯番人烟。说完矮脚阿青将红双喜牌子香烟拾起拆开,丢给我们各一包。周山话中有话问,晚上大使馆……还搞接待?矮脚阿青虚张声势说道,我们老朋友了,随时随地都可以去的……主要是匈牙利现在华侨少嘛,大使馆的人容易亲民啦。周山调转话头说,欧洲国家到处都是中餐馆,匈牙利一家没有,搞得吃个饭都成问题。矮脚阿青说,有啊,有两家,香港楼比较好点,明天我领你们去。

奥地利驻匈牙利大使馆,楼房前头排着队。我们逛街经过,周山说,看这杆旗是奥地利的旗,碰碰运气看吧。大家接龙到队伍后头。周山的俩儿子要跑喷泉那边玩。喷泉的水喷一阵歇一阵,如一把硕大无朋的雨伞一会儿撑起一会儿收拢,搞出花头煞是好看。周山粗起脖子呵斥,一对调皮蛋乖乖排队,垂头丧气。见人家手上有张纸,周山跑前头窗口要来八张纸,是表格。刘观水将胸前原子笔拔出扫上一眼,哭丧着脸说,怎么填哇,全部是番人文哎……大家不约而同地将目光投向周山。周山恼羞成怒嚷道,老叔公又不是神仙,放个屁都要老叔公管呀!邱丽华是唯一一位女人,她挤出笑脸讨好道,在外国我们都是盲眼人,就周山哥是光眼人……只有靠你周山哥了哟。周山态度缓和了一半,说,我一个做厨房的人,整天和镬打交道,也就几句意大利话轧轧扁,这表格上的字眼同样一个不认识的。

队伍中有两位台湾女孩。甲女孩在乙女孩背上填写表格;然后调换位置乙女孩在甲女孩背上填写表格。她们是结伴出来旅行的，拿异国他乡当作自家后院，神情轻松自若。她们对不识洋文的大陆同胞态度颇好，替我们一一填写了表格。

第二天一早，我们分乘两辆的士前往匈牙利与奥地利边境小镇。周山胆量有的，头脑灵泛，他决定自个探路越境去奥地利。

路上开了几个小时车我忘了，反正路途不近。我乘的这辆车上有叶碎民、邱丽华以及万俊。他们不爱看风景，对车窗外如诗如画般的景色视而不见。没多大工夫，那对男女即歪倒在彼此身上沉睡过去，嘴巴不时搭出喷喷声。万俊坚持了一阵子，终究无聊透顶，眼皮子打架睡了去。

前几日待在布达佩斯城里，今天跑到野外，我的心情如一只放飞的鸟。在我看来，车窗外的景色色彩丰富，五彩缤纷。首先是天空，那么邈远，湛蓝无际。就算有云，那也是边界明晰的云朵，剪裁出来似的，白得逼人眼目。广袤的大地上，天晓得都种植了啥农作物，整齐划一，一块田地有一块田地颜色，清清爽爽，透气，赏心悦目。

的士在边境小镇小街道靠边停下。空无一人，极其静谧。行道树为某种花树，落英缤纷样子。两辆车上的人短暂汇拢，个个诉苦道，腰骨坐断了哎。周山与两位司机打着手势说话。周山过来说，这儿离边界还有五公里，我让司机靠到最近位置看看。

车子在一条泥土气息浓厚的乡间土道停下，我们跟在司机后头走了一截路。眼前为明丽的矮秆向日葵，平展展地一望无垠。我发觉有位司机胸前挂着望远镜，形同电影里的游击队员。司机举起望远镜看，再递给周山看。周山递给我们看时说，铁丝网看得一清二楚，铁丝网那边就是奥地利了。其实铁丝网肉眼也能瞧见，只是较为模糊，如葵花地里投下的一道暗影。周山说，再过去就要吃子弹了。

是晚夜阑人静时分，听到轻轻叩门声，我一骨碌从床上爬起。

从边境地带回来入住宾馆后，我给奥地利一位亲戚打电话，他人不在，我给他打工的餐馆留下了就住宾馆电话号码。现在亲戚电话打来，让服务员叫我下去等候电话。

边境小镇的这家小宾馆，白天听到最多的是鸟叫，夜里头无鸟叫，啥声响没有。两个标间大小的宾馆大堂，栗发女孩坐在登记台后头，我坐在一张双人沙发上。我想吃根烟，烟从口袋里摸出来又放回去了。人来到欧洲，环境使然吧，连我这种随便惯了的人也有所顾忌了。

我偷偷朝栗发女孩看。女孩在番人里头不算好看，挺普通的。但毕竟是我人生中第一回单独与异族女孩待一块儿，况且是在如同太虚之境的深夜里。那种想要交流的欲望很强烈，可就是张不了口。一个大活人，不聋不哑，可不会说话，也不会听话，折磨死人啦！

我看见服务台上摆着一台收录机，便想起自个背包里携带有几盒录音带呢。我对音乐谈不上喜欢，门外汉。有段日子，老家文化馆一位朋友和我隔三岔五去一家叫地中海的小酒吧喝啤酒。那时小县城里只有饮食店、大排档与酒家，都是吃饭带喝酒的，没有光喝酒不吃饭的地儿。地中海酒吧开风气之先河，非但可以光喝酒不吃饭，还可以听歌。文化馆朋友是位白面书生，有文化、有音乐细胞，他自带录音磁带，叫小老板将俗不可耐的港台歌曲换下来。出国前，白面书生把几盒我听熟的录音磁带给了我。

我三步并作两步上楼从皮箱里掏出一盒录音带，是理查德·克莱德曼的钢琴曲。我把录音带递给栗发女孩，两人没说话倒也默契，她将录音带插入卡里，揿下开关键。眨眼工夫钢琴曲弥漫开来，如水流一般无孔不入。

栗发女孩笑意呈现，眼珠子眨个不停，生动极了。我明目张胆地与她对视，换来栗发女孩的款款一笑。白面书生说的没错，音乐是天籁之音，无国界的。

电话终究没来，回房间前我将印有白净脸蛋法国钢琴家图像的录音带壳子递给栗发女孩，示意这盒录音带送她了。栗发女孩心里头或许也是有东西表达的，同样表达不了。我记住了那个迷人的笑。

深一脚、浅一脚飘飘然上楼，在楼道上碰见从周山房间带门出来的邱丽华。我弱智般问，周山哥的儿子……他们睡哪儿啊？邱丽华向我扮了个意味深长鬼脸，你说呢，他们睡他们该睡的地方呀。

早上吃过宾馆的免费早餐，我与叶碎民踱至大堂，两人隔茶几对坐。叶碎民递烟给我，我说最好不要吃了吧。叶碎民不管，边点烟边说饭后一支烟，赛过活神仙的话。透过玻璃墙外的树木间隙，能见着一条车道，时不时地有车子驶过。这座边境小城，到底有了人间烟火气。

叶碎民好奇地捧起玻璃捐款箱，眯上眼睛瞧里头花花绿绿纸币，说都是些什么乱七八糟的钱哇，一张不认得。服务台后头，已换为亚麻色头发的女孩站起朝这边看过来。她自然是礼貌的，但眼神有异样。叶碎民心一急脱口而出道，我不会偷钱的，我要捐钱呐。叶碎民说的是青田土话，听得女孩直眨眼。叶碎民从兜里摸出零碎人民币，几张皱巴巴角票，煞有介事地将塞入捐款箱里。叶碎民说，这些钱在欧洲等于纸了，把它捐掉吧！叶碎民抬头对女孩说，我捐了很多钱哎！女孩听不懂话，但她看在眼里，嫣然一笑。叶碎民对我说，这番人囡肯定认为我是阔佬捐大款了呢。

布达佩斯某宾馆大堂——我们与那位没啥特征男人程建贤待一块儿。

程建贤散过烟说，孙悟空总算有本事了，可跳得出如来佛手掌心么……光有勇气有用么，没用的，每一个行当、每一块地盘，都得按规矩来的嘛。刘观水点头道，程先生的话太有道理了！程建贤续说道，据说你们去奥地利使馆碰过运气？人家怎么可能会给白蛋护照签证（所谓"白蛋护照"是指没有签证的护照）！我说有两位台湾女孩签来了。程建贤说，你不照照镜子看，你能和她们比吗？"台湾护照"全世界三分之二国家免签的哦。周山吊起嘴角问，鲁家常、矮脚阿青怎么没来？程建贤道，鲁先生另有任务，阿青嘛，太懒，一天24小时让他睡都能睡得着，恐怕还在睡大觉呢。周山嘲讽口吻说，你说矮脚都在睡觉肯定不对吧，他不是半夜里还跑大使馆么。程建贤说，他外交能力强，和大使馆关系好嘛。周山讪笑道，你们倒是各有分工嘞。程建贤道，那是的，不分工明确不行啊。刘观水听了这话，一副忍俊不禁的样子。

领我们过境的人名叫伍靖年，是位留学生。让人匪夷所思的是他并非留学匈牙利的留学生，也非留学奥地利的留学生，而是隔天隔地的留日留学生。为什么会由一位留学日本的留学生领我们过海关呢？个中原委，接下来即可明白了。

我眼睛投向大堂玻璃墙外，见一辆轿车驶过来停下，车上下来一位穿皮夹克、大头皮鞋的男人。我脑子里头的"留日留学生"形象与眼前这人对上了号——我嚷道，是不是就是这人哇？程建贤用力地摁灭烟头，掸掸衣服站起说，他从维也纳赶过来了，我们出去！

伍靖年这人，可称得上朝气蓬勃，他大步流星地朝我们走来朗声打招呼道，大家好啊！听口音是外省人，普通话溜溜的。

我们分两批走人。

与上几回不同的是刘观水和邱丽华调换了位置，刘观水坐上我们这辆打头阵的车。

车子动身时，周山说，顺风顺水哦；邱丽华一手牵住一个周山儿子，频频点头笑容可掬——瞧这阵式，倒像是热乎乎的一家子似的。

"落单"的叶碎民，莫名其妙地精气神十足，高昂起头颅嚷道，就是下油锅，也让我们这车人先做试验品吧！

刘观水一脸不屑，差点没蹦出那个吓字。

车子行驶一阵后，刘观水挖苦叶碎民道，你倒是个大公无私的人噢。叶碎民在狭小空间伸懒腰打哈欠，不搭理刘观水话茬。

车子驶入边境村子，拐进一户农屋院子。一位当地农民打开木栅栏院门，里头迎出一条大狗和一位系花围裙大妈。大妈与伍靖年拥抱，大狗摇尾巴团团转，气氛显得亲热。伍靖年对我们说，这里的人很淳朴的。

在这儿逗留的目的是放松。洗个澡，换上光鲜点的衣服。叶碎民穿上西装扎起领带。伍靖年皱眉头道，越穿越土气了，赶紧换掉。叶碎民一脸委屈说，我皮箱里就这套衣服最贵了，一千多……伍靖年口气缓和些说，不是贵不贵的问题啦，日本人出来旅游是穿休闲装的懂啵？伍靖年调过头问我和万俊，你们包里有带书吗？拿出来。万俊很不情愿地从双肩包里拿出黄色画报——已被他翻阅到海带般卷起边角。伍靖年说，不是这种书啦，是有中文的书，我们的身份是日本观光客，中文书会露马脚的！刘观水凑过来说，我们大老粗一个，不可能带那些没用的东西。

上路前，伍靖年将所有车窗玻璃调到三分之二的位置。他解释说，秋天的天气，窗户全开太冷，不开太闷，关键是关上窗户让人生疑心，不关么，人家一看你们不像日本人嘛。

车子朝向边防海关驶去。有那么片刻，车厢里没有一点声响，仅剩马达有规律的嗤嗤声。伍靖年突然想起似的按下车音响开关，是日语歌曲。我自然是不懂啥日语的，但抗日电影看多了，这点还是能够搞灵清的。跟开三分之二车窗道理一样，这音量的大小同样有讲究，能听得真切（是日语），但不至于喧宾夺主，影响说话。

伍靖年说，细节决定成败。

但还是差点出了纰漏。

在海关检查站，边检人员弯下腰向伍靖年索要护照时，伍靖年故意先说上两句日本话。这两句日本话是说给番人警察听的，没啥所指，乃是为了证明这车人属货真价实日本人而已。可叶碎民以为这是叫他拿出护照来，手忙脚乱地从内兜里掏出了中国护照……番人警察接过伍靖年交上的五本印有银色菊花图案的日本国护照同时，瞥了一眼叶碎民手中的中国护照……谢天谢地，这位警察并没在意。

过关后，叶碎民被伍靖年骂了个狗头喷血。叶碎民应嘴道，番人分不清日本人和中国人，难道就能分得清中国字日本字？伍靖年吼道，一个人身上有两本护照……那就是犯法，你懂不懂！刘观水说，留学生先生，我们干脆把他放下吧。伍靖年没接嘴。叶碎民白一眼刘观水，说，观水，我们前世无仇、今世无冤，你就这么看我不顺眼?

毕竟视叶碎民为生财的客户,气头过了的伍靖年并不想太难为他。为缓和气氛,他扯起刚才近距离所见的铁丝网。伍靖年说,这道铁丝网,是东西方两大阵营的分界线,北约与华约,资本主义与社会主义,在这里被分割开……不过很快将成为历史了,柏林墙已经在拆,这里的铁丝网只是时间迟早的问题啦。

抵达维也纳已是华灯初上。在街道上,伍靖年指着一座灰蒙蒙的巍峨大房子说,这就是维也纳歌剧院。除我之外,其他人连嗯一声都没有。我这点小名堂不用说是从白面书生那里拾来的——记得他说过,一个歌唱家如果能在维也纳歌剧院登台演唱,绝对是业内最高档次了!

伍靖年将我们一干子人卸在一家中餐馆。在这里用"卸"这个词没错,他收钱拍屁股走人了。伍靖年说,我得连夜赶到布达佩斯,明儿早上接他们几位过来。刘观水问,那我们怎么办?伍靖年说,我的任务完成了呀,我已经把你们安全接到维也纳了啊。刘观水道,问题是我们两眼一抹黑,接下来怎么办?伍靖年说,这里不是中餐馆吗,有投币电话打电话……如果没这儿的钱,可以找老板换。

老板是位台湾人,相当瞧不起刚偷渡过来的大陆仔。我们拿美金跟他调换奥地利先令,他自始至终没开腔搭话,像是个哑人。

我乘出租车来到亲戚餐馆。刚一露脸即被跑堂拉到角落头去,跑堂压低声音说道,客人在用餐,你这副样子会把人吓着的。女亲戚不知何故在屏风后头,她从里头转出说,奥地利餐馆12点才吃晚饭的,你饿不饿?

吃过晚饭,我与下班工人一块去工人宿舍。

一位面善的同乡妇人悄声问我要不要打电话?我没答话。她说,刚得到消息,有个电话亭被人做了手脚。我问,什么叫电话亭做了手脚?妇人道,打电话不用花钱呗。

那是维也纳偏僻街头,电话亭前面排着长龙,全为外国人。妇人对我说,大部分是土耳其人。所谓"做了手脚",即为投入一枚硬币,可卡住无时限通话,挂机后硬币才应声掉落。天快亮时轮到我们。我拨通国内家里电话报平安。因为不花钱,我家每位成员都接过话筒说上几句,连年迈的外婆也漏着口风对我叮嘱了一通。我给意大利亲戚打电话,说自己人已在奥地利。亲戚说意大利大赦后人满为患,替人白做工都没落脚点……他叫我干脆先在奥地利找份工做。

两天后,恰好面善妇人轮休,由她领我去刘观水亲戚餐馆。

乘巴士时,我与一位多年未见面的女同学碰上。女同学背着背包,急匆匆要下车,她说我赶着上班,对不起再联系吧。转换巴士,我又碰到了一位熟人。妇人对我说维也纳青田人多,随时随地都能碰见的。

妇人说老乡多,他们搞了一个逃票小团体。十几二十来人口头达成协议,谁逃票被逮住,罚款的钱由大家平摊。这样子等于上了保险，算总账逃票罚款的支出比买票的开支要节省一半。

万俊比我先一步到，他与刘观水两人站在餐馆外头吹着烟。我走过去问，周山他们还没来？刘观水脸色不太好看，他说，在奥地利周山老三老四不到哪去的！万俊问，你们……有疙瘩了？刘观水说，你蒙在鼓里，吕璧有数的。我摇头说，我不晓得呀。刘观水把我拉到一旁去，说，那天晚上去程建贤家，那家伙的老婆和矮脚相好的事，你清楚的吧？我想起矮脚阿青坐下时，老灰毛料裤子内侧裂开一条缝，里头的红裤头分明可见，怕是慌乱中蹬脱线掉的。我点点头说，我前后搭起头了，周山当时通过窗帘的缝应该看见了房间里头内容的。刘观水愤愤不平说，周山打蛇打七寸，凭这点敲矮脚竹杠，矮脚阿青答应只要不把他的事张扬出去，给四个免费名额……周山和儿子自己拿走三个名额，还有一个名额他给了邱丽华……我和你是见证人，见者有份对吧，这个名额按理讲不是给你就得给我，怎么也轮不到邱丽华的！

一辆小型卡车停歇餐馆门口，下来一位脸色冷漠男人。刘观水转身将半截烟扔进摆放门口小桌的烟灰缸里，迎上说，阿舅，买菜回来了呀。冷漠男人没吭声，放下小卡车挡板。刘观水一马当先搬起一箱鸡蛋，往餐馆走时他板起脸孔嚷道，你们两个……呆头鸡哇！我们醒过神来，手忙脚乱地扑向小卡车搬物什。

刘观水教导我们道，人到欧洲，见到活抢着干，没其他路走的，这里不是吃大锅饭社会哦！

搬停当后，我问跑堂开水瓶在哪里？万俊说，我也口渴了。

冷漠男人开腔道，欧洲没开水瓶的。他叫跑堂接两杯自来水给我们。我迟疑问道，喝生水……会肚子痛吧。冷漠男人讽刺语气道，你以为这是中国的自来水，奥地利自来水没细菌的啦。

周山父子与那对男女前后脚到。

周山老样子，大摇大摆，先在餐馆门头看上几眼招牌，又在餐厅转上一圈。他问冷漠男人，有多少生意做啊？冷漠男人呵斥周山儿子，不要乱跑，餐期马上到了！

刘观水从厨房出来，身上换成厨师行头。周山说，已上班了？刘观水懒洋洋回答，做牛有田犁就不错了噢。周山道，才隔没几天，你换了个人了哦。刘观水道，像我这种实心蒲瓜，只有靠牛劲马力啦。

周山不吃这套，要离去。刘观水说吃饭时辰到了，大家在这儿吃饭吧。周山私下对我们几位说，这还马马虎虎嘛。

至少在当年，欧洲中餐馆是没备圆桌的。番人分餐制，无需圆桌子。冷漠男人作为店老板，亲自动手在里头小餐厅拼出一张长桌。他神色发生变化，不再是一张猪肚脸。

老板对周山解释道，你意大利待过晓得的，中国人吃相丑，人家看了影响生意，这餐厅周末周日派用场，平时不坐客人的。

菜肴较丰富，在中餐馆算高档的大虾之类也端上桌了，喝的是葡萄酒。

喝一口葡萄酒，包括我在内好几人出洋相。在国内喝的葡萄酒，比如新疆甜葡萄酒和民权白葡萄，一种粉红、一种竹叶青色,均为甜味。而这口葡萄酒酸溜溜的。我们纷纷嚷道,这葡萄酒酸死了,变质了吧。周山嘿嘿笑道,你们在中国喝的是糖霜水,顶多算果汽酒,葡萄酒本身是酸味的啦。

刚才摆放餐具时,周山叫跑堂不要摆刀叉了,拿箸来就行。老板说,箸也摆上。我知趣只管取箸进食。叶碎民好高骛远,一手执叉一手执刀。邱丽华五十步笑百步,锁起眉头说,右手拿刀左手拿叉好啵!叶碎民满头大汗,敲得盘子乒乓作响。老板三步并作两步跃进来,食指竖在鼻尖下低嗓门说,你们千万注意点啦,客人头朝这边看过来了!

透过屏风隙缝,但见外头主餐厅的食客个个俨然,正襟危坐。飘浮着江南丝竹音乐与窃窃私语声。的确斯文啊。

叶碎民餐刀落地,好几人啊了一声。怕是餐期间忙吧,没见老板扑进来。邱丽华挨周山坐,叶碎民坐对面,她金鱼眼圆睁怒斥道,比猪还笨!叶碎民哭丧着脸说,谁天生就会使刀叉的呀,叫番人使箸看看,能弄到嘴里去我卵都不信。邱丽华提高声调说,比猪笨,比茅坑石头臭又硬!叶碎民苦着脸求助周山,周山哥,你给说句公道话么,丽华她说话是不是过分了呀。周山说,丽华过分了哈。邱丽华说,叶碎民,跟你在一起八辈子洋相都出了!叶碎民眼睛再停在周山脸上,说,周山哥你给评评理么,我不会使刀叉……就把她霉倒掉了?周山一如威严的家长说道,每人都少一句,有什么好烦的!

后半场,刘观水脱去厨师服进来。周山问,忙停当了?刘观水说谈不上忙啦,生手插不上手,我舅让练习练习啦。周山说,那就坐下呗,这一分手,不晓得何年何月大家才能见着面喽。邱丽华不无伤感说,刚认识,就要分手了……刘观水吃了两口双冬牛肉,边嚼边说人生是连续剧,一幕与一幕总得有点不同意思的。周山说,观水你拿杯来,大家干一杯,好聚好散哦!

这顿饭吃了三四个钟头,餐厅已没一位客人。周山打着饱嗝问,洗手间在哪里?便有跑堂向他指点。周山拉着裤裆拉链出来,他两个儿子兔子一样钻进洗手间。周山对老板说,多谢观水舅舅客气了,中午的葡萄酒不错,给他们这些不会品酒的人喝浪费了。老板道,一般客人是喝不起的。

跑堂递了张纸头给周山,说账单。周山一愣问道,中午不是……你们请客么?老板道,已打九折了呀。周山说,钱是小事,可、可这算什么噢……周山拿起账单瞄一眼,说,这么贵?吃山珍海味了?这单我不会买的!周山话音刚落,那边洗手间里传来两个儿子的呼喊声,阿爸,快来开门,我们出不去了……周山掏出皮夹递给跑堂几张大钞,说不用找了。

刘观水跟出来,理直气壮说道,周山,不是我刘某人做人不地道,是你色心太重欺负人,这个教训要记牢哦。

餐馆门口的树上掉下一朵花,不偏不倚落在我鼻梁上。我抬头看树上,满树的花朵呈欣欣向荣气象,怎么就有一朵掉下了呢?再看地上时,但见有朵落花在那儿弹跳……细看是只耳朵!

刘观水用手捂住耳根处,龇牙咧嘴发出鬼哭狼嚎声,血水渗透出来,一滴一滴落进他脖颈。餐馆里冲出好些人,男男女女,印象深刻的是一位胳膊缠条青龙壮汉,手持尖头厨刀杀气腾腾……环顾周围,周山父子仨不见了。

II 鸡零狗碎

因斯布鲁克·冰柜里藏身

赵姓男人（赵刚强）：吕璧父亲同事的儿子，奥地利某餐馆老板

留成连：醉仙楼餐馆大厨

二厨：醉仙楼餐馆二厨

张放鸣：装修队工头

白面书生（杨舜尧）：吕璧国内的朋友

按纸条地址打车去碰万俊。万俊年纪与我相仿，懂的比我多。他寄居在一位苦哈哈模样女孩的小阁楼里。万俊对我说，他与女孩属表兄妹关系，所以住一块没事的。这不是此地无银三百两么，关我屁事。我问起那天的事，周山两个儿子是怎么走的？在我看来周山身手敏捷，脱身肯定没问题，但两个懵懵懂懂的儿子咋就没拖后腿啊？

　　女孩在番人罐头厂干削果皮之类杂活，蚂蚁搬家一样搬回许多处理品罐头，她问我要吃哪种水果？我说随便。万俊说你这人慢半拍的，难道你没发现那娘们不在场了么！我脑子过滤一遍，确实没有邱丽华的人影子。万俊说，一出店门，那娘们拉上周山儿子就开溜了，悄无声息，像猫一样。我问，你说现在他们是一种什么情况，邱丽华是跟她老公在一起……还是直接就跟随周山走了？万俊几分老成地说，周山老婆在意大利，他只是玩玩而已，不可能把那娘们带上的。我还是理不清头绪。女孩将倒入碗里的罐头枇杷递给我，白了万俊一眼。

　　在小阁楼弄点吃的填肚子后，女孩送我们去火车站。这位瘦小的女孩可说是位有情有义的人，她替我们买了火车票，再去车站商店买来两只包装好的食品袋，没收我们钱。上车前万俊对女孩说，等我在欧洲混出人模狗样来，一定会回报你的。女孩急促地说，不要、不要……连脖子都赤红了。这数天在小阁楼里，或许她常是这样一副样子吧。

　　那本烂如海带的黄色画报万俊仍随身携带着，此时他在座位上再次翻阅。我说都看过的,还看?万俊埋头说,看不腻的。我说刚才忘了问你表妹了,到那地方要几个钟头?万俊说是呵。他说归说,仍旧身子不动翻黄色画报。我心理素质不过关,每停靠一站,便心急火燎地持票问询。这里的"问询",自然是肢体语言加胡说一气了。我拿手指戳戳票头,再伸臂戳戳站台上站牌。有位身旁伴着女友的番人无比聪明,他先是用力摇头,很严肃的表情,然后指着腕上手表让我看,总算把我搞懂了。我对万俊说,还早嘞,四点多才到,那么远。

我们打开食品袋,里头一个夹肉饼沙拉菜番茄汉堡包,一个红绿色苹果,一瓶在中国叫芬达的饮料,一张对拆纹花头餐巾纸。吃过后,万俊用餐巾纸抹嘴巴说,番人他妈的讲科学,营养荤素搭配得好!我说颜色也丰富。

一路上都是树木,大片大片一眼望不到尽头。少数村镇房屋色彩跳跃,小巧玲珑一如积木般嵌在浓绿淡绿的海洋中。迎面扑来一座巍峨大山,同样绿莹莹森森然。我大惊小怪嚷道,万俊你快看,要进山洞了!万俊头没抬一脸坏笑,你看你的山洞,我看我的山洞呗。万俊腿上摊开的画报页面,是张女性私密部位的高清特写图片。我说你整天看就不怕看盲眼了哇。

到因斯布鲁克后,我们随人流出站,外头照样是广场,鸽子稠密,行人行色匆匆。环顾四周,没看见中国人脸孔。

欧洲的店铺,下午三点至五点半一律关门休息。我们打车到那家餐馆的时间为四点半光景,大门紧闭。不过这不打紧的。看见了中国字眼，我的心魂即踏实了。当时的感觉，在满眼洋文字母地界，见到象形文字就如同见到亲人一般，别提多亲切，多让人放心落胆了。

餐馆在二楼，我们坐在宽敞的大理石楼梯阶等候，吃上烟。

有几分似旧时中草药铺掌柜模样的赵姓男人边说话边走上楼梯。此兄发型三七开，油光锃亮，拿我们老家的话形容，是苍蝇都歇不住得滑滑梯的。藏青小马夹，藏青毛料西装裤，脚上为一双黑布平底松紧鞋子，一尘不染。与他对话的男人抬眼看见我们，说，人在这里了！赵姓男人舒口大气道，谢天谢地，人总算没走失，要不然叫我怎么交差噢！原来他们已是去火车站接了的，迟到了片刻。赵姓男人从马夹兜里取出一柄骨质小梳子梳理发丝，说你们应该在原地等候的……我一看没人，都惊慌失措了！

我与赵姓男人先前不认识，但有关他的情况基本了解。他是我父亲同事的儿子，十年前去了联邦德国的慕尼黑自费留学。在我家的饭桌上，可没少议论这个人。我大哥与他同岁，我二哥小他两岁。我父亲常拿他来鞭策大哥和二哥，说人家都出国留洋了，你们连个中专都没考上。我对传说中的这人非常羡慕，认为他是生活在天堂里的人。想象中的他风流倜傥，气宇轩昂，一派踌躇满志的精神头。

出国前，父亲领我去赵伯伯家。父亲将亲戚送的一对瓶装好酒让我拎上，说你赵伯伯喝酒的。我父亲自个是位贪杯之徒，但一直没碰这两瓶酒。赵伯伯说,自己人……不必客气啦。我们父子显然局促,手没地方放的样子。赵伯伯说,坐、坐,我泡两杯茶。我父亲说,一杯就可以了,老三喝不来茶叶水的。赵伯伯说,家里饮料倒是没有。赵伯伯从抽屉里翻出航空信封,抽出一张卡片,这是我儿子店的名片……不过他不待在首都的,不晓得用不用得上啵。我父亲说,不管哪里,总归是奥地利的城市,麻烦你跟赵刚强打声招呼吧,出门在外多条门路多个保险嘛。赵伯伯写了一封言辞恳切亲笔信交给我(在匈牙利边境蛇头伍靖年问有没有带中文书?我没将信交出)。

在维也纳时,我本想在当地找份工做的,亲戚说这边是首都,你没居留的人还是去小城市打工安全。于是我给赵姓男人打电话,他说这里刚巧有个工位你来吧。我吞吞吐吐问,我有位朋友一块出国的……也想过去,可以吗?

赵姓男人对我们不赖,除了招待吃住还领我们逛了一逛。赵姓男人说因斯布鲁克这座城市,处于奥地利西南位置。此人说话喜好用书面语言,你们瞧,小城多么美轮美奂啊,它夹于阿尔卑斯山的山谷里头,河水欢腾泛白浪,绿树层层叠叠,抬头便能见到白雪覆盖的山峦,而市区里的气温呢,又不会太低,稍稍偏冷,大体适宜。拐过街角他又说,你们看,一条笔直大街古色古香,尽头那幢金光闪闪屋子,是昔日皇亲国戚的黄金殿噢……

一日,我与万俊自个溜出来溜达。因斯布鲁克这城市是不大,但我们还是迷路了。我们越走越远,走到了城市的边缘地带。此时我们脚板酸痛,后背汗津,站桥上吹冷风吃烟。

天如一口倒扣的镬,乌黑瞬间漫延开来,天地融为了一团,我们不觉慌了神。神一慌张,方向感愈发错乱,前头出现大片苞萝地,苞萝秆子在夜风扫荡下,群魔乱舞。

人在郊外的好处,是不会再反方向一意孤行了。一边为黑暗,一边为万家灯火,傻瓜都晓得往灯光稠密处走啦。我们重新返回城里,在街角拦下的士。万俊说,你把店片给司机。我一摸口袋说了声糟了,店片没带身上。司机缓速开车,让我们辨识车窗外景物,见了鬼似的,没一处眼熟的。

司机座位旁有支原子笔,万俊见到原子笔眼睛一亮,瞬间脑洞大开。这家伙将笔杆竖直,大拇指倒过来顶在笔端上。司机看上一眼,如孙悟空般眼珠子滴溜溜转,茅塞顿开放声大笑。车子调头,马不停蹄朝前头开去,果然到了目的地。赵姓男人的餐馆外头有个袖珍广场,立一柱子,柱子顶端立了个啥青铜雕塑人物。万俊拿原子笔与大拇指做比喻,司机却能够心领神会触类旁通,可称得上是奇葩一朵。诚然,更称得上奇葩的当推万俊了。

比萨店坐落在半山腰,对门有所色调明丽学校,附近盘着个村庄。说来奇怪,整座村庄屋背上、田地上积雪颇厚,而稍下头的山坡却一丁点雪的痕迹都没有。

开着车的赵姓男人依然用书面语说道,这是分界线,年年如此泾渭分明,绝对不会混淆的。

比萨店单间店面,摆放两三张长条形小桌子,顶多坐十几人。老板一个，员工一个，他们是一对老年夫妇。老年夫妇小本经营这家披萨小店四十余载，风调雨顺。现今有些吃不消了，力不从心，需招聘一位员工来搬运货物、打扫卫生、洗刷盘子。

午餐时间，身穿统一校服的学生娃马蜂一般扑过来。如形容女生的话，那得说蝴蝶蹁跹而至了。气温那么低，而女生校服下头搭配的是墨绿色格子花头的呢裙子。当然，她们的长筒袜子厚实得很。

赵姓男人起身要帮忙，老爷爷笑着叫他只管坐下；万俊插上去撸起袖子，老爷爷拍拍他肩膀，示意他坐下。我见前头两人插不上手，提起的屁股重落回椅子。

赵姓男人说，这店做学校学生生意，生意有条不紊、稳扎稳打的。

从比萨店出来，外头落起细如粉末的小雪，似有似无。赵姓男人凑近我说，他们嫌你的手不是一双劳动的手。我没答话，心里头已全然明白。

昨天下午休息时段，赵姓男人与我在空餐厅里喝酒，两碟配酒菜，一瓶红酒。他老婆转过来说，上班后就没酒喝了。我说，我喝不喝酒无所谓的。她说，香烟最好也戒掉，年轻人叼支烟给人印象不好……番人店里连厨房都不准吃烟的，还有一个规矩，不管有没有活干，都不可以坐下的。我问，活干好，歇歇力都不行？她说，你可以站着歇啊，中国吃大锅饭的毛病一定得改哦。赵姓男人说，起码上班时间烟瘾得熬一熬了。我不无担心说，我不会番人话……和他们怎么相处哇？赵姓男人道，话可以学嘛，干粗活话不懂关系不是很大，勤力好学最为要紧，人家贪图的是雇用中国人薪金低廉。

今天上午来之前，万俊跑出来说他要跟来，到山上看滑雪。赵姓男人道，滑雪场还远着呢，得上崇山峻岭方可抵达。万俊说那也没事呀，到山上透透空气啊。赵姓男人轻飘飘的步伐停顿下来，左右为难神态。

我说让万俊跟我们去吧。

没料想节外生枝，对方相中了凑上来的万俊。

好在天无绝人之路。几天后一位餐馆老板给赵姓男人打电话，说需要找一个没居留的生手工人（没居留生手工资低）。赵姓男人道，你是不是已摸清门道了，怎么如此奇巧？我这里正好有一位家父同事的儿子，与你所提条件严丝合缝呢！

醉仙楼中餐馆所在位置，前没村后没店，独门独户。

厨房里原先三位员工，大厨留成连，二厨和一位南斯拉夫女帮工。餐馆当初生意，厨房配备三人已能应对。生意上升后，老板招了我这位生手。

厨房很小，南斯拉夫女孩屁股很大，这是我第一天上班烙下的印象。一礼拜后，我也学样吃起女孩豆腐，揩点零碎便宜。在这么一个狭窄空间里，眼前晃动一位丰腴的异族异性，那是太容易堕落了。首先榜样摆在那里，榜样的力量无穷。大厨留成连，眼睛眯缝如线，脸庞白里透红桃花色，一看便可断定是位色眯眯之徒。二厨假惺惺，脸无表情，少言寡语，出手利索稳准狠，比起会叫的狗留成连来有过之而无不及。其次，南斯拉夫女孩虽谈不上漂亮，脸型偏长，嘴角生黑痣长黑毛，面色因缺少日照而显出病态的白光。但人家的穿戴有味道。她头上扎方素花丝巾，米黄色对襟羊绒衫，下身一条浅灰色筒裙将硕大无朋臀部包裹瓷实，脚上通常一双白色镂花皮质拖鞋，棕黄色半高跟鞋底。就算干活系的围裙，也是她自个携带的，绣波浪形花边，富有居家的休闲气息。

女孩寻常动作——稍许弯腰在不锈钢水槽前洗刷盘碗，或拣芹菜沙拉菜什么的——厨房里三位男人六只眼珠子，齐刷刷地全扣在了那张磨盘大屁股上。大厨留成连在炉灶糊春卷皮，走神烫了手；二厨在砧板切红萝卜丝，眼观别处切下了一片指甲皮；我在案板上和好大一团面，一心多用顾此失彼蹦出一个脆生生的响屁。

留连成老大不爽嚷道，吕璧你太煞风景了哎，扫了老叔公的兴头！

轻易不开腔的二厨发话道，厨房本身鸡坍般大的弹丸之地，空气不流通，吕璧你不应该把屁放在里头的，应该到门外面去放的……这股腐朽臭气……啧啧，实在要人命哟。说过这家伙丢下菜刀捏住鼻子，眉头皱出一层猪肚皮。

我心里不服气，不敢大声出言，含糊不清嘟囔道，响屁不臭，臭屁不响，何来之臭？

南斯拉夫女孩刚来上班的小半年，住在放杂物小间里。天天出状况。窗户纸糊上没几日，铁将军把着关呢，不知何故就被抠出一个眼睛状的椭圆形洞；挂上窗帘，当天就被烟头烫了，窗帘布上印染的喇叭花紫黑色，掩蔽了小洞。待她发现这个直径烟头大小的洞时，不晓得已被偷窥多少日子了。房门同样出问题，严丝合缝的门板，女孩有天半夜睡醒，发现映照进了明月光，地上条条缕缕现出了白霜。门锁至少坏过两次，锁孔里头残留半截折断钥匙。

　　夜头去洗手间，步步惊心。女孩照着手电筒，未走到走廊灯开关处，身后即有只爪子夺走了手电筒，立马陷入一团漆黑。更为夸张的是有回洗手间里头埋伏了人，女孩魂飞胆丧，一泡热尿撒在裤裆里。

　　自"洗手间事件"后，女孩不敢住这狼窝里了，她买来二手电瓶车，上午骑来夜里骑走，在城里老乡住家搭铺。这截路有乌七八黑的田野，城乡接合部固有的鱼龙混杂状况，夜间单身女孩骑车存在危险性。老板同意女孩提出的请求，提前搞卫生，十点光景走人。

　　这天上午，女孩不知何原因提早不少时间从城里骑车过来。她穿件鲜红棉袄，戴顶滑雪帽，在白茫茫的雪地上格外显眼。二厨在阁楼气窗前，看见了一朵红云般飘过来的女孩。二厨这人或许心事重吧，睡得比较警觉，不像其他打工者头一落枕，即死猪般呼呼大睡。他醒得早，起床早。

二厨下楼与推车进来的女孩撞了个正着。女孩脸蛋难能可贵地红扑扑，她朝二厨友善一笑。二厨心头掠过一片彩云，久旱逢甘露的滋味。他同样笑脸说道，今天我煎鸡蛋给你吃。女孩扑闪眼睫毛，有所小感动。中国员工早餐喝白粥，中餐吃饭、晚餐吃饭，吃面食长大的南斯拉夫女孩吃不习惯。老板给她单独买来面包和火腿肠。今天二厨给她煎鸡蛋——点缀碧绿葱花的油汪汪煎蛋饼夹面包，那可是诱人的美食喔。

二厨仅有的两句半德语添上丰富的肢体语言，发挥出了超常效应。弹丸之地的厨房里时不时传出欢笑声，飘浮着一层淡薄的温馨氤氲……

警车呼啸而来时，除了当事人二厨脸色铁青，我同样吓破了胆。老板顾得了这头顾不了那头。不过他最终还是把重心放在了我身上。二厨这事神仙都救不了，听天由命，况且他是自作自受。而我这个没居留证的黑工倘若被警方逮住，那得罚到破产，吃不了兜着走。

餐馆独门独户，四围平展展的雪地，多双脚印都难逃过警察眼睛。老板一个箭步跑进厨房，见我呆如木鸡，他没工夫顾上叫嚷，掀开立式冰柜门一秒钟内抽空四层铁丝隔档……关键时刻我脑子复活了，没等老板动嘴，即勾了脑袋一脚跨进立式冰柜。

警察控制住二厨，楼上楼下大检查，所有人集中到餐厅盘查身份，询问情况做笔录。

警察足足折腾了两个小时。两小时过后留成连跑进厨房打开冰柜门，冻成一支冰柱的我斜倒在他身上。

平心而论，醉仙楼餐馆的男人们并非天生禽兽，厚颜无耻。换作正常环境的寻常日子，这些人不过是芸芸众生中的一小撮，不好不坏，中不溜秋，循规蹈矩，省吃俭用，绝对不会干出荒唐的出格事来的——包括犯下强奸未遂罪已经坐班房的那位二厨老兄。

坐落在公路旁的餐馆为一栋平屋，严格来讲是没楼的。为节省开支，老板将餐厅上头人字梁的空间隔做了员工宿舍，户外搭建一架铁楼梯。人进屋出屋得弯腰，中央部位方可站直身子。好在此地气候不甚热，要不住宿里头的人得活活蒸成肉粽子。逢暴风骤雨，情形不太妙，犹如铺天盖地的沙石料倾巢而出，全砸身上了。床铺似有晃动感，海浪里漂着的一叶小舟一般。

屋里六铺床，六条清一色青壮年光棍（留成连与一位跑堂有家室，老婆孩子在国内），荷尔蒙杠杠的。

我的床头抵在人字梁壁板上——我来之前，壁板上有个油腻腻黑印。我的生活状态如出一辙，除去干活，便是躺靠床上，脑袋不偏不倚落在那个黑印上。哪天我离开这家餐馆，别的人过来，料定八九不离十也是这个样子。故而，黑印上的油腻会越积越厚。

通常情况下，打工人居无定所，镬灶砌在腿肚子上，断不会置办家用电器什么的。就算想得开，咬咬牙买台电视机来吧，听不懂，不识字，其意义也是不大的。报纸看看明摸摸平，书籍更免谈了。看见中国汉字，眼睛会亮上一亮。同室有位老兄出国时塞了本《新华字典》带出来，被大家翻阅得脱了胶底。有些字条注释文字稍长，可当作小小文章来读的。彼此也可考考，某字有几种读音几种意思，同义词啥反义词啥等。老板有位朋友从法国来，送他几样中国土特产，旧报纸包裹的。两张去年的《欧洲日报》被他们传阅了小半月（当年的《欧洲日报》为中国台湾《联合报》子报），软塌塌、脏兮兮，中缝生吃大蒜几点益处的小常识均没落下。

人所剩下的，大抵是原始的感官本能。除去三句不离本行的满嘴黄段子过嘴瘾，便是一个人的战斗，天马行空打飞机，满天星云。屋子里头隔三岔五弥漫着浓烈的精液腥味。不知是谁起的头，说精液的气味类似板栗花的味道。过后便有人嚷道，板栗又开花了噢。其他人接嘴道，不止一株板栗开花呢，花气扑鼻！二厨在时，他基本不搭腔，有一回却无师自通地吟咏出一节"诗经体"：悠悠清气，伴我起床；盈盈清香，催我上班。

欧洲中餐馆有条不成文规矩，餐期时间段不能接电话。餐馆白天十点上班，三点下班；夜间五点半上班，十一点半下班。如果要打电话进来，白天最好两点半过后，夜晚十点半过后。倘若有人脑子拎不灵清，日间十一二点或夜间八九点钟电话打进来，轻则老板训你不懂规矩，重则粗声大气骂你两句没商量。接电话方得受牵连，老板或老板娘拉下脸孔说道，你那个是什么朋友？神经病发作餐期打电话来，你下回对他说清楚，不可以再这样搞了!

万俊两点三十五分给我打来电话,说等下他过来。

自从上次那回事后,我与他之间不知不觉垒了一道坎。这道坎说不清道不明,模糊,属矮脚坎,一抬腿即能跨过去,偏偏彼此按兵未动。万俊打电话说他过来,这第一脚由他跨出了。

冬日的因斯布鲁克阳光金贵。这天冒出太阳,高悬天幕,一瓣一瓣光斑照射下来,大地微微暖气吹,户外坐坐晒晒,蛮惬意的。

餐馆屋后面有块地,铺上碎石子,隔了绿栅栏,摆放些许餐桌椅。天气晴朗日子,番人如水鸡过烂田——大呼小叫扑向这地儿用餐。番人热爱阳光的程度,犹如老鼠爱大米。奥地利、德国这类少日照国度,尤为如此。

万俊捎来一打听装啤酒。我们仿照番人做派当清水喝。万俊说,我到昨天才听到消息,昨晚睡不安……今天无论如何要过来看看了。我说,人在欧洲命比狗卵不值钱……不过还好,我命硬,捂两床棉被,喝一碗红糖姜汤,没事了。万俊赔小心问,该不会落下后遗症吧,我是说……手脚关节有没有冻坏掉? 最好叫老板领你去医院检查下嘛。我说没居留证的人敢去医院? 那还不是自投罗网!

万俊已离开半山腰那家做比萨小餐馆。原因两点:第一点,万俊无法忍受山上寂寞的日子。半山腰上村庄,几近与世隔绝,没一位中国同胞,这对于不会讲番人话的万俊来说,简直是吃刑法。人是需要话语交流的动物。万俊说他在山上月余，没说过一句囫囵话，嘴巴都含糊焦臭了。第二点，就算万俊具有硬骨头精神，忍耐得住那份地老天荒般的孤独感，人家也要踢他走了。当初赵姓男人用的是障眼法，说万俊有居留证的，而后叫手下员工暂借居留证给他。番人对东方黄种人脸盲，就同中国人看高鼻深眼的西方白种人和墨炭似的非洲黑种人一样，个个差不多的，大同小异。老爷爷老奶奶没辨别出居留证照片上的人与万俊并非同一个。前数日，老爷爷老板给赵姓男人打电话，说要给万俊缴纳工资税上保险，赵姓男人只得摊底说万俊没有居留证的。因为如若一证变出两人，那冒名顶替之罪就绝非儿戏了。

　　那日留成连轮休，他淋了浴，换上西装打起领带，裤管挺括，三接头皮鞋擦拭得亮如明镜，手臂上潇洒地挂件深棕色翻皮夹袄。暗香飘浮——这家伙甚至喷洒了男士香水——这一招，在广大的穷华侨队伍里是绝无仅有的。留成连头颅高抬，神采奕奕地从户外铁楼梯款步下来。我抬头招呼道，大师傅要出去呀。留成连走过来坐下，说，一星期就这一天，活得像个人样。我拉开一罐啤酒递给他，留成连嘴里嚼着口香糖说，不喝了，牙齿刚刷过。万俊好奇问，牙齿刷了就不能喝酒了？留成连没接他话头，抬腕看表。万俊散烟，留成连没接，摇摇头。万俊问，不会吃烟的？我笑着说，我们大师傅讲究卫生保持口腔清洁呢，刷了牙不吃烟。留成连点头道，你说对了。

　　留成连前脚刚走，万俊便说，装什么死胚，搞起来好像首富似的，什么狗屁名堂嘛！我说，他这人就这副摆头了，人不坏的，上次我关冰箱里人冻僵硬，忙前忙后的全是他。

相比较起他人的苦哈哈日子，留成连的日子可称得上嵌了花纹，撒了味精的。

留成连皮夹里有两张照片。此刻他靠在床铺上将两张照片从皮夹里抽出来，这是他每晚的保留节目。照片一张为投币自动照相亭拍的大头照，一张为带背景的生活照。大头照上女人眼睛晶亮，头发乌黑呈小波浪，肤色偏黑，丰厚的嘴唇更黑些。显而易见，这不是一位中国女子。该女子为本地一家红灯店的菲律宾籍妓女。生活照上女人皮肤白皙，长辫子蝴蝶结，神色稍许呆板，衣着略微土气。她手扶脚踏车龙头抬脸看向前方（脚踏车显然为道具）——好似是在一处乡村学校操场上，身后两棵半大苦楝树正开花，一抹细碎淡紫色。该女子为留成连明媒正娶的结发老婆。

有人说道，大师傅，你把老婆和婊子的照片放一块……会不会对不起你老婆哇。

留成连说，请你说话嘴巴干净点哦。

大厨在餐馆里的地位，除老板老板娘外级别最高。没人再多嘴。

有一次，留成连对我说，他去红灯店寻女人的事他老婆晓得的。他接着说道，是我自己写信对她说的，都是成年人，没必要隐瞒的了。我问，你老婆骂你了吗？留成连摇头说，才没呢，我又不是钢铁战士,我瘾头重她本身晓得的,总得解决的呀……她对我提出两点要求,一是不能把病染上,二是不能产生感情……我笑道,你这个情种偏偏就产生感情了噢。留成连同样笑了一笑,说,有血有肉的人,叫不产生感情太难了,我对你讲,人除了生理需求还有感情需求的,这两样结合在一起才完满噢。

如若说嫖妓有品位的话,留成连无疑排得上号。每次去红灯店前,他必沐浴、刮须、刷牙、更衣、洒香水,极富仪式感。尤其难能可贵的是,他下午四点光景吃过东西后,便不再进食,包括不沾烟酒。留成连说,做人要尊重别人的。

红灯店妓女众多,有白种人、黑种人、南美洲棕色人种及菲律宾小巧玲珑女子。刚开始的时候,留成连完全是盲目的。随着逛红灯店次数的增多和经验的累积,最终他将目标锁定在菲律宾女子身上。留成连的理论是白种人人高马大难以对付;黑种人五官辨识度不高兴头大减;南美洲混血女郎身上体味重叫人没法专心投入。而菲律宾人呢,人种与中国人最接近,驾轻就熟。更为主要的一点,是有似曾相识感觉,能碰撞出情感的火花。

留成连专情于一位菲律宾女子,每回均要她。人家也不含糊,瞒天过海让他付一次费做两回。这行为在妓院犯规矩,但女孩甘愿为他冒风险。

为此,留成连深受感动。

红灯店里的菲律宾女子,为清一色未出嫁女孩。待到二十三四岁后,老家那边给她们定下亲事,她们便回去结婚,从此退出江湖，在家相夫教子。留成连的这位也到了此道门槛，临别的那天他们一边做爱一边流眼泪。留成连伤心欲绝，破天荒第一回未做成。他从女孩身上滑下，手脚绵软，泪水打湿了枕头和垫单。女孩劝慰几句，想起上次办证件用拍的大头照尚存两张，遂从包里取出一张给留成连。

女孩一位小姐妹，长相与她有几分相似。女孩说，我走了，你要她吧。

留成连与这位女孩做时，偏要叫前面女孩名字，还要她应答。女孩咯咯笑，说，你就这么忘不了她呀。

留成连从这位女孩手里拿到前面女孩电话号码，他给前面女孩打电话。当年国际长途电话费十分昂贵，每隔半月一月的，留成连咬咬牙还是会打上一次。问题是留成连的德语仅会一点日常口语，平时面对面靠表情及手势勉强能沟通，在见不着面的电话里就没辙了。往往一两分钟通话时间里，叹息声要比话语多出一倍。

然而，留成连心头照样暖融融。

醉仙楼餐馆屋子呈"7"字形，上头一横为老板一家的卧室、餐馆厨房和小仓库（先前南斯拉夫女孩住的杂物间为小仓库隔出）。现在一支装修队进驻，将仓库货物移至地下室大仓库，打通隔墙与餐厅连成一体。

装修队的头名叫张放鸣，戴金丝框近视眼镜，风度翩翩，国内某军校毕业。

这天餐馆生意清淡，餐厅里早早客人断档。装修队趁机开夜工，把墙壁敲了。歇工后，老板破例提上葡萄酒、啤酒，连同员工一块叫过来坐下喝酒。

过后张放鸣说，晚上我请客，请大家去红灯店喝花酒。

红灯店的布局酒吧模式。与酒吧不同之处，是它里面配套格子笼小房间。灯光黯淡，空气极差，乌烟瘴气。我们在一张长桌落座。我座位对着墙壁投映银幕，一具特写镜头的男性生殖器六零炮一样连连发射，给我留下难以磨灭的印记。我当即倒了胃口。西方的性文化直截了当，琢磨怎样做大做强，逼人眼球，惊心动魄；没东方的犹抱琵琶半遮面，曲径通幽耐人寻味。

红灯店喝的酒水比普通酒吧贵不多。请女孩喝，得贵上六七倍、十来倍。这请女孩喝便叫"喝花酒"。今晚张放鸣放血，请客为各位买一单"花酒"钱。一位一袭红衣黑妹贴靠在我身旁，热烘烘的。我点了她"喝花酒"。好几人嘲笑我道，没看出你小子口味这么重呢！张放鸣说，番人喜欢黑妹，我们中国人没人喜欢黑妹的，我非洲一位朋友，身边一年没女人了，但他说搞黑人还是下不了手，冲动不起来……你是不是初次来这种场所，慌张了啊？

这事过去好几日还在我脑子里盘旋。有一天我寻到了答案。原先在国内时，我与县文化馆白面书生关系甚好。白面书生文化人，宿舍里堆满书籍。他的单人床上，靠墙壁一侧从头到尾码齐书册，占去床铺三分之一位置，人像是躺在书丛中睡觉。

我问他借书看。白面书生说，依你的文化程度，看点通俗类的吧。我说金庸武打书不要。白面书生道，那梁羽生的呢？我说，换汤不换药，没摆头。白面书生道，那古龙的呢？我说，换汤不换药，没摆头。白面书生道，那温瑞安的呢？我说，换汤不换药，没摆头。白面书生说你倒懂得门类的呀。

白面书生道，逗你玩了……我这里，你说怎么会有连你都不上眼的书呢？！

白面书生借我三本书：加拿大作家阿瑟·黑利的《汽车城》《大饭店》《航空港》。

白面书生说，这个人的作品浅显易懂，人家通俗得高级！

我看完三部书，记住了一个场景：两位中年白人男子聊天，话题是其中一位男子吃腻了白面馒头撞上一只番薯馍糍——这次交上的新欢是位黑人女教师。他颇觉得耳目一新、别开生面，啧啧称奇。另一位男子口水在嘴角打转，点赞道，是啊，黑的就是美的！

当年坐井观天的我从未见过真实的黑人，这反倒充分诱发了我的想象力。我在心里头将黑妹称作了黑玫瑰，骚动不安的青春期里增添了一重浓郁的黑颜色。

红灯店里遇见的这位黑女子，丰乳肥臀，明眸皓齿。女孩乌岫一般肤色配上大红衣裳，分外出挑，具有特立独行之妖冶风韵；她一口齐整白牙，在污浊不堪的空气里生发出耀眼白光。

留成连来红灯店有规定，每周轮休日过来。红灯店毕竟高消费，就算身为大厨的他拿餐馆最高工资待遇，也不敢随随便便来的，今晚他是第二次破例（第一次破例缘于"大头照"女孩即要回国）。后续这位菲律宾女孩见留成连在非约定日到来，喜出望外。她两眼水汪汪，时不时亲一口留成连那张已不年轻的脸盘。一般情况下，女孩喝完"花酒"后半小时之内，即会抽身离去寻觅下一单生意。然而这位女孩没走。留成连对她说，自己今天是陪朋友过来的，不准备做。女孩急切摇头说，没事的啦。留成连口是心非说道，你只管走吧，生意还是要做的哦……女孩没应答，脸上依然如故，柔情满满。留成连到底良心上过意不去了，心想这个钱不花还算男人吗！他抽身站起说，对不起，大家稍候啊。

两人从格子笼小房间出来，依旧如胶似漆。已在张放鸣装修队干活的万俊见之不以为然，他说留成连，既然你万般不舍得干吗不把她赎出当老婆哇。留成连道，年轻人，嘴上没毛就别多嘴多舌了！

餐厅装修完工后不久，有天晚上餐馆打烊时分，张放鸣驱车过来打包。他点了春卷、广东炒饭、杏仁鸡丁、葱爆牛肉、咕噜肉，甜点为椰子炸饼。老板问他这么晚了怎么跑这边打包？张方鸣说顺路，我往那头走。

这家餐馆生意，靠的是店门前这条主干线公路。道路这头连着市区，那头散落数个镇子。欧洲开餐馆与中国有所不同，市中心生意不见得好，停车位稀缺人过不来。倒是这种与城有段距离，车来车往的主干线旁好做生意些。

我与后头来的二厨抬垃圾桶出来倒垃圾。

张放鸣在屋外抽烟，他说吕璧，带你兜风去。

车子驶上一段路后拐入旁道。这是一条乡村公路，明显见窄，树木挤挤挨挨。上盘山公路时，树林子愈发地密密匝匝，车灯照射下，低矮处山体呈绿浪翻腾的景象。奥地利的森林覆盖率真叫高呐！

目的地在山坳里，三五幢房屋。清天月夜下，我见到了一架木风车，不晓得是装饰作用还是派啥用途的。其中一座屋子，洒出淡绿光。推门进去，一派绿莹莹，人感觉好似掉入了水族箱里。脱鞋拾级上楼，绿灯光外，尚有两株枝叶茂密植物，俨然绿得深不见底。眼睛适应过来，看见沙发椅上依偎一对男女，做着你舔我一口我舔你一口游戏。

张放鸣把食物摆放到长条形餐桌上，一样一样打开盖子，摆上餐具。他做这些时显得相当耐心，有条不紊。摆好后还招呼那对男女同事吃饭，昏天黑地的男女终于醒过神来，两人相拥相视走近餐桌，肩挨肩坐下。一只手用来吃东西，一只手仍握住对方手——披肩发男子左手执叉。

张放鸣自个动手倒了两杯酒——我们各端一个高脚杯——他拉我走进卧室，熟门熟路地揿亮灯光，他指着床铺后壁一把中国画牡丹图的特大折扇对我说，那年她生日，我送她的生日礼物。

床头柜上摆放女孩相框，眼睛冲人说话，好生妩媚漂亮。

我们转到屋外头不规则小阳台，这里摆放两把藤条椅，一个茶几，视野开阔，能看见因斯布鲁克城一隅的灯火。落座后张放鸣说，她是我前女友，在这屋子里，我与她同居了一年多……因已有种种迹象显示，我并不吃惊。我问，你们……怎么分手的？张放鸣道，就是这个长头发家伙插足进来……当时我都要疯狂了，要么他死要么我亡……我问，既然如此，你干吗还要来？张放鸣道，这也是我家，有我打拼多年的回忆，有一些爱不得放不下的东西，我和他们现在心平气和，我现在已基本能控制自己情绪了，只要闸门闭上，一丝半毫不会漏出。

留成连问我，那个……那个叫万俊的，到底有多大名堂哇？

这天午后，照样有难得一见的太阳露脸，我们坐在餐馆屋后露天餐厅喝啤酒。啤酒是留成连从自个床铺底下掏出来的。宿舍里无多余空间，私人物品一概存放床铺下头。其他人的物品是一口大皮箱，里头塞着换洗衣物。另外顶多有些洗漱日常用品。留成连床铺底下要丰富得多，除他人有的外计有啤酒、瓶装水及饼干之类。餐馆规矩，平日吃饭酒不上桌，逢年过节或某日生意不赖老板心情欢愉时，赐啤酒一瓶两瓶。瓶装水可以随便喝——当然是价格低的牌子了——但只准许在餐馆上班时间段喝，不可以提到宿舍里。

老板时常上来，与员工聊天或甩一两局扑克。更多情况是在员工上班时间摸上来，头钻进每张床铺底下，检查一番。为有所区别，留成连购买的酒水牌子，皆为餐馆里没有的。留成连工资高,并已还清出国及办居留证等所欠下的债务,稍稍可讲究点生活质量了。其他人口渴,则喝水龙头水。因斯布鲁克自来水的水质更胜一筹,据说是从雪山上接下来的。

我反问道,你凭空提他干吗?

留成连递支烟给我说,你跟他关系……到哪分上?我说一般关系了,出国路上的伙伴。留成连顶真问,先前在中国,你们不是朋友?我点头。留成连声音响亮起来,这家伙不是人,是畜生!我眼睛停在留成连脸上,等他说下去。留成连说,我那位菲律宾相好,你是晓得的……可以说认识我的人都晓得的,可这家伙竟然去寻她……红灯店里那么多女的,和她差不多相貌的菲律宾女人有一大堆,可这家伙偏偏就寻她!我明白了。同时我心想,那红灯店里妓女千人骑万人嫖的,这位老兄怎么好吃这勺子醋呢?留成连像是猜测到了我的想法,振振有词说道,红灯店女人当然是陪人睡的,我没本事赎她自由身她就得陪人睡……可是熟人这样子做,他明明晓得是我相好偏要寻她,这个性质完全不同的!我说,也许……万俊是无意的吧。留成连说,问题就出在这里,我相好说了,说他是故意寻她的,说对我不爽。我问,万俊他能把这么复杂的意思说清楚?留成连道,但我相好已经理解了呀。

留成连在与我说这事前,已经找过万俊。他带了一两个人,想要教训万俊一顿。万俊人在装修队,吃不了他的亏。双方发生争吵时,万俊扬言道,老叔公见过世面的哦,在维也纳割过人耳朵，不信你们可以去维也纳打听打听，是不是有个叫刘观水的人耳朵少一只的！

留成连吃这招，他不无担心问道，那家伙……当真在维也纳把人耳朵割掉了？我说你又没得罪他，管他呢。留成连说，我气不过……揉了他一把，那家伙说到时候要割我耳朵。

我说，万俊有时喜欢吹牛……不要当真了。留成连说，管他吹牛不吹牛，就算他有贼胆，我怕他么？我有警察朋友你心中有数的，他一个没居留证的人老三老四，真把我惹火了，叫他坐班房去！

挂留成连嘴边的那位警察国字脸，大眼泡，喜好吃中餐，喜欢中国女人，是我们这家餐馆常客。此人与老板关系倒是不赖的。

警察有次去老板住所，见老板儿子拿避孕套当气球吹，傻了眼。老板说中国避孕套质量好，可吹成西瓜那么大。不知出于何种心理缘故，警察拿了老板送他的一打避孕套。过后他对老板举起小指头说，这个套这个……太小了啊！老板绘声绘色地将此事当作了笑谈。我听后联想起这次出国，那位赵伯伯特意让我带了一大包避孕套给他儿子。中国执行严厉的计划生育政策，避孕套泛滥成灾，免费白拿的，那年头贪小便宜的人还真不少呢。

意大利亲戚打电话来说我的居留证即将到期，近期得过去办理延居留手续。

我提前辞了工。

上次张放鸣提到过，他最近要去意大利办事，可与我一道走。

这天我乘巴士转上几趟车，去张放鸣装修队施工的餐馆工地。

首先碰到的是万俊，这家伙在砌砖。

万俊原先从未干过泥水活，现在已像模像样，一副老司头坯。我爬上脚手架，从兜里摸烟，万俊先一步摸出丢我一根。万俊道，要离开了？我说，居留证快满期了，不赶过去延的话要作废。万俊说，当初我们一群人，现今各归各处喽。我笑，你还心痛哇。万俊道，那倒不会。

我问，你和留成连……怎么就闹出矛盾了呢？万俊说，那个鸟人，脑袋卵袋分不灵清的……你说说看，天下哪有这等奇闻，我花钱嫖妓女，他说我是给他戴绿帽子，要依他这么认为，一年到头他不得戴成千上万顶绿帽子了？！我说，他这人是走火入魔，但我问你……你是不是有意的？万俊狡黠一笑道，我当然是有意的啦，他仗着在奥地利多待几个年头，狗眼看人低，老叔公不吃这套，偏要捉弄捉弄他！我说，这件事到此为止吧，他怕你对他报复……说你会割他的耳朵。万俊咧开嘴巴一乐，这话我赠送给他了，叫他小心脑袋上的耳朵，到时候我要把它割下爆炒韭菜配老酒。我问，你已学会割耳朵招数了？万俊说，我看得一清二楚，周山的弹簧刀就这么点长，可团在手掌心，机关一摁，刀锋光闪闪。

我从脚手架下来,去找张放鸣。

张放鸣这人,哪怕眼下干的是粗活吧,也是一款有板有眼的模式。金丝框眼镜不用说长年累月架鼻梁上了,背带裤、浅灰衬衫,手腕一只高级表时隐时现。他正在案板上画图纸,抬头说,我要把中国的园林美学元素引入过来,餐馆的花园不能光讲究绿化和整洁度,得有曲径通幽的趣味,一定要有水,流淌的水渠和从假山上跌落下来的水,把大自然缩小了,纳入进来,营造出一方趣味横生的小天地……我一脸懵懂,接不上话茬。

张放鸣问,你来有事?我说你忘记了?上次你不是说过……我居留证到期,你可以陪同我去意大利的。张放鸣说,是有这么回事,不过要去意大利的话得先去趟格拉茨。我问,格拉茨是什么地方?张放鸣道,你太缺乏常识性知识了,格拉茨是奥地利第二大城市呀。我再问,就算第二大城市……为什么要先去那里呢?张放鸣道,这个你就没必要搞清楚了,不过有一点可以对你说的,格拉茨那边朋友手头有两本没过期香港护照,正好可以顺便借用。

三天后,我跟在张放鸣屁股后头乘火车前往那个格拉茨。

行李搁行李架上坐下后,张放鸣说,万俊那小子人丢了,你还不晓得吧?我吃了一惊急忙问,万俊他……人不见了?张放鸣说,大前天晚上,他去红灯店……他每次都是单独去的,到今天早上我出门时没回来。

张放鸣说,万俊小小年纪瘾头重,几块钱都花在女人身上,他住的那个地方你恐怕没看见吧，全是色情杂志，他一天不看女人的物什过不了日子似的。

我想到万俊与留成连的过节，便说万俊的失踪，会不会跟我餐馆的大厨有关联？张放鸣问，你是说那个情种……叫什么留成连的？我说是的，他们两人为红灯店那个妓女争风吃醋。张放鸣好奇问，有这档事？为一个妓女？我说，留成连走火入魔了，什么事都做得出来的……再说，留成连生怕万俊报复，先下手为强完全可能的。

张放鸣道，经你这么一说，我倒是想起了，有一次那留成连两三个人来工地，我当时在绘图纸，没注意他们之间到底发生了什么……现在看来，那留成连是来寻事的？我说正是。张放鸣道，那我回去要寻留成连弄清楚，万俊毕竟在我这里做工，留成连如动他，我得管一管的。

张放鸣朋友穿件淡紫色便西装，在人堆里很醒目。握手时他身边蹿出一位小女孩，嘴巴甜蜜地叫叔叔好。张放鸣道，你女儿这么大了呀……你叫什么名字啊，可惜叔叔今天忘了带礼物了呢。

一行人从月台步出车站。朋友说，混得一般，还未买车呢。张放鸣说，面包会有的，一切都会有的。

在朋友餐馆吃饭时，我看见了邱丽华。她应该是来拿一样东西的，在吧台与老板娘说话——可以确定，她与我是对上眼了的。但人家把脸偏向一边，过后只管走人。

格拉茨离南斯拉夫近，街路上好多行人和汽车是从南斯拉夫那边过来的，行人的衣着与汽车的光鲜度均要差些。

阳光普照，蓝天白云。

张放鸣到了这里如鱼得水，兴致勃勃。他领我爬上城里的一座矮山。这座矮山有名堂，我估摸是处军事要塞，因为看见了四门老式大炮，非常威武。张放鸣说，这儿叫城堡山，19世纪拿破仑时代法国侵略奥地利，在这山上打过仗，异常惨烈……我说我猜到了，肯定打过仗的，那些破墙肯定是被炮弹炸毁的！身后耸立一座巍峨钟楼，时针比分针长，反了。张放鸣解释道，这是为了让更远的人看清时间，过去年代戴手表有闹钟的人少嘛。张放鸣接着说，这个钟每天的7点、12点、19点敲响101下，你晓得为什么吗？不用说我摇头了。张放鸣说，这钟是由101枚炮弹铸造的。我睁大眼睛问，你怎么晓得这么多哇？张放鸣说，我军校毕业的呀……只不过现如今做装修匠了。

张放鸣热爱军事物什，又去了一处军械库。张放鸣对我说，这座博物馆是全世界最大的冷兵器装备库，里头的武器足够武装一支28000人的军队。这点张放鸣不说，我已眼见为实：一排排整齐划一的盔甲、刀剑、枪炮，数不胜数，叫人目不暇接。

有个晚上，张放鸣朋友请我们去酒吧。

到欧洲后，这是我第一次光临番人的酒吧。

所谓的奥式酒吧，现今情况我不清楚，配套在当年一般规模大点的保龄球场所。至少那天我们去的那家酒吧，就有保龄球场的。"保龄球"这三个字眼,我听说过,实物却头一次见到。抛投这种实心球体,倒不是很难。张放鸣朋友手把手教了我三五分钟,怎样拿捏,怎样屈膝甩手抛出去……三人展开友谊赛,他们两位不相伯仲,我输得一塌糊涂。

回来上楼梯时,我发觉大腿肌肉硬邦邦的,每跨上一级楼梯都酸痛。张放鸣在我身后说,万俊有下落了。我忘记了酸痛忙不迭问,他人寻到了?在哪里寻到的?张放鸣说,我今天和德国那边朋友联系过,说他人在德国……这点我事先估计到了,夜里没巴士这小子会乘那趟国际列车,如果不晓得下车,碰上夜里海关检查不严,被拉到德国去是有可能的事。

两本香港护照,我记得其中一本持照者姓谭。护照是张放鸣朋友餐馆二厨和他一位朋友的。诚然,他们两位并非真正的持照人。真正的持照人在香港,他们把护照卖给蛇头,再报遗失补回护照。

下班后,自兼大厨的张放鸣朋友炒了几碟小菜,叫二厨把他朋友唤来喝酒。二厨朋友一进门,我即认出他是叶碎民了。我没多大惊讶,因前两日瞥见过邱丽华了嘛。不晓得是邱丽华没对叶碎民说起我来这里了?还是这家伙装的,反正他是大吃了一惊,语无伦次地说,怎么、怎么会……是你哇。张放鸣问,你们认识?叶碎民没搭腔,与我蜻蜓点水地握了下手。我对张放鸣说,我们一道从匈牙利过来的。张放鸣朋友说,那最好了,你们有交情在,我这个中间人就免当了。

二厨这本香港护照为他出国时派用场的；叶碎民怎么会有一本香港护照我不得而知。两本护照均未过期，仍可浑水摸鱼用。一般情况下，护照是不轻易出借给他人的，怕节外生枝惹事，不怕惹是生非的话，得拿钱来交易。二厨在张放鸣朋友餐馆打工，这就另当别论了。他非但拿出自己这本，还动员叶碎民那本也拿来了。

几杯酒水落肚，二厨扯起他的偷渡经历。

蛇头将他们召集到广州，住进白天鹅宾馆，换上时髦行头。女的头发烫成大波浪，男的刮须剃头打发蜡。规定不得随便在公共场所说话，碰到非说不可场合，要把普通话说得疙里疙瘩，掉头落脚。团伙里有一两位会粤语的，通常由他们的普通话出面应对。

摇身一变，这批由浙南山区农民、小市民组成的团伙成了财大气粗的香港旅游团。"香港旅游团"登上飞机，飞往长春，参观末代皇帝的傀儡皇宫以及其他几处名胜古迹。二厨道，我们住的是五星级宾馆，吃的是方便面。我插嘴问，为什么吃方便面？难道东北没东西吃？二厨道，吃的东西多的是！特别是那些小吃，口水都流出来了，但我们是香港人呀，香港人讲究卫生，不会胡乱吃路边摊东西的……而大酒店，我们消费得起吗？所以每次在外面都不吃，饿着肚皮跑回来，偷偷在房间里泡方便面吃，活受罪！

二厨说，那些风景区很不错啊，我们根本没心思看，做贼心虚,提心吊胆,只怕万一露了马脚被警察抓走⋯⋯

他们飞抵丹东,走马观花两日。乘火车出境去了朝鲜平壤。

扯到在朝鲜度过的三五天日子,二厨眼珠子发亮,眉飞色舞,说一辈子就那几日地位最高了,人家拿我们当贵宾相待呢,服务相当周到⋯⋯朝鲜人非常讲礼貌,少先队员看见我们一律举手⋯⋯应该是行少先队的敬礼吧,手举到头上面的⋯⋯朝鲜旅游局安排我们和当地一所学校学生搞联欢,唱歌跳舞,我们和学生手拉手围成一个圆圈跳舞,我们哪儿跳得来舞哦,被热情的学生拉着前走两步,后退两步⋯⋯我差点忘记掉自己是偷渡客了,开心得合不拢嘴⋯⋯说着二厨从兜里摸出一张照片递给大家看——照片上一伙心怀鬼胎的人与一群花朵般灿烂学生合影——这伙皮笑肉不笑的成年人,个个脖子上佩戴上了红领巾。

当晚的聚会,可谓气氛十分融洽,谈笑风生,其乐融融。可喝了黄汤后的我却无事生非,凭空向叶碎民问起了周山的情况。叶碎民说,周山哥早去意大利了呀。话到此为止,适可而止即行了——我偏偏假惺惺又多问一句,周山他们去意大利,都顺利吧。叶碎民不觉来了精神头,说,周山哥要是不顺利,那我看所有人都不可能顺利了⋯⋯这世上最让我钦佩的人就数周山哥了!张放鸣朋友不觉好奇问道,有这么牛逼的人?难道三头六臂?叶碎民道,你们不认识他,我多说没用,吕璧晓得的,绝对是个说一不二的人,敢作敢为!张放鸣道,此人我略知一二。叶碎民道,那你说,他是不是一位人物?张放鸣道,不敢苟同,据我所知，邪气过重。叶碎民酒没少喝，借酒壮胆嚷道，什么叫邪气？这社会本身乱七八糟的，不狠能行乎！张放鸣道，可以狠，但不可以邪，这是根本。叶碎民竟然拍起桌子，将一只酒杯震落在地。我们几人皆慌了，怕要出乱子。然而张放鸣却是淡然一笑，说，那位周山先不提他了，我对你倒是刮目相看哦，一个人能够如此坚定不移地称赞朋友、护着朋友，够忠诚、够义气，来，我们喝杯酒吧。叶碎民迟迟不端杯。二厨急坏了，端起杯子递给他，不接。叶碎民道，张先生，你得给周山哥说句公道话。张放鸣道，我历来讲究诚实，违心的话说不来的。张放鸣朋友开腔道，你晚上酒喝多了！叶碎民说，请把护照还给我，行吗？二厨急得站起来，碎民你……这怎么可以啊！张放鸣说，他的护照他有权要回，还他吧。

  如我预料，邱丽华寻我来了。她电话打到餐馆，老板娘叫我接电话。邱丽华说，吕璧你出来一下，我在左边路口。两人沿行人道走，拐入街心公园。邱丽华从包里拿出由信封装着的护照，说，对不起了，你对那位张先生说几句好话，碎民昨天酒喝醉了，他这人有眼不识泰山，人心地是不坏的，这个忙你一定要帮噢。我说，这本护照其实是我用的，跟张先生没关系，你们如果觉得接受不了，我可以付点钱的，毕竟护照不是小事情。邱丽华道，给你用那更应该了，我们一路过来，不说是兄弟姐妹的话，也已经是朋友了呀。

  片刻后邱丽华说，碎民这个脑不灵清的人，空气烂鼻头，为周山落雪天打出汗，我都觉得受不了哎，真没那个必要的！

我脑子里浮想起在匈牙利边境小城宾馆——深夜里邱丽华从周山房间带门出来的一幕——仿若一重梦境。

世事真的捉摸不透啊。

午夜过后，列车停在奥地利与意大利边境海关。

这趟列车抵达海关的时间点，张放鸣事先掐算过。

我们上车后，将香港护照交给列车员，然后爬到上铺和衣躺下。买上铺的票，同样是有意为之。

海关一带方圆，灯火通明，亮如白昼。

我心口扑扑跳，头往被子下面钻。

我瞟了眼对过铺上张放鸣，他脑袋搁在外头。

能听见他人轻微的打呼声、磨牙声。

边检人员登上车厢，说话轻声细语，手电筒光柱比箸粗不了多少，且不照人脸。

张放鸣探出脑袋与边检人员说话。

我脑袋搁在铺外，以示人在这里呢。

列车重新启动，随着规律性的哐啷声我沉沉入睡。

一觉醒来天已大亮。我趴在铺上看车窗外，屋舍、田野、电线杆子一一掠过。我问看书的张放鸣，这里是意大利了？张放鸣道，难道没看出，这意大利的建筑风格与奥地利大不相同么。我自然是看不出名堂的。

从上铺滑下去洗手间撒尿。因不敢轻举妄动，这泡尿已憋许久,膀胱隐隐作痛。

下铺两对面为两位面善妇女,她们边低声说话边吃自带的坚果。坚果好几种,间杂葡萄干、杏果干之类,装在一只精致的抽口布袋里。其中一位发现我眼睛落在袋子上,笑着说了句什么。张放鸣说,她请你吃呢。我不敢伸手。张放鸣说,番人人很好的,你吃没事。我抓了一小把,觉得真好吃。

列车驶入米兰火车站。这里上下车的人颇多,停的时间较长。我随张放鸣下车走动。米兰火车站上头盖半圆形铁盖子,钢架子粗犷,铁皮厚重,深灰色,具有工业革命时代的鲜明印记。后来不晓得听谁说过,说米兰火车站为八国联军侵略中国,意大利用从清政府那里掠夺来的银子建造的。不知真假。

迎面走来三位警察,中间一位女的,两边两位男的,说着话。我不争气地打起哆嗦。张放鸣神色自若轻声说道,把胸挺直啊。

佛罗伦萨为这趟国际列车终点站。

张放鸣替我买了去罗马车票。我说接站的人没讲好,帮我打个电话吧。我们走出火车站,来到广场旁电话亭。我放下双肩包,从里头取出几枚里拉硬币。这几个意大利角子,是出国前特意跟从意大利回来的朋友那儿要来以备打电话用的。从电话亭出来,我的双肩包不翼而飞了。张放鸣说你怎么这么大意呢,包要随身背着的呀。

我一脸呆相。张放鸣说,事情既然这样,就别多想了……要给你一点钱吗？我缓和过来说，不用，钱没丢，缝在裤头里面了。说过我下意识地拍拍裆部。张放鸣老调重弹说，面包会有的，一切都会有的。

张放鸣转身离去，消失在熙熙攘攘人流中。

出国之前，我跑到县文化馆与白面书生告别。白面书生说，晚上我请客，地中海酒吧走一个！白面书生又说，意大利太好了！我说，意大利国家不好，西德、荷兰都要比它富裕的。白面书生说，不讲有钱没钱了，讲艺术……意大利是文艺复兴发源地……佛罗伦萨，那是一座多么让人憧憬的城市啊！

想到这里，我苦笑。

将裤头缝个小口袋把钱塞进去，这套方法是我外婆教我的。那天在维也纳街头打白打的电话时，掉了门牙的外婆说话漏口风，我几乎没怎么听清楚，阴差阳错却把这个方法记牢了。

好在听了老人言哇，钱没丢！我再次拍了下沉甸甸的裆部。

Ⅲ 随波逐流

罗马·心怀愧疚的女工

陈岳生：在意大利替吕璧办理居留证的"替身"
孙翠花：陈岳生相好，带着子女詹军、詹媚
应炳芳：罗马一家旅游公司老板
周英顺：衣工场老板（应炳芳同居女友）
梁红玉：衣工场工人
胡爱君：衣工场工人
光军叔：吕璧的远亲

来罗马火车站接站的人叫陈岳生。

我不认识陈岳生,陈岳生认得我。他走过来将手搭在我肩膀上,说,怎么像是从水里爬上来的人?我迟疑问,你是……陈岳生说老板没工夫,叫我顺带来接了。

我们出站上一辆运货面包车。陈岳生说,今天刚好跑这边送货。我问,你是我表叔货行司机?陈岳生说,是的。我再问,这么说来……你便是替代我办居留证的那位先生?陈岳生说,是呵。

这事绕起来有点复杂。

当年的情形是这样的,意大利政府于头一年实施大赦政策——所谓"大赦",是指在特定期限内,所有已在意大利境内的非法移民均可获取合法居留证。

"大赦"消息一颁布,世界各地的非法移民纷纷偷渡到了意大利。

对这么一个千载难逢的机会,像我这类尚在中国的人,也有不少钻空子将护照寄出由人"替身"办理居留证。也就是说,我们人虽在中国,却已拥有了意大利的居留证(由于护照上没意大利出境章,有居留证同样入境不了该国,所以得通过偷渡这条渠道)。

我的"替身",便是陈岳生。

明白了这层内容,便可明白他说我"像个从水里爬上来的人"这话的含义了。面对有恩于我的人,我怎么可以赤手空拳没带礼物啊!

我咽下一口唾液说,我本来……带了一支长白山野人参……要送你的,可在佛罗伦萨火车站,背包被人偷走了。

陈岳生表情怪怪地问,这么凑巧?

我说真的,骗你是小狗。

陈岳生问,依你看,我们俩像不像?我侧脸认真看他一眼,摇头说不怎么像。陈岳生说,不是不怎么像,是完全不像,我的年纪都可以做你父亲了!老板把你护照交我手上,我两个晚上没睡好觉,老板对我有恩情,我不好推托……可是,我与照片上的你相貌也太离谱了呀!

我说,难为你了……我真的很感谢你。

陈岳生说,去警察局代替你登记居留那天,我全身发麻,心都快要从胸腔里头跳出来了……这种事不是开玩笑的,事情的严重性我一清二楚,一旦被警察辨认出来,冒名顶替的罪名,啰啰,那是绝对判刑吃牢饭的……我千辛万苦跑到欧洲,一屁股债没还一角,家里上有老下有小,我一个当家的人,对我们家来说我就是顶梁柱哦……这人要是抓进去蹲大牢……那是一个怎样的后果?我连想都不敢想呐!

我搜肠刮肚,不晓得说点什么好。

我暗暗责怪自己太粗心大意了,那支野人参爬雪山过草地都已背到意大利了,怎么就弄丢了呢。

暂住表叔的工人住家。

这回住的地方为正儿八经房间，但更挤。硬塞进去的单人钢丝床摆放在房间中央，头上是床铺，脚下是床铺，左右是床铺。侧身方可进去躺下。

白天工人们上班去，我起床自己弄点东西吃。

从屋子里出来，不敢走远。附近是条僻静街道，几位老人踽踽而行；几对情侣坐松树下椅子上卿卿我我。松树植街道中间，亭亭如华盖。松树形状，与我在中国看到的不大一样，圆融，似一团团绿云朵。街上计有肉铺、菜铺、理发店、出租录像带的店及一家杂货店。我在杂货店购买数张明信片。明信片插铁丝架上，我一眼便被圆形的明信片吸引住了。

世上竟然有圆形明信片。

坐在松树下的椅子上给国内朋友写明信片。白面书生的那张大些，所写字眼亦密实些。原先白面书生曾对我描绘过罗马这座城市的图景，我不想扫他兴，说百闻不如一见，罗马城太雄伟了啊！

几天后，有个机会让我走了几处罗马名胜古迹。

记得是广东一个贸易代表团来到罗马，开中国货行的表叔请他们参观游览。那天保姆不在小孩没人带，表叔叫我跟去带小孩。表叔的儿子调皮得很——本来说好我与小孩不买票进景点的。表叔对我说，都是些破破烂烂石头没看头的，你带国国原地待着好了——到了斗兽场外头，小孩跳起脚要进去，给他吃冰激凌哄不住。于是我借光参观了斗兽场、梵蒂冈等景点。抱小孩爬登梵蒂冈螺旋式的窄楼梯，颇为吃力，我对这些景儿没留下多大印象。起码，没白面书生所形容的那么牛。

这回去警察局调换居留证的是我真人了，但我仍得模仿陈岳生的签名，几个拼音字母扭扭歪歪的，我也得写成扭扭歪歪。当天晚上，我请陈岳生和他相好孙翠花吃日本料理。什么是日本料理？在这之前我连听都没听说过。这个主张是陈岳生相好孙翠花提出的。

本来说定，孙翠花的一双儿女也要赴宴的，临时变卦他们不来了。不来省钱！我心里窃喜。

孙翠花与陈岳生有的一比，皆长相粗糙。他们俩好似上帝犯困时捏出的一对人，诸多方面不成比例，粗枝大叶。

初次见面，我与孙翠花握手寒暄，她手背朝上垂着手掌伸过来，软弱无力，刚碰着即抽回去了。我心想，她是模仿贵夫人做派呢。孙翠花嗲声嗲气说，每回看见那家日本餐馆，我心里就想要是哪天能进去吃顿饭就好啰。陈岳生眼睛笑成一条缝，说，这个愿望，今天实现了啊！

三人乘运货面包车前往日本料理店。

到地后，陈岳生敏捷地跳下车跑到这边，打开车门扶孙翠花下车。对于穷华侨来说，吃顿日本料理的确稀罕，仪式感得有的。

那晚最为深刻印记是乍一看见太阳旗——拐过街角，一面白底红圆圈的日本旗帜斜插于墙壁灯光下。我条件反射般大吃一惊。这种在中国被称作"膏药旗"的旗帜，只在影视剧里头见过。今天，它却堂而皇之地出现在现实中！

服务员基本为中国女孩，点菜不成问题。格子间，榻榻米，盘腿而席。陈岳生老胳膊老腿，苦不堪言。时不时得站起活动筋骨，踢踢腿、弯弯腰、捶捶发麻的腿脚。孙翠花一副很享受很陶醉样子，她翘起兰花指不停地摆弄小盅小碟，啧啧称奇道，真是太鲜美了呀，吃上这顿饭叫我饿三天都愿意哦！

陈岳生说，詹军和詹媚不来吃，亏大了。孙翠花瞟一眼陈岳生，说，他们对你……还是生分嘛。陈岳生说，我已经尽最大努力了。孙翠花拍下陈岳生手背说，你好的呀……慢慢来吧。

陈岳生在中国有家室，孙翠花在中国同样有老公。孙翠花老公身体不好，气喘吁吁，药罐子一个。在农村地区，这样的男人等同于废物。家庭重担便落在孙翠花身上。孙翠花一妇道人家，勇气可嘉，领着两个未成年子女跑到欧洲打工。其间的辛劳与操心自不待言了。

陈岳生每天利用开车送货的便利，跑一趟孙翠花打工的衣工场。五大三粗的陈岳生拎只小小塑料袋，几分滑稽相。里头是从中国点心店买来的小笼包，不多不少，每回六只。

有人高声嚷道，翠花，老陈又给你们送点心来了！孙翠花少女般抿嘴一笑，好生娇羞，低着头车衣。

六只鸽子蛋般小笼包，陈岳生在孙翠花机器头放两只，在她儿子与女儿机器头各放两只。孙翠花关掉缝纫机，说，你就不会多买点的呀。有人接嘴道，老陈的小笼包是心意，我们消受不起的啦。

孙翠花的儿子、女儿在当地意大利学校上学。番人学校一般下午不上课，他们便跑来帮母亲干计件活。对于陈岳生放机器头的小笼包，兄妹俩的态度迥然有别。妹妹不管三七二十一，关了机器张嘴就吃。哥哥不吃，连正眼都不看小笼包。只要陈岳生人在，保证那两只小笼包在的。

孙翠花的家庭情况较为特殊——再说孙翠花为这个家付出了太多。作为子女，他们对母亲与陈岳生的关系，睁一只眼闭一只眼。妹妹年岁小些，可以没心没肺，哥哥年岁大些，怕是有心理障碍吧。

工位是陈岳生帮忙寻下的。

陈岳生对我说，我是个有情有义的人哦，你请我和翠花吃日本餐，我说什么也要帮你找份活干的。

陈岳生开货车送货，黄鳝一样在罗马城溜来溜去，认识人头多，路数自然宽广些。几番碰壁后，终于有家衣工场愿意让我留下试工。

干的是烫衣活，可我从未烫过衣服。

陈岳生对人家说，这后生机灵得很，工资可以比人家少一半，你就让他学嘛，烫工又不是细活，不出一礼拜肯定熟练。老板娘说，第一个礼拜不计工资可以吗？陈岳生道，我正想说这话呢，谁学习还拿工资的呀，不缴学费已经不错啦！

烫工是位意大利大妈，我与她一块儿干活，无异于把鸡和鸭子放在一只笼子里了。彼此基本上开不了口，大眼瞪小眼，靠调动身体各个部位传达信息表示意思。

衣工场使用的是蒸汽烫机，工作时一派云山雾海笼罩。

开初一阵，我不会使巧劲，用蛮力特别见累，腰酸背痛，两腿肿胀，脚的大拇指瘀血，指甲背呈乌紫色。

梁红玉与老板娘周英颀原先在国内不认识——她们同属于一座城市——出身大城市和与老板娘老乡这双重关系，使得梁红玉拥有优越感，自我感觉良好。梁红玉瞧不起从浙南山区出来的土华侨，动辄数落我们没素质、没文化。梁红玉说她当年在佛罗伦萨郊区一家衣工场做工，吃饭时许多人端碗蹲在路边吃，嘻嘻哈哈，人家老外车子开过直摇头。梁红玉严肃说道，人要自尊自爱啊！

员工宿舍是套半地下室房子，一大半在地下面。窗户推出去，见着的是一面长满青苔的沟壁，只有上头很少一溜露出地面，一小片光线软弱无力地挤进来。

梁红玉比他人爱讲卫生，这点是事实。有女工洗澡后没把掉落头发清理掉；有男工小便拉出马桶外。梁红玉气得脸走形，大声嚷嚷。她有文化，连夜写下约法三章，贴在洗手间瓷砖上。每回撒尿面对那张纸，我一惊一乍，生怕滴到马桶圈外去。小客厅摆有两张旧沙发，其他人很少坐。梁红玉常搁杯茶水，坐那儿看会儿书。梁红玉伸懒腰喟叹道，整天做衣服，脑子生锈了哎。有次不晓得哪位落个烟头在沙发脚，这不啻太岁头上动了土。梁红玉将抽烟的几人叫到小客厅，说，你们自己承认好了，谁把烟头扔这儿的？没人承认。梁红玉恼羞成怒嚷道，把口袋里烟拿出放茶几上！梁红玉是要拿烟头和烟盒做比对，可大家抽的均为白万宝路牌子。梁红玉软了腔调说，我们……住在地下室，空气已经够污浊的了，难道这个道理你们不懂吗？梁红玉一张纸一个字，将"禁烟"两字贴于小客厅墙壁上，十分醒目。

同样来自大城市的胡爱君，脸色苍白，四肢乏力，隔三岔五在炉头炖补品吃。她精神头不好，炉头擦拭不干净，留下渍迹。梁红玉在厨房再贴一纸约法三章。胡爱君见之撇嘴道，这下子好了，没地方可贴了。

梁红玉与胡爱君的矛盾，才是刺刀见血的矛盾呢。胡爱君有几分姿色，面白唇红，体态丰腴，尤其是她比梁红玉年轻十来岁。一位三十出头女人与一位四十出头女人，在有些人看来或许无关紧要，大同小异，可当事人是会顶真计较的。胡爱君就曾说过，梁红玉喜怒无常，吹毛求疵，是因为到更年期了。梁红玉则说胡爱君是一条处于发情期的母狗，看见男人眼睛发绿光。

胡爱君的私生活确实有些混乱。有时下班出来，便有男人车子载她走了；有时夜半三更，她才摸回宿舍。有一段日子，经常听到她在洗手间呕吐，大家都被吵醒了。

梁红玉在周英顾面前告状，说胡爱君怀上了野种，不适合再在衣工场做工了。胡爱君是位熟练打扣工，如辞退她短时间找人顶上有一定难度；再说，胡爱君虽然病歪歪的样子，打扣的任务还是会完成的。周英顾说，再看看吧。休息日那天，胡爱君在外头待了一夜。回来后脸面比纸白，身子轻飘飘的。大家心知肚明，大致晓得是怎么回事了。周英顾不免动了恻隐之心。她对胡爱君说，身体是自己的，人在欧洲……没有身体是不行的哦。胡爱君用力点头道，老板娘我懂了。

有天夜里，我心血来潮，撸起袖子和面做饼。

一位从法国巴黎过来的朋友，捎了一斤中国舟山的虾皮给我。当年虾皮、海蜇、干贝之类物什，欧洲其他国家买不到，只有法国巴黎的中国商店才有卖，属于稀罕物。我奉献出半斤虾皮，与三层肉丁、洋葱丁一块儿拌和做饼馅。

老家称这种烙饼为麦饼。

咬上一口麦饼，冒热气，嘴角流油，大家啧啧称道，好吃！太好吃了！

梁红玉在房间听音乐。

梁红玉有只随身听，时常见她耳塞贴在耳孔上。

我敲她房门，说梁姐，你……麦饼要吃吗？半天没应答，也许是耳朵听不见外头声音了吧。我索性推开了她房门。梁红玉靠在叠成长方形被子上，架着二郎腿。她取下耳塞问，你说什么？

梁红玉吃完一只麦饼，说香喷喷的，比比萨好吃。我说不会吧，比萨全世界有名，这麦饼只是我们山区人充饥的食物，一个天上一个地下，不好比的呀。梁红玉说，我实事求是说话，这麦饼为什么要比比萨好吃呢，道理在于，比萨是将馅铺在上面，麦饼是将馅包在里面，香气漏不掉，所以就格外香了。得到大家肯定心里欢喜，我说还有半斤虾皮，下次我再做麦饼吃。

有批衣服得赶货。这批衣服已做好，还需两道工序，剪线头和熨烫。意大利大妈不愿意加班加点，任务落在我身上。

车间在地下室，夜里头分外安静。耳畔听到的大多为蒸汽熨斗的喷汽声，以及周英顾与梁红玉有一搭没一搭的说话声。

夜里十时许，上头传来开门声。一会儿，应炳芳从铁楼梯走下来，手上照例提着一个大号暖瓶。应炳芳为广东人氏，按广东话说，能煲一锅好好喝的靓汤。梁红玉欢天喜地说道，姐夫你煲的汤太好喝了，什么时候教我一手嘛。应炳芳说，这煲汤说容易也容易，说不容易也不容易，全靠熟能生巧了，口头说说不行的啦。梁红玉说，那什么时候去你们家实践一下！

应炳芳与周英顾舅舅，1949年前跑到意大利留学，从此留在了意大利。两人混上大半辈子，学业一事无成。最终与大多数海外华人华侨一样，九九归一合伙开起中餐馆。

舅舅帮周英顾申请到意大利半工半读，周英顾业余时间在舅舅餐馆帮忙。不晓得是应炳芳盗花本领超强，抑或周英顾是位大叔控，两位相差一代年纪的人好上了。双方动了真格——应炳芳与意大利老婆离婚，周英顾与国内老公离婚——他们过起新潮的同居生活。

应炳芳现在开家旅游公司，经济方面尚好。他们在高级区分租一套宽敞房子——相比较于一般华侨，算得上成功人士了。梁红玉有次在他们家过夜回来说，人家那才叫优雅生活呢，红酒烛光，钢琴声像水一样漫过来……沁人肺腑啊。

周英顾在国内是某歌舞团的钢琴师。她来意大利学的专业为管风琴。

应炳芳虚胖，特别怕热。有次他抱个大西瓜来衣工场，脸憋得通红，直喘粗气，汗津津的。周英顾摆上躺椅让他躺下，说你把衣服脱了透透气。应炳芳忸怩不肯脱。周英顾说，没事了，没人看你的。应炳芳脱去衣服，里头是个红肚兜。应炳芳说，这个不能再脱了，脱了肚子会痛的。周英顾替他擦拭身子，既细心又贴心。周英顾说没人看他的，其实不对。当时大家在吃中饭，都忘了夹菜，盯着应炳芳红肚兜看。过去在年画上，我见到过系红肚兜的白胖小子抱着活蹦乱跳的大鲤鱼，没承想一个老头身上居然也系这物什。

应炳芳的体质熬不了夜。加班最后一晚，应炳芳坐在椅子上哈欠连连，眼睛蒙上疲倦的泪花，时不时摇晃脑袋。周英顾好生心疼，她放下剪刀说，红玉，要不……你就多辛苦点吧，我看老应吃不消了呢。梁红玉说，行，保证明天按时发货。

忙好已是下半夜三时许。

梁红玉说先别关灯，我上个洗手间。梁红玉从洗手间出来，直接把灯一盏一盏灭了，连楼梯灯都没留。通常情况下，楼梯口那盏灯是待人上去后才关的。

地下车间无一丝光亮漏进，漆黑一团。

突然间梁红玉抱住我往后推去，双双跌倒在布料堆上。

宿舍附近有块荒地。

得走一程子路，穿过窄街，依然为墙壁斑驳的旧楼房……旧楼房消失之处，出现一片灌木丛，杂乱无章，生机勃勃。以为就这么一溜，那肯定错了。从灌木丛小道走进去，眼前是望不到头的连绵起伏的大片荒地。

在寸土寸金的罗马城里，有好几处这样的荒地，面积颇大，自生自灭。对于这一点，我完全理解不了。这些荒地，为什么不用来盖房子呢？哪怕就是在上头种些农作物也行啊。

来自中国南方山区的我，与野地有着天然的契合性。我不喜欢井井有条的公园格局，讨厌修剪齐整的花木，觉得特别假模假式，没法叫人放松下来，只会叫人更加循规蹈矩，更加按部就班。而作为人，是需要时常跳出去一下子的。

梁红玉以往从不踏足野地一步。她说那种地方藏污纳垢，什么情况都有可能发生的！野地里头的确"藏污纳垢"，这点不假。我有次在野地撒尿，树后头突然闪出一张白生生的脸，向我发出暧昧的笑。那时我尚不晓得何谓同性恋，只是觉得这个男人怪怪的，脸上的表情使得我浑身起鸡皮疙瘩。我勾下脑袋往前走，发现那个男人尾随在身后——我快他也快，我慢他也慢——我以为男人是要行凶打劫，心头擂鼓似的紧张极了。

野地太大，又处于腹地，一时没法摆脱掉男人了。认识到这点后，我反倒镇定下来，心想真的打劫就让他来吧，反正身上没几个子儿。我站住转过身子，男人已将裤子褪下，一副丑八怪皮囊悬挂在外头。男人脸上仍旧暧昧地笑，捎带几分妖媚相，一点不凶神恶煞……顿时我恍然大悟，这男人怕就是传说中的同性恋者吧。

以后再碰到这号男人就有经验了，只需摇头，或者说不，对方便不会纠缠。

野地是吸毒者天堂。他们跑到这儿来打针，一次性针筒遍地皆是。与他们撞见时，挥挥手，哈噜一声，咧嘴一笑即是。

休息日，上午大家补觉。

起来吃过饭后，梁红玉手上拿个傻瓜机对我说，吕璧，今天你帮我出去拍几张照片。从屋子出来，阳光明媚，居民人家院墙上繁花似锦，分外艳丽。梁红玉戴上墨镜，搔首弄姿，我撅起屁股替她拍了几张照片。两人边走边聊，穿过窄街。梁红玉说，我们去野外拍吧，我给你也拍一张。

我没问梁红玉怎么就不怕野地发生情况了——我隐约觉察到，她是想那个了。梁红玉脸颊潮红，看我的眼神直勾勾的，与野地里所碰见的同性恋者有得一比。

宿舍里有人，而开房间，对于当年的穷华侨来说，那是连念头都不会有的。

所以，也只有野地了。况且春暖花开，熏风拂面，这野外的天地还真不赖！

梁红玉爬上一棵树。她坐在树的横枝上，优哉游哉地晃荡着两腿。梁红玉说，在黑龙江建设兵团当知青时，我学会了爬树！我仰起脖子替她拍了一张树上照片。梁红玉没下来，她说吕璧你上来！我爬上树，按梁红玉所指方向，看见河边三个赤条条的人，一女两男。他们在做男女间的事，花样有些不同，女人用上了口交。这三人我平日见过，应该属于那类不为生活所迫的流浪人。他们的帐篷搭在野地，啃面包，喝劣质酒，谈笑甚欢。有次看见其中那位络腮胡男人，抱着一把吉他弹唱，音色苍凉，富有磁性……今天天气不错，他们下河戏水。洗干净后，就地摆上了战场。

梁红玉看得如痴如醉，喃喃说道，真是一派天然呐……她撩起衣裳，解开搭扣，让我吮吸。我头埋进她胸前一阵后抬脸说，咸。梁红玉咯咯笑，身上有汗，小傻瓜。

梁红玉说，好长时间没做……上次做了好痛呢……我说，我也痛。梁红玉说，不会吧，男的也会痛？我说，火辣辣的痛，裤子一碰上就痛。她看着我问，你……总不会是处男吧？梁红玉这么问太小瞧人了吧，我不服气地说，怎么可能！

梁红玉在车间裁衣案板上铺两层布，一层旧报纸。天气暖和，我们在洗手间用冷水擦了一把，清洗下身。这回没全关灯，留下楼梯口那盏灯，一半黑暗一半光明，明暗交错。梁红玉说，这样的灯光效果好，富有仪式感，特别温馨。这娘们调教我吃她，患了伤寒病似的身子颤抖个不停，发出凄厉的尖叫……激情燃烧过后，梁红玉突然号啕大哭。我丈二和尚摸不着头脑，不晓得劝说两句什么话为好。

梁红玉边哭边倾诉道，我堕落啊……我的家庭那么好、方方面面都好……我老公优秀，我女儿乖巧，我父母、我兄弟姐妹一大家子……全都那么好哇……我不该自甘堕落，我这样子做，猪狗不如啊……

我拉上她手说，梁姐，你心里不好受……我们以后不做了好么。梁红玉擦干眼泪，一字一顿说道，悬崖勒马，回头是岸。

衣工场效益不好。周英顾眼高手低，她认为自己是个有艺术造诣有品位的人，她办的衣工场决不能像大多数华人衣工场那样，走粗制滥造地摊货的低端路子。她对接的公司，均为正牌的服装公司，价码高、做工相对考究。但理想很丰满，现实太骨感。在衣工场做工的员工，几乎百分之九十九以上是半路出家的，他们来自各行各业，为谋生，干起了服装业。拿我来说，我在国内是自来水厂安装水管的学徒工，压根没拿捏过熨斗，更不用说这种蒸汽式专业熨斗了。要求这等乌合之众做出上档次服装，显然有难度。故而，被服装公司退货的事接二连三发生。

周英顾削尖脑袋跑到意大利留学，当初肯定是有远大理想的。在音乐这条道上走不通后，她转变目标，欲想在世界时装之都的意大利分一杯羹，以此来实现自己的人生价值。这同样死路一条。周英顾骑虎难下，苦苦撑持。直到有一天，她送员工休息日吃的菜去宿舍——里头水漫金山——终于爆发出来了。

那天的情形，颇有几分戏剧性。

一大早，不知何原因停水。心不在焉的胡爱君没关水龙头，即匆忙上班去了。恢复供水后，水从洗脸盆溢出，流淌出洗手间，漫进客厅及各房间……待到周英顾开门进去时，地下室水位盈尺高了。

这桩事，成了压垮骆驼的那根稻草。周英顾怒气冲冲，人尚未走下铁楼梯，即大声叫嚷道，不做了，不做了，今天就把工资结清，你们走人吧！

衣工场散伙后，因宿舍房屋租赁合同尚未期满，故大家仍住在这里。随后陆续有人搬走。胡爱君搬走后，只剩下了我与梁红玉。

胡爱君零碎物什多，我帮她拿了几样东西。梁红玉挖苦道，瞧你这副屁颠屁颠模样儿！

吃过晚饭，梁红玉独自出去转上一圈。回来在沙发上正襟危坐，认真看书（书是从应炳芳那里借来的）。

九点一刻，梁红玉起身洗漱。进房间前她说，我最近睡眠不好，怕吵……请你……保持安静哦。我承受不住失声嚷道，梁姐……你对我态度好点啊。梁红玉笑笑，挥一挥手。

这天，陈岳生开车过来。

陈岳生在外头大声喊叫，吕璧，你人在吗？我萎靡不振躺在床上，拿老家的话说是在织草席呢。我趿拉着鞋跑出去，一副蓬头垢面样子。陈岳生从车头跳下说，怎么回事？你没生病吧？孙翠花与她女儿从车上下来。孙翠花说，一个后生，怎么连脖子都歪掉了？我软塌塌说，失业睡懒觉，能好到哪去哇。陈岳生打开面包车后门，孙翠花儿子面无表情跳下。

陈岳生说，今天烧烤去，我把家伙带来了。我无动于衷。陈岳生说，别拉着脸了，日子还是要过的，这么一点小小困难根本不是个事嘛……我已经给你访路数了，找份活干迟早的事啦。我说，你们稍等。

我刷牙洗脸，换衣套鞋。临出门时，我犹豫片刻后鼓起勇气敲梁红玉门。梁红玉问，什么事儿？我说，我朋友去外头野地烧烤，你去吗？梁红玉说，到时再看吧。我在门口站了会儿，本想再说上一句，终究没开口。

车子开进野地，兜上一圈，停在一棵树下。

陈岳生脸膛紫红，今天能把孙翠花的一对儿女带出来烧烤，他显然十分高兴。

他们忙乎时，我走开了。走到一株野李子树下，听到动静，抬头看见树上有个人捏了条蛇皮袋在摘李子。仔细辨认，原来是一位远亲。我叫道，光军叔，你怎么会跑这儿来摘李子呀？远亲是个木讷的人，他含糊不清地应答了一句。

这位老兄，出国年头较早。当年国门刚打开，人们对外面的世界充满了好奇与向往。即将远赴意大利的这位老实巴交农民，一夜之间成了个名头人物。羡慕的人有之，拍马溜须的人有之。老兄家在乡下，得先到县城再乘车，在我家住了两个晚上。那两日我家来人络绎不绝，车水马龙。半辈子在地里刨食的老兄，于浑然不觉间抖了起来。有老太婆拿稻草绳捆扎红冠公鸡翅膀提过来，老兄蒲扇般大手一挥道，每天山珍海味，哪吃得下鸡噢！大叔递烟，老兄举起烟支看啥牌子。而在过去，老兄一直是抽旱烟袋的……如此情景，可说历历在目。将眼前的老兄与当年的老兄两相对照，蛮滑稽的。

我冲远亲喊道，光军叔，下来歇会儿，吃支烟吧。远亲说不了，爬上爬下费工夫。这句话他说清楚了。我丢根烟上去，远亲水中捞月一般没捞住。再丢，再捞，好几回合才接住。

没想到，这是我与远亲最后一次的见面。

数日后，远亲坐女婿的破车去运货，上坡时熄火。远亲下来推车，没推上几步，车子突然往后倒，将远亲撞翻在地，车轮子从他身上碾过，远亲一命呜呼。

梁红玉来了，精神头尚好，吃了羊肉串，喝了两罐啤酒。

返回宿舍，多日来形成的那道沟壑，似乎有所松动。梁红玉问，吕璧，这些日子……你是不是有些魂不守舍呀？我应答，嗯。梁红玉再问，为什么呢？我说，你故意的。梁红玉说，你的意思是……你喜欢我喽……依我看，你喜欢的不是我，你喜欢的是……那男女的事，对吗？我摇头。梁红玉说，打个比方，如果说……那个狐狸精和你在一起，你会和她做吗？在背后，梁红玉一直叫胡爱君狐狸精。我没吱声。梁红玉说，狐狸精比我年轻，屁股又大，你保证喜欢的啦。

晚上，我睡在梁红玉床铺上。梁红玉约法三章，只能像姐弟一样躺着说说话。我做小动作，被梁红玉拧了一把大腿。

梁红玉说，我把自己的故事说给你听，你要听吗？我说，我心里乱麻一团。梁红玉说，这叫修炼，过了这一关，咱们就可以当神仙了。我说，让神仙见鬼去！梁红玉呵呵发笑，说，不要调皮捣蛋了哦。

梁红玉出国前为某单位中层干部。那年她参与商务考察团出访欧洲数国，在意大利脱团溜掉了。梁红玉说，这事在出国前她与老公商量好的，到欧洲挖到第一桶金回去创办公司做老板。欧洲并非遍地黄金，几年工打下来，存款的数目离创办一家公司尚远着呢。在外头起早贪黑干苦力活倒在其次，最难煎熬的是那份思念之苦、孤独之苦。正是在这种情况下，她才做出对不起家人的事儿来的……

大清早，梁红玉主动要了。与以往所不同的是她这次一开始就没放松，明显一心两用，似乎有些焦虑不安……抑或，是溺水者抓取救命稻草的挣扎？

梁红玉老调重弹号啕大哭。负罪感再度袭上我心头，我口干舌燥，五味杂陈。我舔舔嘴唇说，梁姐你别哭了……下次、下次我们真的不要做了……梁红玉摇头。

梁红玉说，不是那回事儿。

我问，还有其他事……让你难受？

梁红玉问，你说，我去……旅游公司上班好吗？

大前天，应炳芳曾来过宿舍把梁红玉叫出去吃饭，她很晚才回来。

联想到这一层，我明白了她这回的哭，性质已变了。

烧烤那天，陈岳生说现在许多人找不到活干，跑法国去了，特别是会做衣服的，那边衣工场多，工位好找，工资比意大利要高三分之一光景。梁红玉问，去法国签证办得来吗？陈岳生说，签证那是很难的，都是偷渡过去的呀，我有个朋友和他老婆上个月刚过去，他那天打电话来说，其实就是爬山嘛，意大利这边一道铁丝网、法国那边一道铁丝网，翻过两道铁丝网就行了。梁红玉眼睛瞪得大大的，说就这么简单？陈岳生说，对摸不着底细的人来说是难的，搞清门道了就很简单啦……那个城市叫什么地名我忘了，直接乘火车到那里，火车站旁边就有当地蛇头，他们会领人过去的。

梁红玉又问，那铁丝网不带电吗？陈岳生夸张大笑，说，像你们这种城市人，真的是头发长见识短呢，要是边境线的铁丝网都带电，那还得了，先别说得费多少电了，山上树木茂密，树木是导电体，这是常识，树木连着树木没有止境，那岂不整座山都是电了，整座山有电岂不成火焰山了哇！

片刻后梁红玉问，有出过事故吗？我的意思是……翻越边境那座山，有人出事故了吗？

陈岳生喝完一罐啤酒，抹下巴嘴说，当然有！有对文成人两公婆，应该是摸黑走错路了，从岩壁滑下去摔到下头山谷里……

不过像他们这种情况不多的,这么多人过去都平安……这是人的运气问题,人倒霉运了,坐在房间里都会被吊扇掉下割去脑袋瓜的噢。

梁红玉与陈岳生的这段对话,我句句听到了,但没入脑子。

这么说吧,陈岳生这个说者是无意的,我也是当闲谈来听的,而梁红玉这个听者是有心的。

梁红玉拿定主张后对我摊牌道,我准备要去法国……你什么态度啊?

我吃上一惊。

回头一想,梁红玉既然当年能干出脱团逃跑的事,那么,在她认为的紧要关头——通过偷渡途径来摆脱目前处境——这应该是可以成立的啊。

我们收拾行囊,锁上门,将钥匙放于平时放钥匙的花盆底下。

这个不算秘密的秘密,老板娘周英顾晓得的。

居然稍稍有点小兴奋,一如逃学的小学生,心口扑扑跳,脸面上溢一缕掩饰不住的笑意。我们乘地铁去火车站,搭上开往意大利与法国交界那座城市的列车。

有关这趟偷渡行为,至今想起仍心有余悸。而且,那前前后后的事情,也是云里雾里,显得吊诡,混沌,怪诞,捉摸不定。

抵达边境小城,出火车站。这座海滨小城,弥漫着一股潮湿的海腥味,叫人舒坦。这个印象我记得很牢。好心情只持续了三五分钟。我们来这里的目的并非旅游，是偷渡。事情的性质，决定了人的心境。我们往广场角落头走去，果真见到贼头贼脑的人在那里守株待兔。其中一位过来搭讪，与梁红玉谈好价码。

广场前面一溜的士，我们坐上靠前的那辆。车子启动，驶出城区，沿着海岸一条柏油公路开去。坐上车这一段，我稍许恍惚，感觉中像是戴上了某种变形眼镜，进入了一条隧道，眼前展现出的世界游移不定，似有似无……天很快黑下来，海面风平浪静，远方灯塔的光亮，朦朦胧胧。

没有月亮，亦无星星。

车内无人说话。我认为这不是紧张的缘故吧——至少我是松弛的。人乘坐上交通工具，往往会是一种听之任之的心情。前方墨汁般一团黑，车灯光柱形同两根红缨枪戳向那个无底洞……就算前头是鬼门关吧，也得听天由命了啊。

车子拐入上山小公路，车灯下能见着一片片红叶。山上有座村庄，大老远便看见了小教堂剪影，浓一点的黑与淡一点的黑叠在天幕上。接着出现为数不多的灯火，鬼眼一般飘忽……车子从小教堂旁边擦过。黯淡光影下，有几人站在小教堂外头巴掌大广场上。是年轻人，三男两女，他们抽着烟。悄无声息，一如默片电影里的一个镜头。

在崎岖的山间公路又开上一段路，车子靠边停下。司机没熄灯，他在光圈边沿撒了泡尿。司机是位略胖的中年人，耷拉着一对厚眼皮。他趁蛇头没注意时，做出一个双手交叉叠起的动作。

是人被手铐扣上吗？抑或其他什么暗示？

我吃不准。

在伸手不见五指羊肠小道上磕磕碰碰走了个把钟头，来到一道铁丝网前。这儿是高处，不远处的底下即为那道万丈深渊了。一架大型拱桥横跨在山壁两头，灯火通明，不时有大卡车经过。这条公路为大卡车专用道；小车走下头海岸公路。山这边属于意大利，山那边属于法国。一会儿后，巡逻警车闪耀着蓝灯从这边隧道钻出，驶过大桥，钻进那边隧道。警车来回一趟，半个小时。越境者必须在半小时之内，走过桥面，穿过对面隧道。

蛇头叫我先走，探下路。我将梁红玉皮箱和自个双肩包托过铁丝网，然后从铁丝网翻越过去。借助桥上灯光，顺利地从上面下到大桥上。人暴露在明晃晃光照下，头皮发麻。我使出吃奶气力快步疾走，可说健步如飞了。顶多一分钟吧，我即走完大桥，钻进隧道。隧道不短，怕有千把米长度。我任由两腿机械摆动，不间断摆动，脑子里头空空如也。

有三到五辆卡车从身边经过。番人这点蛮好，不好管闲事。没有一辆卡车因为边境的公路上出现一位东方面孔的人而停下车来，他们的车速原先怎样就怎样。我瞥见一辆卡车上的司机侧面，他一动不动地注视着前方，好像隧道里没我这个人存在似的。

终于走出隧道口，跨出护栏，瘫倒在路边乱草堆上。

我到法国了呀！脑子恢复意识，跳出这么一句话。

警车缓缓驶过，这回距离近，看清楚里头坐着三位警察。

梁红玉出现在隧道口，我轻声叫她。梁红玉连跨过护栏的力气都没有，我帮她跨过了护栏。接触到身子时，发觉她颤抖个不停。刚才等待的时候，我就已经疑窦重重。巡逻警车来回了两趟，梁红玉还没过来。第三趟后，她才过来。

为什么要这么长时间呢？

蛇头长啥样子的，我记不得了。每回想起，脑子里头便会出现一只硕大无朋的鹰钩鼻子。如铁塔，如挖掘机。仔细一瞧，铁塔是鹰钩鼻子，挖掘机也是鹰钩鼻子。

日后想起，觉得自己真是猪脑子呢！包括梁红玉，脑子也进水了。探什么路？我要是被警察逮住了，又没法告知她的，她梁红玉还不照样要过来，照样自投罗网？！

在山中迷了路。

应该说我们本就没走在路上，哪怕一条羊肠小路都没有。我们自认为是朝着一个方向走了，朝着法国那头走了。可是，我们前前后后翻越过了五道铁丝网。显而易见，我们是在兜圈子了，重复翻越铁丝网了。

饥肠辘辘尚且好说，口渴真叫人受不了。更加让人备受煎熬的是听见水声喝不了水！水声还蛮大的，叮咚响，相当悦耳。小水沟被厚实的藤蔓植物所覆盖，人接近不了。我后退数步，助跑，起跳——我的用意是想拿自个身体重量砸出一个窟窿，那样子就能喝到水了。这样跳了几次根本没用，人如落在弹簧上一般。口干舌燥简直要发疯了。我伸出舌头舔吸叶片上露水。渐渐地,摸索出些许经验,厚的、光滑的叶子往往水分多些,且不会伤及舌头。

梁红玉脸阴沉着,话语少。我与她商量道,我实在提不动了,腿肚子磨破出血了……我们把皮箱扔了吧。梁红玉木然。我接着说,我老家有句话,落水要命,上岸爱财,我们现在……人在水里头,应当先保命了。梁红玉幽幽说道,扔吧,最好把我也扔了吧……我抱住梁红玉,说,我不扔了,累死也不扔了。梁红玉同样幽幽说道,人生是场噩梦啊……

那幢房子的出现,出乎意料,同时,让人惊喜!当时我们非但迷路,还陷入了一人多高的灌木丛中,地鼠一样钻来钻去,越钻灌木越厚,连走动都困难了。梁红玉坐在地上,说不走了。我说,不走我们会饿死、渴死在这里的。梁红玉说,死了拉倒。我说,这怎么可以,为出国我家房产证还押在银行呢……我对不起天对不起地,对不起父母和兄弟姐妹的期盼啊。梁红玉说,你想得真够多的。我说,我能不想吗?我跑到欧洲来,是为了改变家庭命运的,哪有连债都没还清……就把命丢了哇。梁红玉说,那我们等天亮再走吧,这样子晕头转向没法子走的。

天仅一丁点亮,我便催促梁红玉起身了。我挺起胸膛说,人在困难面前,要有坚定的毅力哦。梁红玉难能可贵一笑,说,吕璧你太可爱了呀。走了一刻钟,眼前豁然开朗,便看见了那幢独门独院别墅——院门口亮着一盏白生生的灯。接下来就省事了,沿着别墅前石道往下走，又看见两幢房子。再走一阵，房屋接二连三出现，我们抵达小城郊外别墅区了。

天亮时，我们来到小城一家海边酒吧。这是一家通宵营业酒吧，头天晚上泡吧的人还有一些在，东倒西歪的有几位，仍在喝的有几位。这家临近意大利的酒吧，可以用里拉，我们要了十瓶水。我喝七瓶，梁红玉喝三瓶。

记得是小瓶装的苏打水。

在火车站售票厅，我排队，梁红玉去附近银行兑换法郎。

这期间，梁红玉的心里究竟是怎么想的，她为什么会发生翻天覆地的变化，于我来说至今是个谜。

正当我快要排到窗口时，梁红玉领着两位警察走过来。一位警察将手搭在我肩膀上，很有分量。梁红玉面无表情说，跟他们走吧。我问，你……被他们发现了是啵？梁红玉说，我找他们的。我迷惑不解问，为什么要这样？我们千辛万苦才爬过来的呀，我们不是要去巴黎打工的么……梁红玉说，我觉得没意思了，就算去了巴黎，也是打黑工，还不如回意大利吧。

警车带个封闭车厢。警察友好地请梁红玉坐上副驾驶座。我伸手欲拉后排车门，被警察制止住。一位警察掀开后面车斗盖子，向我甩下脑袋，我知趣地爬进后车厢——里头已有一位被抓的阿拉伯籍小偷，是位鬈发男孩，眼珠子滴溜溜转。我与他对视了一眼。

隔着铁栅栏，能看见梁红玉脸部侧面。她依然面无表情，好陌生啊。

买了前往巴勒莫的火车票。

当时我是病急乱投医了，从兜里摸出袖珍电话本，在意大利边境小城火车站电话亭乱打一气电话。人家推三阻四，没人愿意接纳，第九个电话打到最偏远的西西里城市巴勒莫。我当时的认知度，只晓得西西里是座岛屿，蛮远的，并不晓得到底有多远。后来乘火车，足足坐了27个小时。巴勒莫那头的人叫吴春，他慢条斯理问，有什么事吗？我差不多带着哭腔说，我偷渡法国被警察拦住了，现在没地方去……能不能去你那里暂住几天啊？吴春倒是难得的爽快，说，开饭店不怕别人肚皮大啰，多个人多双箸呗。过后我对梁红玉说，我没提你……不过车到山前必有路，去巴勒莫好吗？梁红玉懒懒说道，你倒是有乐观主义精神嘛。

列车停靠罗马火车站时，梁红玉突然站起说，不行，我不去巴勒莫了……吕璧你多保重吧！我未回过神，她已从铺下拖出皮箱往车厢头走去。我反应过来跑到车厢门，梁红玉已下车，头都没回消失在人流中。

IV 实与虚

巴勒莫·每个人都有嫌疑

吴春：巴勒莫某餐馆老板

老金：吴春餐馆大厨

齐黎军：吴春餐馆二厨

江利群：吴春餐馆三厨

麻稻菽：吴春妻子

李也白：中餐馆老板，警察局的中文翻译

伍靖年：曾当过蛇头，麻稻菽的小情人

睡了两天。

自然并非全都在睡了，有时醒来，吃几片饼干，喝几口瓶装水，然后接着倒头再睡。

吴春把我推醒没好气地说，你小子吃什么蒙汗药了？哪有这种睡法的！我一骨碌坐起，说，对不起，我前头好几天没睡了。吴春态度缓和一些，拖张椅子坐下说，我还以为你小子被西西里岛黑手党吓破胆了呢。

我猴子一样眨眼睛，努力回忆起刚抵巴勒莫火车站的一幕。

到巴勒莫是夜里九点光景。出站没见吴春人影，我蹿进电话亭打电话。吴春老婆说，他已经过去啦，你等他就是了。这回我没将双肩包拿下，套了一根带子斜挂在身上——没料到这同样是危险的。我在站前徘徊，正要掏烟抽时，一辆轻型摩托车飞速过来，两位后生前头的开车，后头的抢包。我被拖着跑了几步路，背包带扯断后跌倒在地。从地上爬起我死命追，大喊大叫。抢包的后生转过头看我，一副瞧猴戏的神态。街道上并非空无一人，事实上有好几位行人，其中不乏年轻力壮者，可人家照样走自个的路，熟视无睹。

与吴春碰面后，我气喘吁吁说，西西里岛果然名不虚传呢，我被黑手党抢劫了！吴春说，笑话！黑手党是你这号人能见着面的吗？我对你说，黑手党一个个都是绅士，走上层路线，做大生意的，怎么会跑到火车站抢你这个穷光蛋的包呢……我说，可是，我明明包被抢了呀。吴春道，都是些街头小混混啦。

我已经是老江湖了，大额纸币照例缝在短裤里头，护照和居留纸放在贴身口袋里。不过背包里还有一本护照，是国内一位亲戚寄来的。亲戚交托我看情况，如意大利再次大赦，就让我顶替他把意大利居留给办下。

当夜，吴春让工人陪我去火车站附近垃圾箱寻找。通常情况下，他们会把偷来的包、抢来的包，包括包里没用的东西丢进火车站垃圾箱的。也算是偷有偷德、抢有抢德吧。火车站拐角处，计有大号垃圾箱八个。我们在每个垃圾箱里都翻找出不少包，女式的小包占绝大多数。无功而返。

我不好意思笑笑说，我见识浅，就别笑话我了。吴春说，今天周末，晚上有点生意做的。我说，我晓得了。

这是规矩。

当年寄居人家餐馆里，周末、周日是必须要帮忙的。平时如生意好，也要见缝插针帮忙。总之得识相，要不白吃人家的饭、白睡人家的铺，是会遭人白眼的。计较点的老板，甚至赶你走没商量。

我干过厨房，厨房活儿插得上手。那天干得最多的活是洗刷盘子。跑堂将一摞摞盘子搬到出菜窗台，我像卓别林一样快速地把盘子搬到洗碗槽。慢上一步，出菜口堵住，大厨出不了菜照例要骂人，老板娘在外头要跳脚尖叫。洗盘子程序，用海绵擦蘸上洗洁精，逐个抹一遍，将盘子一一插入洗碗机。洗碗机启动，五分钟后自动洗净盘子、烘干。

三厨兼洗碗工的江利群对我产生了戒备心。吃点心的时候，江利群问我道，你做过三厨？我说在奥地利做过。二厨齐黎军说，奥地利那边中餐馆做法不一样的。我说，差不多吧。齐黎军摇头道，奥地利餐馆的酸辣汤，餐期前做一整桶，客人要时兜上一汤瓢，奥地利是一份份做的……糊春卷皮也不同，意大利用面筋抹在铁板上，他们是兜一瓢面粉水倒铁镬里的……大厨老金问，你和老板什么关系？我说朋友呗。老金再问，嫡亲朋友？我没明白意思，抬头看老金。齐黎军说，朋友有各式各样朋友，大师傅问你和老板是不是那种特别亲近的朋友？我说，过得去吧。老金道，那么就是一般性朋友啰。江利群明显松口气。

江利群仍然对我保持警惕性。有天我进厨房寻活儿做，江利群道，你出去吧，这点活儿我单个人都不够做的。老金插嘴道，晚上下班清洗抽风机盖子，到时你过来帮忙。

中餐靠炒，油烟滚滚。国外厨房不准开窗户全封闭——如若油烟冒出屋外，楼上居家的人一投诉，卫生局马上勒令整改，甚至关店门。厨房的油烟，靠抽风机吸走。每隔一星期，抽风机整套设备清洗一次，这活儿归大厨分内。

今天有帮手，老金搬来梯子拆开与抽风机连接的洋铁皮烟囱。老金道，烟囱半年没清污了。我找来一身谁丢弃的旧衣服，钻进烟囱洞。老金道，人不用钻进去的，拿这个家伙就行。我在里头瓮声瓮气说道，我干过这活儿，转角得人进来的。不多时，我端出一塑料盆稠黏油污，说里头还可以刮出一盆。老金点头道，不错、不错，不怕苦、不怕脏，好样的！齐黎军说，路遥知马力，日子长久了才晓得实际情况的哦。江利群频频点头，貌似齐黎军说出了他的心里话。

夜头三点钟，我轻手轻脚起床，套上衣服去洗手间洗漱。没多大工夫，吴春从阁楼下来，我已煎了鸡蛋，热好牛奶。吴春说，你动作倒是快的。吃过早餐下楼，今天要去渔人码头采购海鲜。

平时去渔人码头采购海鲜，吴春单个人去的。昨天吴春对我说，明早去海鲜码头，要不你也去，见识见识西西里岛的海鲜。

在车上我叹口气说，巴勒莫八家餐馆全跑遍了，没工位，再这样下去我得……去其他地方看看了。吴春问，具体去哪里？我摇头道，还没有，这两天都在打电话……难呐。吴春道，如还没落实，你就只管待着呗，我老婆她倒不是一个计较的人。

抵达渔人码头，旭日初升，一片暖色调。海鲜产品非常丰富。这里的带鱼，长得有一根扁担长，尾巴开叉，脊背嵌珠，银光闪亮。吴春说，这种带鱼中看不中吃，味道与我们中国的带鱼没法比，肉料粗，味道不鲜美。有一种类似于中国黄花鱼的鱼，同样肚皮金黄色。这番人地出产的物什有个特点，普遍比中国的物什大个。茄子要大个，南瓜要大个，洋芋要大个，番薯要大个，人不用说要大个了。这种类似于黄花鱼的鱼，也大个。吴春说，中国的黄花鱼我只在小时候吃过，味道怎么样差不多忘光了，不过这鱼我认为与黄花鱼有得一比，肉料细，一瓣一瓣，好吃！这几样海产品买来，是供员工开饭菜用的。我说，奥地利中餐馆员工吃的苦。吴春说，奥地利是内陆国家，海鲜肯定很少吃到了。我说，有吃到。吴春问，什么海鲜？我说，海带。吴春道，看你嫩头，说话倒蛮幽默。我说，我打工的那家餐馆，老板对大厨说，工人吃的菜，得自己想办法，也就是利用下脚料了，做春卷馅的球菜心，腌起来配白粥，做油炸鸭剥下的骨架，放几条粉丝、几张菜皮，拿来下饭……番人猪脚做狗粮罐头的，老板去肉公司买肉白搭一些来……刚开始我不懂，认为有猪脚啃生活真不错，后来天天吃猪脚，一看见猪脚就倒胃口。

巴勒莫这座城市，我喜欢。在国内时，县文化馆的白面书生曾提到过西西里岛，提及一部啥电影，说很有名气，让人怀旧，充满浪漫色彩。我先前对这地儿毫不了解，只晓得该地是黑手党老窝。那天乘火车过来，火车开到意大利半岛顶端，不能再开了，再开就开到海里去了。火车被拆成一节一节，由火车头推进渡轮船肚。那艘渡轮真叫大，一列火车装进去，还装了一两百辆小汽车，人如蚂蚁一般拥上甲板。那道海峡，太漂亮了，海水蓝如蓝宝石，许多鸟，大部分白色的鸟，随着渡轮盘旋。我发现，它们原来是有目的的。轮船叶子把鱼搅起，鸟们直线插入水中，叼起一条鱼，在空中将鱼吃进肚子里。

当年的我属坐井观天之辈，以为岛的面积总是不大的，可这西西里岛从轮船码头到巴勒莫城市，火车就开了三四个钟头！西西里岛到底有多大？光这段距离，就足以使我瞠目结舌了。

我喜欢巴勒莫，是觉得这儿与欧洲其他城市不同，没有那么整齐划一，没有那么干净，没有那么斯文，没有那么死板硬套。这是一座富有人间烟火气的城市，满大街的人自由散漫，汽车闯红灯是家常便饭。人们说话的声音，明显高出几个分贝，街头巷尾面红耳赤争论的事常有发生。我有次见到一位母亲举着木棒追赶儿子，儿子猴精一样在车水马龙的闹市区游刃有余，母亲不甘示弱，手举棍棒穷追猛赶……关键是周围的人，开车的、行路的，全没当回事，许是见惯不怪了。来自中国南方山区的我，对这些场景似曾相识，恍然间以为是在自个老家的某条街道上，有一种如鱼得水般的舒适感和默契感。

这天逛菜市场，菜市场的蔬菜新鲜得很，裹挟田野气息；菜市场的水果五彩缤纷，让人浮想起美妙的果园，春华秋实之类的……我与买菜的吴春碰上。吴春说，买菜的女人最生动，你行家呢。我没来由地红了脸。吴春说，走，请你吃西西里岛的煮鱿鱼！

一口三尺六大镬，摆放在露天的菜市场拐角处，热气腾腾，香气浓郁。小贩照样手胳膊毛茸茸，他叉起张牙舞爪鱿鱼头，快刀剁块，排进碟子，撒盐花，挤兑柠檬。我说我吃不来柠檬的。小贩耸耸肩将半只挤兑过的柠檬丢向身后，脚后跟一颠，半只柠檬抛出弧线准确无误落入两丈开外垃圾桶里。我看在眼里，佩服得要死。

站摊边用牙签戳鱿鱼须吃，吴春问好吃吗？我塞了半嘴子鱿鱼须挤出一句囫囵话，好吃。吴春拍我肩膀道，等下有个事跟你商量下。

吴春说最近他伤透了脑筋，有个亲戚还是朋友，情况与我的情况相似，人在中国，去年趁意大利大赦寄护照出来办理了居留。此人与我所不同的是出国途中不走运，被遣返回了中国，眼看居留期限即要满期，但一直寻不到合适的人替代。

吴春递我一支烟说，这几天我把他的照片拿出来反反复复看，越看越觉得像你呢。

我浑身一激灵赶忙说，不可能，算命先生说我这人是异相呢，世间独一无二的。

吴春说，算命先生的胡说八道你也信？算命先生如果能算命，自个就不必在街头摆摊吃冻暴晒了……等下让你看看照片，真的蛮像的。

我不语。

吴春说，帮了这个忙，你就可以在巴勒莫安顿下来了。

夜里我闹肚子，大汗淋漓，接二连三跑洗手间拉稀，吵得同室的江利群直骂娘。江利群粗声大气嚷道，你他妈的白天可以睡懒觉，老叔公是要犁田的噢……你这样饿死鬼一样跑进跑出的，叫老叔公明天怎么有力气上班！我小声小气说，对不起，我不是故意的……肚子里翻江倒海一样，我实在憋不住哇。

七点光景，吴春过来。我一如面条般垂挂在床沿有气无力说，一个晚上……泻了十二次，泻虚脱掉了……江利群翻过身子嚷道，二十趟都有了，吵得人整晚上没睡觉！吴春厉声问道，怎么回事？我说，可能、可能昨天……吃鱿鱼吃坏了，肚子里头就像有台搅拌机，痛死人了，泻了不晓得多少次，屁眼肿了，火辣辣的……吴春老大不爽吼道，吃海鲜就是要放柠檬的，你偏古里古怪不要……今天最后一天截止日期了，你叫我怎么办？！我说，我这就……起床……

在洗手间，提裤子起来时一阵眩晕，我一屁股打回马桶上。重心不稳，我脑袋撞到墙壁上。蓄水箱陶瓷盖子不晓得何故滑落地上，发出清脆的碎裂声。我一只手割破，血滴落下来，额头亦浸出血星子。吴春气急败坏擂门，大声喊道，你到底怎么回事！我说，我……摔倒了……我勉强撑起身子，将洗手间门打开。吴春见我那只血淋淋的手将门把手沾上了血，大叫了一声"皇天呐"！

我老家有句土得掉渣的土话，屎屙到屁股孔头寻粪桶。当时的情形便是如此。万般无奈之下，吴春掀开江利群被子，说，江利群，只有劳驾你了。

实话实说，江利群与那位老兄的相貌相差十万八千里，一位尖下巴，一位平下巴，牛头不搭马嘴。

在警察局，江利群当场给扣下了。

江利群并非有信仰的人，人家警察还未盘问上几句，他便对充当翻译的一位当地华侨李也白把什么都倒出来了。

当天晚上，警方来餐馆带走幕后人吴春。

过后吴春老婆麻稻菽请律师打了两个月官司,毫无作用。

吴春与江利群犯冒名顶替罪被遣返回中国。

一个萝卜一个坑。

江利群这个萝卜连根带泥拔起腾出来的坑,由我填上了。

齐黎军不拿正眼瞧我,说,有些人年纪轻轻,心机倒是蛮重的哦。

我心知肚明,但能说什么呢?

我请齐黎军、老金两位吃土耳其烤羊排。齐黎军起初不愿意去,说,一块打工兄弟一场,江利群现今在老家哭肿了眼,我哪吃得下烤羊排噢!老金道,一码归一码,土耳其烤羊排还是好吃的啦。

两杯酒水落肚,齐黎军僵硬的脸孔松弛下来,不再牢骚满腹。老金说,江利群与那个人的相片,一点不像,这样碰运气的事……老板都不用脑子想想的,害了别人又害自己,唉。齐黎军说,大师傅,我们别扯这个话头好不好,我刚刚心平坦下来……你这么一提头,我喉咙又堵住了。老金道,事情已经这样,日子总得照过吧……你也不必过分敏感喽。眼看没法回避,我硬起头皮说,千错万错是我的错,要是那天……我放柠檬就好了,我长相与那人照片像一些,说不定就不会出这个纰漏了。说完我垂下脑袋,叹出一口长气。齐黎军说,你小子总算讲句天理良心话了……我干脆把底牌摊了吧,我对你们讲,这次的事情,并不是说长得像与不像的问题,长得再像,就算是你吕璧去替代,照样逮你没商量！我与老金差不多同时身子一抖，抬头看齐黎军。齐黎军啃羊排，卖关子。老金憋不住说，黎军你讲个半句话，吊人胃口是啵？齐黎军道，土耳其羊排名不虚传，好吃！

我小心问道，二师傅，依你意思……是有人事先告密了？齐黎军丢下羊排肋条骨，满嘴油腥子说道，不得了，实在是不得了，大师傅，我们身边有位福尔摩斯大侦探呢！老金不耐烦说，有话就说，有屁就放，别兜圈子了！

齐黎军说出的告密者，是那位经常替警察局当翻译的李也白。李也白他为什么会当这个告密者呢？按齐黎军说法，其一，李也白同样在巴勒莫开中餐馆。俗话说同行带三分怨气，作为竞争对手，如有把柄落他手中，人家是狠得下心的；其二，李也白是位好色之徒，他对老板娘麻稻菽垂涎三尺，司马昭之心路人皆知。

齐黎军下结论道，这招他妈的太高明了，一箭双雕，既搞垮老板餐馆，又能够趁机把老板娘麻稻菽弄到手。老金摇头道，我没看出……他和老板娘之间有什么名堂嘛，两边餐馆老死不相往来的，怎么就……就有那号事了呢？齐黎军嘿嘿干笑两声，大师傅，你整天在厨房里炒饭面，哪晓得外头花花世界噢。我插嘴说，我也不太相信。

齐黎军散烟点上，说，李也白与我们餐馆不来往是事实，但这不等于背后他与老板娘没来往呀，大师傅你的口头禅，一码归一码，桥是桥、路是路，我们走在路上，人家站在桥上看风景……两个月前,老板娘不是去海岛那头的小姐妹那里玩么,一块乘火车的还有李也白喔!

　　李也白与来自浙南山区的土八路华侨大不相同,而是出身大城市,是个文化人,仪表堂堂。此人声音洪亮,浓眉大眼,颇有几分样板戏里头的李玉和坏壳——还真是登台献艺的料作,据称唱美声男高音的。当年他吃错了药,以为能去艺术天堂意大利,不管是在事业上还是生活品位上,都将会有个质的飞跃式提升的。经人介绍,他放下身段与一位浙南女华侨结婚。这位女华侨条件算好的,已开了餐馆,李也白出来坐享其成当老板。

　　但这显然不是李也白所想要的生活。

　　有天我在公园闲逛,与李也白碰上。李也白说,女儿去幼儿园了,我六神无主啊。我听不出个所以然来。李也白自顾自说道,现在对我来说,女儿是我唯一的精神支柱。我没搭话。李也白不管我这个听众有没有在听,接着说,我不让女儿和他们接近,他们这些人俗气透顶,整天讲生意怎么样,除了钱,他们心中空无一物,精神世界贫乏得要命,简直就是一群没有思想的人……我女儿要是被他们影响了,那绝对是一场灾难,所以……我要保护好我女儿,特别是在精神领域,绝不可以遭受污染的!

　　按照常规,海外中国人碰面所问答的话八九不离十是这么一个模式——

　　问:最近生意怎么样啊?

　　答:马马虎虎了。

如同当年中国穷时,问人家吃过了吗?人家答吃过了或还没吃呢。

我明知李也白反感这类套话,但还真找不出其他啥话与他搭讪。

我问,生意还好吧。

李也白道,当店小二的日子,不值一谈!

我欲离去,李也白高大的身躯挡在我面前。这家伙许是太无聊或烦躁了吧,他需要说说话,需要听众。李也白仰天长叹道,鲁迅太伟大了,一代思想巨匠,他形容人的孤独与无奈,说是拳头打在空气里……这是何等深刻啊!李也白捏起拳头在我眼前晃了一晃,说,我真想一拳砸在石头上,哪怕砸在玻璃碴子上鲜血淋漓,也要比面对麻木不仁、面对死水一潭,来得痛快啊!

我再次抬脚走人,却被他一把抓住。对他这种身份的人来说,该行为显然算失态和不礼貌的。李也白问,你没重要的事吧?离上班时间还有一个钟头呀。我只得站住。李也白满肚子的话要倾泻,接着说道,我真搞不懂他们的生活状态是怎样一个面貌,整天交头接耳嘀嘀咕咕,能交谈些什么内容呢,还不是张家长李家短的一堆琐碎!我同样搞不懂,他们一个村子一个村子地拥出来,甚至于一个县一个县地跑出来,猴子一样一个个跳出来干吗呢,如此低劣素质的人跑到文明国度来,不说影响市容削弱人家文明程度的话,起码是丢中国人的脸面啊!人家还以为中国人就是这样子一群人了,公共场所大叫大嚷,乘个火车还把洗手间卫生纸给顺走了,吐痰吐得比飞碟还具有艺术性,在公园里随意小便,明明公园的厕所就在一百米范围之内……他们别说意大利语不会讲了,连中国的普通话都讲不好,大字不识一箩筐,洋文只认得拼音字母里头的几个……我是太不幸了,落入了这么一个泥潭,头顶上方一派灰蒙蒙,黑云压城城欲摧呐,完完全全看不到一丁点希望啊!

身为山区小县城的平头小百姓,不能不说我是被人歧视惯了的。包括我那些浙南山地的大部分老乡,一般都会把自己的位置摆在一个较低的水平面上,我们说不了啥漂亮话,确实没有什么理论高度,但这并不等于说我们就是傻瓜蛋一个,脑袋里头空心呀。我们没有书本上的道道,可我们有民间的智慧啊,我们富有同理心与热心肠,我们隐忍,我们貌似小农意识、胸无大志,贪图蝇头小利、胆小如鼠,那是人家不了解吃不透而已,实际上我们比谁都拿得起、放得下,我们敢闯敢冒险,赤手空拳走遍天下……最为重要的是,我们遵循古训,在大义面前一点都不含糊!

李也白左一个"他们"右一个"他们",其实我就是"他们"中的一员啊。我承认,我们是有缺点有缺陷的,不足之处数不胜数,但他如此表述,像挖了他家祖坟似的百般嘲讽,甚至于对我们愤怒到不可遏制的地步(其实他目前所拥有的一切,还不是建立在他老婆的基础上),到底伤害到我这颗渺小的自尊心了。

我说，李先生，我们山区小地方，不好跟你们城市里人比的，就拿我老家青田来说，九山半水半分田，地理上处在与台湾对峙前线，国家不投资搞建设，要工业没工业、要农业没农业，一穷二白，而且人口又多，我们不出来饿不死，我们能吃苦，出来闯荡一番说不定能改变家族命运，我们山区人，家族观念特别强，家乡观念特别强……我们肩负担子，必须要出来闯荡的。

说完我转身走人。

一段日子后。

有天轮休窝在住家看录像片，正看得迷迷瞪瞪时，吴春从阁楼走下来。我不用说吓了一大跳，以为撞见鬼了。吴春脸上表情似笑非笑，说，没吓着你吧，我胡汉三回来了。我说，吓死我了，老板……你什么时候回来的？我都不晓得么。吴春说，神不知鬼不觉，没人晓得我回来。

吴春手里捏包茶叶，说，明前新茶，你去烧壶水来。

吴春大致说了下这趟出来路径。

吴春意大利居留证已被吊销，他是通过东欧国家捷克这块跳板偷渡到西欧国家，然后再入境意大利的。吴春话锋一转问道，我不在的时候，这里有什么异常现象没有？我说好像没有。吴春问，都没听到风声？

吴春说，你应该已经有数，我是遭人暗算了。我不由得打个激灵，问，你是说……当真有人告密？吴春点头。我心头擂鼓似的，大气不敢出。吴春不紧不慢说道，我们是朋友，我信得过你，如有听到风声，可要对我说哦。

我缓口气说，有人……有人怀疑……是皇上皇老板李也白呢。吴春目光如炬，盯在我脸上。我脸上如起了火，烫得灼人。吴春喝口茶说，你也喝口茶嘛。我喝口茶水说，真清味。吴春用眼睛示意我续说下去。

我说，这个怀疑是齐黎军说的，他说开餐馆同行三分怨气，还有，不晓得是真是假……吴春仍然目光如炬，接着说呀。我说，那我就说了哦……他说老板娘漂亮，李也白对她……有坏心眼呢。吴春问，是对我老婆图谋不轨是吧？我点头，嗯。吴春说，依你判断，那个李也白作为告密的人，成立不成立？我说我也说不好，好像有这种可能，好像又没这种可能。吴春道，你把那个可能性说说看。

那天的事同样发生在公园里。

午休时我走在公园附近街区，抬头看见有只纸鸢在空中飘荡。纸鸢形状是个孙悟空，我不觉奇怪了，这中国的人物怎么跑到意大利来了呢？带着好奇心，我走进公园寻找那个放纸鸢的人。放纸鸢的是位东方面孔小女孩，花枝招展，蝴蝶似的在公园甬道跑来跑去。小女孩喊道，爸爸，我的风筝不见了！我随后便看见公园那头树下站着两个人，一位是李也白，一位是麻稻菽。李也白手势幅度颇大地在说话，怕又是扯拳头打在空气里那套理论了。

我隐藏在一棵大树后头。

李也白小跑过来,说,小妞,风筝不在那里吗。小女孩调转扎了许多小辫子的小脑袋,咧开嘴笑了。麻稻菽随后跟过来,说,与小孩子在一块儿童心焕发呢。李也白道,小妞是我抵抗这个无聊、铜臭社会的精神支柱!

片刻冷场后,吴春说,那个书呆子不太可能,这种人空头理论一套套,行动上是个矮子……不是说这家伙没贼心,而是说,他有贼心没贼胆的。

半月后,警方在菜市场附近那套房子里带走吴春。这次没多耽搁,一星期后吴春再次被警方押解上回中国的航班。

菜市场附近这套房子大清早市声喧闹,做餐馆的人清晨正是睡觉时辰,故吴春另租了现在住的这套房子。该房子租期未满空着——潜回意大利的吴春便住在了这里。

有一天我逛菜市场,东张西望,这回我不看瓜果蔬菜,看女人。吴春那家伙说的没错,买菜的女人最生动。生动在哪里呢?生动在纯天然上头。买菜的女人卸下了面具,锱铢必较,不装逼,俨然顶真又傻气可爱。买菜的女人心无旁骛,忘却了搔首弄姿、虚头巴脑,一把小葱多抓几根,三个番茄必定大上一圈,且是最为红艳艳的,胡萝卜、洋葱、土豆,精挑细选,充盈着细水长流过日子的殷实情怀。还有一点也格外好,买菜的女人专心致志,像我这种贼头贼脑投出的目光,可说没人提防或忽略不计了,"贼光"可以放心大胆地在她们身上脸蛋上放肆巡视,这样子就能捕捉到耐人寻味的奥妙之处,让人来一番深切的沉醉。

怎么会忘记那个鱿鱼摊呢？鱿鱼摊周遭飘浮着迷人的氤氲，香气袅袅，沁人肺腑，更是一颗高照的福星呐——不去那地儿吃碟鱿鱼须还真说不过去！主意拿定，我目不斜视朝着鱿鱼摊的方向直线走去。远远地见摊前立着一人，眼熟得很。临近一瞧还真是个熟人，一时却想不起这人名字了。我喂了一声，算是跟他打招呼。熟人抬脸点点头，显然他已不记得我了。我说，我认识你！他说，是吗？我说，你是一位留学日本的留学生！听闻此话，他手中的牙签应声落地，嘴巴半张半合，形同一只发情期的蛤蟆。我说，怎么会在这里碰见你呢，你不是在奥地利吗？他慢吞吞问，你……吃鱿鱼头？我请客。我说，这个客我来请。

伍靖年身背鼓囊囊双肩包，一副干卖散行当的行头。事实果真如此。他从罗马进来货，跑到地老天荒的西西里岛兜售。

我发现他走路有点跛脚。伍靖年已是极力掩饰，但一颠一颠的"走姿"明显存在。

我甚至有几分恍惚。一张英俊的脸与一张三条抬头纹的脸相交织；一副矫健的身板与一个肩膀单边高的背影相互交错。我问，这些年，你还好吧。伍靖年说，你不都看见了么。

我陪他搭乘巴士去了那块野外草地。

这片草地，起伏不平，面积颇广，一眼望不到边际，暴露在光天化日之下。虽为野外的天然草地，所长的青草却十分均匀，间杂浅蓝色细碎花朵，看着养眼，躺着舒适。番人三五成群，或一对情侣，或孤家寡人，在草地晒日光浴。伍靖年进入草地，问先生墨镜要么？问小姐丝巾要么？问太太清凉油要么……一小时内估摸有个五六单生意。

让我感兴趣的是他兼做按摩行当。老头老太婆身上的皮囊松松垮垮一塌糊涂，老年斑醒目，照脱不误，老头用块手帕盖在要害部位，老太婆三角裤头仍旧穿的，勒住一截白花肉，上体由他去了。伍靖年三脚猫有两下子，劲道均匀，揉捏到位，老头老太婆舒服得直哼哼。撒手锏还在后头呢，所谓按摩过后，伍靖年给他们全身涂抹上中国神水（风油精罢了），让他们既清凉又爽快无比，这招路数不光光是哼两下了，而是大呼小叫。番人脸部表情本就丰富，挤出啥样式的脸谱皆有。小费颇丰！伍靖年给一位天体爱好者女孩按摩时，我心里头万箭钻心，羡慕嫉妒恨啊！伍靖年身段犹如剔了骨，脸庞柔情似水，眼珠子晶晶亮，一双捏过多年笔头的手如春风荡漾，在女孩大腿上徐徐拂扫，无微不至。女孩先是咯咯发笑，银铃般响彻，花枝乱颤——尚未进入状态嘞。一会儿工夫，女孩休克了一般摊平身子，而后稍许变动，两腿情不自禁微微叉开，臀部不由自主蛇样漂移，傲然的墨菊貌似"祖坟冒青烟"了一般……离开后我问伍靖年，为什么没要她的小费？伍靖年答，为人民服务。这一瞬，他往日的风采统统回归其体内了。

第二次见面是在深夜，我下班后请他喝酒。伍靖年说，我落到这步田地，你一定很好奇吧？我说，你干什么都能干出名堂，其实我也是喜欢为人民服务的。伍靖年道，苦中作乐罢了，不值一提……

　　匈牙利布达佩斯没啥特征男人程建贤，他老婆与同样做蛇头生意的矮脚阿青勾搭年长月久，水边走多了总归有所疏忽，程建贤老婆肚子被弄大了。这事如果发生在中国，那是一点问题都没有的，可欧洲医院不允许堕胎，这可把这对狗男女急坏了。程建贤老婆天性好色，对风流倜傥的留学生伍靖年早就垂涎三尺，但她也清楚这是实现不了的梦想。这次大难临头，矮脚阿青说，最妥当的解决办法是找头替罪羊。程建贤老婆脑子里头第一个浮现出来的"替罪羊"便是伍靖年。既然纸包不住火得烧开了，何不趁机把天穹上的那颗星星给摘下啊。程建贤老婆提到伍靖年，矮脚阿青击掌道，这家伙是最合适人选了！

　　伍靖年从奥地利过来接人，在宾馆住一夜。是晚矮脚阿青与程建贤老婆拎了酒菜去他房间喝酒。伍靖年上洗手间时，矮脚阿青将发情药粉末倒入他酒杯。过后矮脚阿青接到一个电话，急匆匆走人。伍靖年醉眼蒙眬，春心焕发，粗脚大手的程建贤老婆此刻在他眼目中成了绝世美女，亭亭玉立，婀娜多姿……伍靖年如下山猛虎将她扑倒在地，手忙脚乱地撕烂了程建贤老婆身上的衣物。

　　结果是伍靖年被程建贤敲断了腿骨，终生残疾。

　　餐馆后面有小块空地，野菊花恣意怒放。那日阳光金水一般铺洒，蜜蜂嗡嗡叫。我站在空地旁，发现野菊花上头有几只蜜蜂特别大个，圆咕隆咚，棕黑色身子。我忖度，被这种蜂蜇了，怕是很疼的吧。麻稻菽从后门出来,高跟皮鞋先声夺人。我侧过身子说,老板娘好。麻稻菽说,你叫吴春名字,干吗叫我就叫老板娘呀。我说叫他名字习惯了,改不了口。麻稻菽说,以后叫我名字。我说那不行。麻稻菽说,至少像现在……光我们两个人时,就叫名字好了。

野菊花花朵如中山装纽扣大,有黄、白两色。麻稻菽发现新大陆似的嚷道,你看,这簇花怎么花蕊是黄的,花瓣是白的呢?我说,这很简单,属于变种,黄的花与白的花花粉混杂后的品种了。麻稻菽说,你懂得真多哎。我抓下头皮说,我老家房子靠山边,晒台边是块坡地,长的也是野菊花,就有这种情况。麻稻菽笑眯眯说,别说人骚……原来花也这么骚啊。

我接不上话。

这家酒吧,已有年头。番人对历史遗留痕迹,相当看重,十分珍惜。酒吧一面墙上的壁画,四十多年前刚开酒吧时画的。现如今墙体剥落,画面斑驳。按照中国人的惯常做法,早就白灰抹平,重新画上鲜艳的画了。就算五年一次,到今天也得画上八九遍、十来遍了。麻稻菽对我说,有一年一位颤巍巍老人来到这里,站在壁画前沉思良久,老泪纵横。老人在巴勒莫的学生时代,曾光顾过这家酒吧。当年他来这家酒吧,说不定是富有人生纪念意义的,比如与哪位女孩的初恋什么的……老人激动地对酒吧老板说,我梦中经常梦见这幅画,没想到它依然还在啊!麻稻菽为这家酒吧常客——有关酒吧的典故,她滚瓜烂熟。

我注意到酒吧的地面坑坑洼洼，特别是过道矮了一两寸。麻稻菽见我一副摸不着头脑样子，解释道，这地也是酒吧开业时的地，那边靠窗那个位置，有位作家长年累月坐那里，据说他喜欢跷脚……你看到桌子底下那个坑了吗？我问，那作家今天怎么没来呢？麻稻菽说，早死了呀，他的作品拍成了电影，很有名的。

自从那年与年轻水手来过这家酒吧后，多年以来麻稻菽隔三岔五地来这儿坐坐。同样右角这张桌子，两杯黑啤，一碟腌橄榄，消磨上两个钟头。今天不一样，当年水手坐的位置坐上了我。我分三口将杯中黑啤喝下，咂嘴巴道，黑啤真好喝！麻稻菽神思恍惚，喃喃说道，我喜欢……嘴唇上有层淡淡的胡须，小松树一样朝气蓬勃，小公鸡一样精神抖擞……我对男人的一切看法，停留在那个时候……无可救药了啊。

麻稻菽与水手的故事，短暂且凄美。

那位中国远洋轮水手——船抵达巴勒莫码头后，他上岸寻找中餐馆，来到了玫瑰坊酒楼。水手走进餐馆院落，恰好麻稻菽一人在，两人于刹那间对上了眼。那种感觉很奇妙，或者说很惊艳，麻稻菽犹如被电流击中了一般全身酥麻，四肢乏力。第二天水手再次过来就餐——午休时间，麻稻菽借故外出，领上水手来到了这家老牌酒吧。两杯黑啤，一碟腌橄榄。两小时后，他们去了临海的一家宾馆。

远洋轮离埠前夕，水手对麻稻菽信誓旦旦说道，我会回来的，下次来我就永远不离开你了。麻稻菽说，我等你，海枯石烂心不变!

麻稻菽对我说,我承认,我喜欢……老牛吃嫩草,这是没办法的事……当年的他,就是你现在这个年纪,当然那时的我也年轻……你知道吗?虽然我年纪大了,但我接受不了中老年男人。

我不语。

麻稻菽问,你说心里话,喜欢我吗?

喜欢。我回答得很干脆。

麻稻菽说,那你为什么……不要我?

我摇头说,我和吴春是朋友……朋友妻不可欺。

麻稻菽说,你拿他当朋友,他可没拿你当回事哦。

我说,我走投无路的时候,他说开饭店不怕肚子大……收留我,光凭这点,就值得我记住他的好。

麻稻菽说,我对你说个事吧,吴春亲口对我说,是你告的密。他本来是要……对你下手的。

我先是一惊,随即缓过神说,这不可能。麻稻菽说,他就是这么认定的。我说,我说不了两句半意大利话,怎么去向警察告密?麻稻菽说,这很容易呀,巴勒莫有的是会说意大利语的中国人,你可以让人家去告密的啊。

我不接她话,觉得她这是无理取闹。

一天在厨房,齐黎军把声音压得扁扁地说,那位告密的人露出狐狸尾巴了,你们猜猜看是谁?老金停下手头的活问,是谁?齐黎军又卖关子,说,这个人么,时常出现在街头巷尾。说过他扫了我一眼；老金跟着也莫名其妙地扫了我一眼——我像是被毛毛虫叮咬了一口，很不自在。

齐黎军见没人再问，说，大师傅你不猜了？

老金道，你让吕璧猜。

我说，我不猜。

齐黎军说，吕璧不用猜，怕就有数的吧。

我面红耳赤嚷道，二师傅你别乱说话哦，这是一个大是大非问题，请你不要开玩笑了吧！

齐黎军说，你急什么？

我大声说，这脏水泼过来……我能不急吗！

齐黎军说，吕璧，我可没一个字眼说到你头上哦，我只是说你会有数的。

我几近崩溃，歇斯底里嚷道，我又不是神仙我怎么会有数！你……血口喷人！

齐黎军偏头看着我说，大师傅，你是不是觉得有蹊跷哇，这吕璧好似做贼犯心虚嘛。好在老金说，吕璧是个嫩头后生，你东一榔头西一锤子的，他被绕晕乎了呗。老金这话救了我，我憋得如一叶猪肝的脸膛总算恢复本色，心也笃定了下来。

方才，我光急于替自个撇清，对齐黎军的话没听入耳。他的话包含有两层意思，首先，此人"时常出现在街头巷尾"；其次，此人与我相识。

符合这两个条件的，唯有伍靖年了。

齐黎军爱好钓鱼,他的轮休日大多在海边以钓鱼的方式度过的。那天他骑辆破摩托跑到轮船码头钓鱼。在那里,他看见麻稻菽与伍靖年手挽手走在一起。

齐黎军说,刚开始时他根本认不出那人是谁,因为那个与麻稻菽手挽手男人穿了一套水手行头,俨然漂洋过海的水手派头。齐黎军没心思钓鱼了,将钓鱼工具与破摩托推到角落头,轻装上阵跟踪这对男女。

前头两人走上几步,便停下拥抱、亲嘴。这样子断断续续花去半个钟头,他们走到一艘大轮船前面。两人又相拥亲吻,这回时间长些。齐黎军躲藏在一辆运货卡车后头。时间过得慢,他小便憋不住,不得已贴靠齐胸高大轮胎撒了一泡尿。尿水从卡车肚下流出,逶迤如蛇得寸进尺延伸过去……抱着亲嘴的男女纹丝未动浑然不觉,尿水打湿了他们的鞋子。

穿制服男人走上舷梯,一会儿工夫后出现在甲板上头。底下的麻稻菽撮一条花手绢,朝甲板上男人不停地挥舞。她哭了……齐黎军说她千真万确哭了,哭声他听见了。齐黎军抬头便看见男人把帽子摘下了,那人拿帽子与底下的麻稻菽挥手,脸生悲戚。脱去帽子的男人就很好辨认了……

末了齐黎军说道,吕璧,我可是亲眼见到你与这个人在餐馆里吃饭喝酒的哦!

忆往昔岁月——有些场景模糊,有些场景清晰。

模糊的场景没啥好说的。清晰的场景清晰到针眼般大细节也栩栩如生，多年来一成不变地摆放在眼前似的。

那次去海边，究竟是一次还是两次叠加在一块了？属于模糊地带。我是与人一道去的，那人到底是谁同样模糊不清。

走在海滨大道上，越走越空旷，房屋稀疏，车辆零星。当年我头发老长，一阵海风吹过，头发像是被往上揪起了——怎么会是这样呢？又不是龙卷风……那人站下，手指白茫茫大海说，海的那头是非洲大陆，有个叫突尼斯的国家你听说过吗？

走下海滩。冬天的巴勒莫不甚冷，海滩上空无一人。沙子不算干净，有木屑、塑料瓶、小布头。见到一具光身子洋娃娃，头发已被水冲走，秃脑袋，眼珠子浮笑。我深一脚浅一脚走得有点累。天气灰蒙蒙，能见度不高，视野中的大海没什么看头，色调界限不清晰，层次感不分明。那人凭空转身手指陆地说，那边有座火山。我问，这里有火山？那人说，有火山，很有名的。我说，那不是很危险么？那人说，不会的了，这么多人生活在这里，还把你给烧死哇。

海滩靠里面地带一溜小木屋，风吹雨淋，呈颓败气象。那人说，这是游泳的人换衣服用的。走过去，我没进卸去门板的屋子，走进门板完好的屋子。将门关上，里头是个封闭小空间，黑。摸到开关板，断电了。呼吸声成倍放大，外头的光线与声音仅漏进一丝丝。浮想联翩，女人的裸体在眼前晃荡，生理上起了反应，出气声愈发粗了……那人在屋外喊，你待里头干吗？我们走呀！

岸上有家中国餐馆——那人说这家餐馆夏天旅游季节营业，冬天关门。隔着铁栅栏，看见餐厅墙壁上挂着一幅字，认出是老家县城一位青年书法家写的。有次想给自个小阁楼弄出点文气，我恳请这位青年书法家给写幅书法。青年书法家睨视我一眼，说，你贴张巩俐美人图养眼吧。在这可称得上天涯海角的地方见着青年书法家笔迹，有种怪异感觉。

大门上方两侧悬挂的红灯笼，均匀地洒落一层由淡渐浓灰尘。有只破损灯笼，露出篾骨。别说这破旧不堪的红灯笼了，就是簇新的红灯笼，我见了也无好感，觉着俗气。但有一次例外。那一回的红灯笼，成了麻稻菽的背景。是头一次见到麻稻菽——麻稻菽从餐馆出来，许是光线的缘故吧，她微微眯起眼睛，有几分落寞。麻稻菽上身一件短袖白衬衫，底下一条黑颜色筒裙，皮凉鞋，披肩发。这套行头装饰再寻常不过，当年海外中餐馆女跑堂大抵如此。麻稻菽肤色白皙，两条腿挺拔，拿今天的话说大长腿。我从街路那边走过来，见着这情景迈不开腿，原地立定。红灯笼，白衬衫，黑裙子，灰色调的水泥路面，构成了一幅画。

V

**似乎意识到了什么,
我既害怕又惆怅**

意大利南部 · 困惑的暗恋

干瑾：餐馆老板

习师傅：餐馆大厨兼股东，干瑾的合伙人

接到一位老乡熟人电话，问我愿不愿意到他老板店里打工。

巴勒莫属是非之地，早走为妙吧！

一个早晨，形单影只的我乘火车离开了巴勒莫。

渡过黑西拿海峡，在意大利半岛南端那个可说成火车集散地的火车站，换乘上小火车。铁轨是否见窄些，我心中没数，不好随便说。两节车厢外加一个车头——这玩具样的小火车沿着海岸线跑，蓝天碧海，色彩明快，俨然进入了别有天地的童话世界。

那日的心情，非常舒心，非常流畅且富有质感。回头一梳理，好心情时常有，如诗似画的风景也没少见。但类似于那天的心情，我一生中只碰到过两回。另一回是在国内老家，我去乡下水电站安装水管。从县城骑脚踏车出来，乘木质渡船过瓯江。江这边滩地上，遍布光滑鹅卵石，纵深处，生长大片芦荻。芦荻的花，具有红缨枪气势，枝枝戳向天空；颜色淡紫浓紫，过后发白发暗，随风飘散。秋高气爽时节，芦荻花正时令，紫亮得耀眼。脚踏车骑在芦荻夹缝的泥土小径上，小径曲里拐弯，路面时高时低，人影子一会儿现出一会儿隐没。

上坡路骑不动，下车推着走。拐过山嘴，溪流两旁悬崖峭壁，山野气息扑面而来，流水淙淙，树木葱茏，野花绽放……犹如一路在累积，一路蓄势待发，至此刻倾巢而出，盖头盖脑，我的心被一股情愫所充盈，满满当当，那份愉悦，那份似乎触摸得到的愉悦，无以言表。

站台袖珍型，跟乡村汽车站差不多规模。一位穿制服的工作人员煞有介事地吹哨子，划旗帜。车上下来三人，我与一对背包族青年男女。眨眼工夫，站台上只剩我一人。我上厕所，里头钻出一位来路不明中年人，干瘦，眼眶深凹，眼白充血丝。在日后的日子里，此人三番五次浮现出身影。

老乡熟人东张西望，见我从厕所出来，说，我还以为你乘过头了呢。他要帮忙提旅行袋，我赶紧说不用。

走在海边公路上。说是公路，竟没一辆车驶过。阳光强烈，海面上映照出一层光晕，飘渺不定。此等景象，不好形容。后来有一次，我乘"欧洲之星"列车从意大利米兰前往西班牙马德里，由于某种原因被赶下了车，落在法国边境一座海滨小镇。午后太阳底下的小镇，寂寂无声，房屋白墙红瓦，盛开玫瑰紫藤花。那时所见的海，使得我勾连起了这意大利南部海边见到的一幕。

途中碰到一位中国年轻人。老乡熟人说他是一位股东老板的儿子。股东老板儿子在钓鱼，三支鱼竿插在石缝中，身旁一个塑料桶。他对走在公路上的我们扬脸道，人接到了。

镇子小。餐馆亦小。正是午休时段，餐馆没人，小小的餐厅安然且温馨。一面木板墙上张贴许多彩照，吃饭喝酒镜头，人人喜气洋洋，个个红光满面。一角贴着一张纸片，除意大利文外有中文：在中国餐馆举办生日宴会别具情趣！老乡熟人道，这是另一位股东老板女儿布置的。

老乡熟人烧面条给我填肚子。意大利通心粉，煮成中国式汤面。我问，这里也有绿豆芽卖？老乡熟人道，自己做的，很简单，每天浇上几遍水就可以了……就是豆腐没法子做，这里菜单上没麻婆豆腐和红烧豆腐这两样菜的。

老乡熟人说，这儿地老天荒，工人太难招，人家不愿意来，太寂寞了……这个死角落，中国人就这么几人，差不多与外界绝缘了。

老乡熟人老婆个子、五官均匀称，颇顺眼，她从免费的教会语言学校回来，笑吟吟地冲我点头道，你来了呀。

就是这么一对看上去既匹配又和睦的小夫妻，若干年后反目成仇——因极度郁闷缘故，男的走上了不归路。

两位股东干瑾与习师傅，他们原先在罗马一家香港人开的餐馆打工，属于工友关系。习师傅广东人，改革开放前出国的老华侨，擅长做广式点心。这是一位老派人物，不苟言笑，十分敬业。多年来他独自一人在海外打工，从未挪窝——就在当初申请他出来的那家香港人餐馆干活。习师傅每年往返中国老家一趟，除捎回意大利里拉外，便是在有限的日子里把老婆肚子搞大——一口气生下六个孩子。习师傅与干瑾结识后，干瑾对他说，习师傅，你这样子不行的喔，你得把儿子带出来接班的啊。干瑾出来仅一两年，脑子活络，门路也广些，她把自己一家子申请出来的同时，帮习师傅申请出一个儿子。

干瑾对习师傅说，我们一块去南部开店吧，你有厨艺，我有语言，我们合作开家餐馆没问题。按习师傅习性，他是不会走这步棋的。第一，香港人老板对他不薄，他走人等于拆人家的台，道义上说不过去；第二，他自认为自个是块打工的料，按部就班干好本职工作，不费七七八八脑子，这是他所想要的生活状态。现在儿子出来，他得有个安排；再说，为儿子出来他欠干瑾人情呢。可以肯定，习师傅是个不愿意欠人情的人。

干瑾先辞工，跑到对当年的中国人来说尚属于处女地的南部偏僻地区寻找餐馆。意大利经济以罗马为界，罗马以北相对富裕，罗马以南相对不富裕。经商的中国人自然偏好待在北部发展了。在当年，南部的许多边远地区都还没有中国人涉足——干瑾跑到这里来寻找餐馆，具有一定的风险性。同时，作为第一个吃螃蟹的人，成功的可能性也有的。

干瑾为浙南一带人，她嫁到了省城。干瑾老公是位体操教练，不过非体操王子。干瑾老公五短身材，半秃头，走路外八字。他一生顺风顺水，吃公家饭，独当一面能力不强。到了意大利，单位没了，组织的关怀失去了。找不着北的他处处依赖老婆，成了一个小男人。能让干瑾老公挽回一点面子的是他有位体操女学生，五官端庄，白脸长身，嫁给了罗马一位老板。干瑾老公道，某某的老公在罗马侨界很有名气，他们的餐馆在意大利数一数二的！干瑾呛他说，她好跟你有一毛钱关系吗？干瑾老公道，我是她老师呀……上次……上次见面她不是买西装赠送我了么。

干瑾出国前在老公单位招待所做服务员。她说我很会利用时间的,一天上班当中,织毛衣、买菜、做饭、接小孩一样没落下。干瑾手脚麻利,作风泼辣,小点子层出不穷。像她这样的人跑到国外,丢进自生自灭社会中,反倒英雄有了施展才能的舞台,如鱼得水。

我上班的地方,是山上小镇餐馆。

这家餐馆刚开业。原先是个仓库,干瑾居然有本事把它变成餐馆。倒不是说将仓库改造为餐馆有多难,关键是手续问题。在讲法律的文明国度,店铺变更经营业务非常难,况且,这仓库本身就不属于店铺的呢。

由此可见,任何地方的水都很深的了。

山上小镇,地无三寸平。房屋错落有致,道路波浪起伏。起初,我搞不明白为什么要把城镇建在山头上,中国人往往会选择在河边山湾——所谓依山傍水之地。难道意大利古人就这么笨蛋?房屋盖山上水源成问题,交通不便成问题,大风来了首当其冲也是个问题啊。后来晓得,原来过去年代意大利海盗猖獗,为防备海盗侵扰,只得将房屋盖在孤零零的山上,砌筑城墙。富裕人家在城中再垒古堡,现如今成了一道风景。

餐馆外头窄街,陡,转弯抹角。干瑾说,无所谓的,我们是独家经营,爱吃中餐的人照样会来,不爱吃中餐的人在哪都不会来。开业头几天,天天爆满,门庭若市。小镇上人少见多怪,他们扶老携幼跑了过来。许多人并非前来就餐的,而是过来瞧东方人面孔的。这地方从未有过中国人,他们拿中国人当大熊猫来参观了。毕竟穷乡僻壤哇,热闹有余,营业额却是不高的。

这事惊动了当地电视台,他们派人过来采访拍摄。我这个连照片都没拍过几张的人,一不小心在意大利的小电视台露了脸:头戴高高厨师帽,身穿白色厨师服在炉头前炸春卷——镜头下炸出的三条春卷——干瑾女儿端给三位电视台员工"试吃"。干瑾女儿在山下小镇读高中。她的语言水平与当地人已无差异,想必会添油加醋一番。女主持人嘴巴大,却咬得好小口,她夸张地鼓起眼珠子,哇哇叫,好似尝到仙桃的滋味一般。

有天我推开一爿窗,爬进一间屋子。屋子为原先仓库主人的办公室。现在仓库成了餐馆,没见到有人来过。我发现新大陆似的欢天喜地,在所谓的老板椅上跷起二郎腿,荡半圆的圈子,人模狗样地点上一支烟吃。办公桌抽屉里有信纸、信封、原子笔等文具。我给国内老家文化馆的白面书生写起信。

信中说,意大利的地形像只靴子,我现在靴子的鞋跟处。这里没有其他中国人,走在大街上,人家看我如同看猴子一样。连日来阴雨绵绵,到处湿乎乎的。睡觉的地方是在一个外搭的小仓房里,堆满了从中国货行运来的青岛啤酒。一张钢丝单人床摆放在里头,脚刚好可以落下穿鞋子。灯光不太亮,无关紧要了,又没书报看,再说下班十二点多了,人很困。镇上的街道、小巷都是由石头铺的,房屋大部分也是石头建的,黑乎乎的色调,阴雨天里特别觉得没有生气……这里的交通工具很有趣,只有两节车厢的小火车,随着山体盘旋而上,有些地方得穿隧道,或铁路就建在绝壁上,下头空空的,不敢多看,会头晕。我乘小火车去山下小镇两趟,老板那儿另有一家餐馆。山上小镇进来的路口,建有一座纪念碑雕像,三个人拿着生产工具,倒有点像中国的工农兵形象,只是这里没有军人、没有农民,都是工人,大概这条路是他们建造的吧!

不晓得何种缘故,开始身上发痒。没药吃、没药膏涂,于是越来越痒。后来同样不明缘由,痒集中到小腿肚上,奇痒无比,好似有无数多的蚂蚁在啃吃我的肉。逐渐地,小腿肚那儿烂出一个小碗般大的洞,淌黄水。我没敢声张,拿条丝巾扎在小腿肚上。晚上睡觉打开丝巾,小腿肚上的肉发紫,散发出浓烈的臭味,丝巾则硬得不像是一块布。我心想,再这样烂下去,怕是要烂到骨头了啊。

习师傅问道,最近怎么回事?看你老提不起精神噢。我说,睡不好觉……习师傅说,年纪轻轻就失眠了?我说,应该吧。

干瑾对我说,下午带你去医院看下吧,你脸色白得像张纸……失眠很严重吗?我说,我身上痒,这里……烂出一个洞了。解开丝巾,一股恶臭四散开来,气味重如铁,熏得干瑾紧皱眉头,赶紧别开脸面。

天哪,怎么烂成这个样子!

干瑾脸都走形了。

医生是餐馆熟客,干瑾与他有说有笑。我躺上检查床,医生用剪子剪开丝巾,一坨牛粪饼样烂肉使得他直摇脑袋。干瑾将医生的话翻译过来——医生说了，再不清除你的腿要残废，须要动手术，把那块烂肉剜掉。我一听要动手术剜肉，全身颤抖，紧张得要命。浑然不觉之中，我的手抓住了干瑾的手。说来奇怪，抓住干瑾的手后紧张感顿时逃之夭夭，身子不再哆嗦，安静了下来。干瑾抽手，轻轻拍我脸颊两下。我觉得温暖至极，心头麻酥酥的。

会诊后，他们认为没必要剜肉，深度清除即行。局部麻醉，痛是一点不痛。我耳畔响着金属器皿在搪瓷盆里的碰击声，以及医生与护士的交谈声。包扎上清洁纱布，我觉得全身都舒服，很放松。干瑾等候在门口，她说他们说了，你也许是水土不服，由过敏引起的。

大清早，我乘干瑾车去警察局。

我居留证到期又要延了。

警察局院子里排长龙，大多为东欧人和有色人种。干瑾嘟囔道，这得猴年马月才轮到哇。她踅旁边打电话。电话安装在墙上，上头安个有机玻璃罩。透过有机玻璃罩，可以看见干瑾脸上堆欢，说一句笑纹荡开一下，甚至小女生似的卖萌吐舌头。

这个印记留在我脑子里。

挂上话筒，干瑾说我们从后门进去。其实不是后门，是侧面一小门。那位警察头发花白，该当是个小头目了。他连正眼都没瞧我一下，视我为空气。干瑾和警察走在前头。警察的手不安分，游移一番后搭在干瑾的臀部，竖起胡萝卜样中指做了个低俗小动作。我见之心里被猫爪子挠了一般，五味杂陈。

干瑾突然想起转身对我说，你把材料袋给我，在这里等好了。

他们进屋后，我胸口如同塞了块抹布堵得慌。

花圃自然植有花草，我将注意力转移到这上头。一只蝴蝶飞来，两只蝴蝶飞来，三只蝴蝶飞来……还有蜜蜂，个儿特别大的蜜蜂，该叫黄蜂吧，兜着圈子嗡嗡叫……时间过得真慢啊！我不管不顾掏出烟来点上，当时连破罐子破摔的念头都有。

干瑾从屋子里出来，神色不自然。我说，老板娘，你头发乱了。干瑾说，是吗？上车后干瑾对着后视镜拿下发夹轻咬唇边，用双手理了理头发重新别回去。这套动作，干瑾做得十分娴熟。我呆呆看着。发动马达，车子起步，干瑾问，干吗这样子盯着我看？

尚差一样手续。这份材料由会计事务所出具——干瑾交托会计师老婆领我去警察局递补材料。会计师老婆穿件铁锈红风衣，个子高挑，风度翩翩十分优雅。这次警察局院子里人不多。天气突变下起雨，雨珠颇大，一粒粒砸得人脸上生疼。许多人带了雨具，雨伞或雨披。我们两位没带。会计师老婆跑到窗口，一位负责登记的女警察开门让她进去。会计师老婆向我招手，我脚步迟缓走过去，果然被女警察拦住。外国人是不可以进入警察局的。会计师老婆与女警察争执，没用。院子里也有没带雨具的，他们任由雨珠淋在身上，茫然地看着这一幕。说天理话，会计师老婆是个好人，具有悲悯心。她自个没坐在椅子上享受那份优越感，而是站在玻璃窗前，注视着雨地里的我，脸上的表情颇为复杂。

那间办公室，成了我的隐秘之地。我从公园里偷摘来花朵，插在旧瓶子里。窗户不可以敞开，门更不能打开。我拧亮办公桌上台灯，光晕柔和，花枝影影绰绰，好一个温馨场所啊……干瑾从窗子爬进来，显得笨手笨脚，我上前帮她一把。干瑾边拍灰尘边说，这儿有个办公室，我一直不晓得呢……你倒是很会找地方嘛。我如实回答道，我不是故意的，那天在墙外我想，这里头应该还有空间的吧，就推了推墙上的窗子，就推开了。干瑾说，没事，我不会责怪你的……你还摆了花呀！我说，我把办公桌仔细擦过了，一点不脏。干瑾说，倒是像一张木板床呢，如果铺上毯子就更好了。我说，我考虑到了。说过我变戏法似的拿出一条厚绒毯子。干瑾哧哧笑道，看来你一点不傻嘛，这么周到。我挺起胸脯说，我心很细的，一个好的环境太重要了。干瑾笑出声——她赶紧捂住嘴巴用气声说，叫外面人听见可不得了喔。

干瑾夫妇晚上下班回山下住家，午休时间她老公雷打不动躺车上午睡，这是多年吃公家饭遗留下的习性。习师傅平日住山上，他睡觉的地方匪夷所思。不锈钢炉灶下头焊有一个长条形箱子，放杂物用的。习师傅个子不高，他身子伸进铁箱子，头搁在外头一张矮凳上。厨房本身温度高几度，炒菜过后的炉灶余热尚存。习师傅一副得意样子说，在铁箱子里睡觉，四季如春呢。午休时间段，习师傅同样躺进铁箱子，他说自己并非午睡，是舒展筋骨。习师傅说,人整天站着腰骨太受累,得放平歇歇。故而一般情况下,习师傅都是醒着的,躺在那里吃烟,或听录音机唱带。说来也怪,一把年纪的习师傅却喜好听港台流行歌曲,时不时会哼上两句,对港台歌星亦略知一二。

干瑾说,习师傅听见没关系,他是个识大体的明白人,不多嘴的。

我铺好毯子,调皮地说,请小姐上花床吧。干瑾乐不可支,强忍住欢笑花枝乱颤。她主动抱住我说,你要是出生在古代就好了,你太像一位古代的落难公子了呀。我用撒娇的语气说,所以,你要对我好一点噢。干瑾说,难道我对你不好吗?我说,好,我要再好一些。干瑾说,你真是个长不大的孩子呢。

我不愿意长大。

干瑾说,那怎么可能,那还不成精怪了呀。

我将她身子平展托起,颇具仪式感地走向铺了毯子的办公桌。干瑾合上眼帘,说,像是在云中飘啊……我解开她衣扣,舍不得一口气解完,每解开一只纽扣,吮吸一口她的雪白肌肤……

习师傅在厨房边门大声喊叫,没人应答。他跑过来擂门,小仓房门没闩上,他一脚踢开了。习师傅劈头盖脸嚷道,都几点钟了哇,赶快起床啊!习师傅翕动鼻翼,显然嗅到了精液的气味。他语重心长说道,年轻人可不要太贪哦,在外打工,身体是做生意的本钱啦。

那个梦搅得我心神不宁。

与单纯的情欲无关，有关的是我心理上和生理上的错乱（这个问题其实一直存在，只不过这次更为明显，引起警觉了）。碰上这样一个棘手问题，我只有求救于白面书生了。

　　我溜进那间隐蔽办公室，坐上老板椅子，拧亮桌面罩灯，展开信笺捏起原子笔，运口气给白面书生写信。这回我没扯天文地理，专门扯自个内心的苦闷和烦躁。我对他说，从一系列的端倪来看，我怕是有病了，一种心理上的毛病。我对他如实坦白了那个春梦。我说，使我惊讶的是那个异性对象，为什么会是老板娘呢？按辈分与年龄来说，出现在我梦境里的人本应是老板娘女儿才对的呀！老板娘女儿比我没小几岁，大眼睛白皮肤，眼睛会说话，浑身上下一派青春气息，非常朝气蓬勃，她待我的态度也还好，有次教我意大利话的邮票怎么讲，我不是经常要寄信么，讲不来邮票这个词那可不好……不知何原因，我对这么一个美少女动不了心，不来电，虽然她的身份我是不敢高攀的，但有好感或者说她对我有吸引力这点，那是自然而然就会有的呀，然而我没有，就是说她对我没有那种原始性的生理吸引力，不是不喜欢她，就是进不了我的心，反正我也讲不好到底是个什么意思，我对她没感觉，对她妈却感觉强烈……

VI 撞上大头鬼

罗马·打火机引发的事件

陈岳生：在意大利替吕璧办理居留证的"替身"

孙翠花：陈岳生的相好，带着子女詹军、詹媚

陈莉：小混混

周山：吕璧同乡，与陈岳生发生矛盾

叶碎民：吕璧同乡，周山马仔

我离开了那座南部山巅小城，原因不言而喻。

待罗马两日后，我和我的那位"替身"陈岳生联系上了。

陈岳生与孙翠花一家子现在干上了兜售打火机行当。

当年温州一带乡镇企业生产的打火机如洪水一般涌入欧洲市场。这类打火机，或做成国外名牌打火机样式，也就是冒牌山寨货了；或做出各式各样有趣造型，比如手枪、地雷、飞机、大炮、手榴弹、军舰等。有一款是穿连衣裙女人，没脑袋的，火苗冒出算作女人头了，特别富有创造性。销售打火机靠的是游兵散勇。这支队伍非常庞大，男女老少齐上阵。他们的身影出现在地铁、广场、火车站、酒吧、图书馆等一切公共场所。他们有个共同特点，警觉性强，眼观八方，耳朵支棱，踩了风火轮般健步如飞。风吹日头晒缘故，个个皮肤粗糙，黑如炭头。

我乘地铁来到陈岳生住家。

陈岳生与孙翠花一家子刚吃过早餐。每人一个双肩包，塞实五花八门打火机，手上一个托盘，摆放打火机样品。一律运动鞋、运动裤、运动衫，戴顶长舌帽。

陈岳生道，穿这身行头，主要是为逃警察逃得快。

我跟随陈岳生屁股后头，从巴士站下来。巴士站不远处的街角，两位警察在吃汉堡包喝可乐。或许工作繁忙缘故吧，他们就在马路边填肚子。陈岳生悄声对我说，我要往这边走了。说过勾下脑袋往反方向走。我原地站了会儿，眼睛看着两位警察。警察压根没抬头，一门心思吃汉堡包喝可乐。我心想，现在是上班高峰期，巴士站人流量大，他们肯定不会注意到一个小商贩的，看来陈岳生是有些神经过敏了。我调转脑袋朝陈岳生那头看，陈岳生那顶长舌帽随着人流已漂出老远，比一粒绿豆还小，眼看即将湮没于人海里了。我不禁焦急，怕陈岳生消失后我没法找到他。我拔腿追赶过去，弄出了动静。身为警察的人当然非吃素之辈，他们在街角吃汉堡包喝可乐貌似闲人一双，但那根"警察"的弦无疑是绷着的。他们立马注意到了动态，大喝一声快步追来。我被追上后上气不接下气说，我肚子痛……要找厕所……警察查看了我的护照和居留证，没啥问题，指着对面小街说里头有公共厕所。

在酒吧出手掉两只打火机，刚好够买两杯卡布奇诺、两只烤羊角包。陈岳生说，你空手的人逃什么逃，害得我托盘上的打火机全数飞了，人还逃个半死！我垂下脑袋，心里不是滋味。陈岳生说，接下来你不要跟了，就在酒吧待着，傍晚我来寻你……你如再来一次莫名其妙举动，我要倒八辈子的霉了。我咕哝道，我……我也想卖打火机嘛……想学点经验……陈岳生口气软了点，说，那也得慢慢来的，首先心理素质要过硬，哪有空着双手的人见警察逃的？你身份齐全的人，碰到警察有什么好害怕的啊。

光待在酒吧肯定无聊。

我从酒吧出来，附近是个地铁口，有位流浪汉坐在硬纸板上弹吉他。我不知不觉间走到流浪汉面前，双手架胸前听了会儿，倒是听出了名堂。这曲子熟悉，文化馆白面书生就有这盒磁带，应该叫《红河谷》的。我掏出两枚硬币，蹲下身子轻轻放在吉他盒里。胡子拉碴的流浪汉本来微闭眼睛，这时睁开眼笑上一笑，朝我点点头。我向他竖大拇指，又放一枚硬币。流浪汉再弹一曲，这回张开嘴巴唱了。这支曲子陌生，但流浪汉唱得真好听。我思忖下次给白面书生写信有内容了。白面书生在信中说我关注的事物不对，老是扯些鸡毛蒜皮不得要领，荒废岁月。今天的场景是可以大写特写的。有一次在老家的地中海酒吧，白面书生呷口啤酒说道，欧洲的地铁音乐，那是非常有味道的，具有浓厚的沧桑感，如茫茫大海中的一叶生命扁舟……那里头的流浪艺术家，嚯嚯，藏龙卧虎呐！我眨着眼睛问，什么叫地铁音乐？白面书生道，地铁音乐指的是在地铁这个特定场所由饱含人生阅历的流浪艺术家弹唱出来的音乐，并非是哪个门类的音乐。当时我似懂非懂。今天将眼前的场景与白面书生的话一对照，卯上号了。原来地铁音乐是这么一回事，确实不赖。

　　陈岳生叫我暂时搬到他那儿住。

　　他们住家挤，光线差，窗外一面灰秃秃墙壁，大白天得点日光灯。陈岳生在吃饭的那块巴掌大地儿给我摆上一张捡来的海绵垫。白天海绵垫掀起靠在墙壁，吃饭桌搬回原位。

　　日用家具都是从垃圾箱一旁捡来的。番人素质高，淘汰下来的家具清洗干净，用旧报纸包裹上，摆放在垃圾箱一旁。中国人居无定所，镬灶砌在小腿肚上，没必要置办家具，捡些番人的旧家具穷对付。

第一个晚上,陈岳生与我盘腿坐在海绵垫上喝啤酒配开心果。陈岳生问,那个梁红玉……和她还有联系吗?我说,我给她写过信,没回……她的情况你晓得?陈岳生说,出洋相了,她和那个应炳芳相好,被老板娘晓得后闹得沸反盈天,说起来她真是不对,老板娘和她同一个城市,帮助过她忙的,她不该和她老公上床的嘛……老板娘有文化的人,用了一个文明词骂她,鸠占鹊巢,连门都没有!我急问,那现在她情况怎么样?陈岳生道,没脸待这里了,回中国去了。

牛排是陈岳生与我一块去买的。店铺坐落在他住家附近,门面窄,装修简陋,老板兼店员仅一人。此人比牛粗壮,敞开的胸膛黑毛密布,旋着圈。陈岳生没含糊,挑选牛身上最好部位牛排,每块肉头足足两寸厚。陈岳生说,两寸厚,三分熟,撒上黑胡椒粉,啧啧,这样的牛排吃了皇帝都不要当喽!

所约的两人前后脚到。两人长相不咋地,鬼鬼祟祟。本来喝的是啤酒——陈岳生想了想后,不晓得从哪儿掏出一瓶红酒,说先喝瓶好酒吧!说完郑重其事地将瓶塞旋开。陈岳生说,这瓶红酒跟我在意大利的年头差不多,光搬家就搬了不下十次。厚嘴皮的男人说,那是真难得了!薄嘴皮的男人说,陈哥待我们像兄弟呢。陈岳生唤孙翠花儿子詹军过来,他说好酒开了,你也喝点。詹军依然沉默寡言,不过与陈岳生的关系似乎融洽了,他轻声说,我喝不来的。厚嘴皮男人说,你已经是大人了,酒得学会的。薄嘴皮男人说，我就是会烟酒后，突然发现自己成为一个大人了。厚嘴皮男人说，那还有一道关要过的……小孩在不说不健康的话了。

陈岳生小心翼翼地将酒倒在五只大小胖瘦不一杯子里，调剂一番后说，大致平均了。五人抬手，煞有介事地碰了下杯。詹军分几小口喝下，说，没我想的那么难喝。薄嘴皮男人说，这可是仙露哦，我连舌根都要吞下去了。

边吃牛排边商量事。

陈岳生说，我这人菩萨心肠，心比豆腐还软的人……一般情况下，我都是相让别人的，天下那么大，这山没我的份额那山总可以挖几锄头种自留地的吧，我心又不高的，有碗饭吃就心满意足了，可这回……有点欺负人了，到今天我心头还是隐隐作痛的。厚嘴皮男人摩拳擦掌道，有仇不报非君子！薄嘴皮男人道，没事啦，有我们兄弟在，罗马地界没有摆不平的。陈岳生说，这次也真是凑巧，我这位兄弟早不到晚不到，恰恰这个时候到，天助我一臂之力呐！我脸皮滚烫，说，我没几斤力气的，怕会让你失望呢。薄嘴皮男人说，打架不靠蛮力，要论力气我也没几斤，齐心协力最要紧，声势最要紧。厚嘴皮男人道，哪怕是一根擀面杖戳在那里，都能起到作用的。陈岳生总结性说道，恶有恶报，善有善报，不是不报，时间未到！

事情发生在半月前。

陈岳生这段日子干起挈卖行当。所谓"挈卖"，此乃上一辈老华侨口口相传下来的一个老掉牙的词汇，沿街提卖的意思。这是一门历史悠久行当。过去年头的老华侨，挈卖的是本地产品，如领带、皮带、皮夹等零碎杂货。有时甚至连带给人擦皮鞋，弄不好被番人踢上一脚，故有"皮鞋踢"之称呼，一本血泪史呐！现在新华侨挈卖的全为中国出口小商品，大多产自浙江义乌及广东、福建等沿海地区。陈岳生在中国货行进货，看中几款打火机，正要下单，晃进一位开卖散车的。开卖散车的同沿街挈卖的贩夫走卒，理所当然不在一个级别上了。开卖散车的大手一挥高调门嚷道，这批货统统吃下！这其中就包括了陈岳生选中的几款。陈岳生说，得分一部分给我哦。开卖散车的干脆利落，不行！陈岳生说，老板你总讲点道理的了，明明这货我先挑选的，按前后顺序也得分一部分给我的呀。开卖散车的说，你又没下单，噜苏什么！货行老板三步并作两步小跑过来，轻言细语说，大家都是做生意的，和气生财相互体谅一点吧。开卖散车的说，世界上的硬道理是谁吃货量大谁最有发言权，这叫大鱼吃细鱼，壳虾吃草苔。

陈岳生不服软，埋头往塑料袋里抓打火机。开卖散车的一掌击中他胸膛，陈岳生一屁股打在地上，震荡得嘴巴歪向一边。陈岳生艰难爬起，拿脑袋当铜锤拱开卖散车的，不料被对方扭住胳膊一使劲，扑通一声跪倒在了地上……开卖散车的抖动手臂道，一段日子没练筋骨了。

此等侮辱、屈辱，按陈岳生的话说——刚屙出的鸡屎尚冒三寸气呢——做个人怎么忍受得了啊!

行动前的头晚,再聚一次。这回孙翠花用当归、黄芩、天麻等中草药炖了一只老母鸡,大伙先喝一碗漂着黄油花的鸡汤。陈岳生道,这碗鸡汤喝进去垫底,大补,增强体质好施拳脚呢。孙翠花含情脉脉地盯着陈岳生看,说别光顾着说话了,趁热喝啊。我问,这鸡是冰冻鸡还是活鸡?孙翠花说是活鸡。我说番人不是不卖活鸡的么?陈岳生豪气地说,都有办法的,世间没有办不到的事!

厚嘴皮男人酒喝最多,话语多起来,他说我陈莉的名字是茉莉花的"莉"字,好多人觉得奇怪。我说我不相信是那个字眼。厚嘴皮男人从兜里掏出护照递给我看,确实写着陈莉两字。厚嘴皮男人说,我哥调皮捣蛋,我妈想让我斯文些,就给我取了个女孩子名字了。陈岳生问,有心理暗示作用吗?厚嘴皮男人道,狗屁!没用!他两条手臂上左青龙右白虎,杀气腾腾。

陈岳生笑道,狗屁没用就对了!厚嘴皮男人道,这不……派上大用场了么!两个活宝响亮击掌,公鸭一样放声浪笑手舞足蹈。

卖散车的把车泊在罗马城郊一处公园里。摸底工作是由詹军完成的。这位倔强少年,在鸡零狗碎的日子面前,在陈岳生锲而不舍的糖衣炮弹攻击之下,一颗秤锤般的心终于被焐热,软化了下来。对陈岳生所遭受的奇耻大辱,他同样吞不下那口气;对陈岳生提出的报仇方案,他积极响应,无条件配合。

所谓"卖散车",拿国内的话来说,应该叫流动售货车。由番人淘汰掉的房车改装而成,里头有床铺、小型洗手间、炉灶等。开卖散车者的把"家"安在车上——只要有水源的地方即可过日子了。

黄昏时分,我们来到郊区公园,隐蔽于冬青篱笆后头,匍匐前行,靠近那辆乳白色车子。

卖散车旁侧,摆放一张折叠式小桌子和几张折叠式椅子,一位干瘦男人垂着脑袋坐在那里,不晓得干吗。陈岳生道,不是这个人。我头晚没睡好,眼睛如同揉进了沙子模模糊糊,老落泪。要是当时我认出这人是叶碎民的话,我肯定会打个大大的问号,或者干脆一溜了之了。世上的事情总是这样凑巧的,是祸避不了,避得了的就不叫祸了呀。

大家的注意力集中到那辆乳白色卖散车上:卖散车门窗紧闭,四只轮胎正合着拍子在上下弹动呢。陈莉问,这是咋回事儿?詹军面皮薄没开口先红了脸,说,车上有女人。陈莉道,他奶奶的,饭不吃先搞车震了哇!陈岳生道,好事,精疲力竭了,刚好敲他狗头!

女人先下的车,端出几碟小菜,起开一瓶红酒。她扬脸问,洗好了吗,出来吃饭。男人穿浴衣趿拉拖鞋下来,对干瘦男人说道,叫你等了噢。干瘦男人道,没事,我正好可以听听鸟叫!

四人中三人执短棍,陈岳生拿仿真手枪——我们将他们团团围住。陈岳生厉声喝道,我陈岳生明人不做暗事,今天老实点,敲你狗脑袋就算了结了,如不老实,嘿嘿,吃落花生仁!

光线灰暗再加上眼睛模糊,我同样没认出周山。短兵相接时,我认出了周山和叶碎民,可是已经没有退路——他们俩都认出了我,叶碎民甚至大叫了一声我名字。周山坐着没动,说,吕璧,你来凑什么热闹?我捏短棍的手无力地垂落下来,想说句辩解的话,可脑子一片空白。

周山的姘头非等闲女流之辈,她出其不意地掀翻了桌子。混乱中,周山人已站起。我隐约觉察到周山手中有物,情不自禁嚷道,小心耳朵!这回我目不错珠地盯住周山的手看……可陈岳生的耳朵到底怎么落地的,依然神龙见首不见尾。周山和风细雨说道,地上这只白皮青蛙,你们看见了吧。

他们抱头逃窜,我木桩一样原地站着,显然找不着北了。叶碎民跳起脚叫嚷,周山哥,干脆把他的也割下凑成一双吧!周山道,对他还没到那分上……不过吕璧你得识相哦,限三天之内必须离开罗马地界!

VII 各式各样的人

米兰·十三岁的妈妈 / 科莫·危房里的餐馆

徐老头：米兰地区的富有华人，科莫台湾餐馆老板
江利群：徐老头亲戚，台湾餐馆的负责人
土财主：科莫的上海雪园餐馆老板
徐泠吟：上海雪园餐馆洗碗杂工

米兰有位姓徐老头，妻妾成群。徐中年出国，老家自有家室。在往后的日子里，徐将子女们逐个带出。老婆始终没带。按徐的话说，这把岁数了，让她在老家享清福得了。

徐裁缝出身，心灵手巧。早年在米兰番人皮工场做工，设计出几款式样别具一格的皮衣和皮包，颇受老板赏识，薪金比他人高出几倍。

二十世纪六十年代，在意大利的华人人数极少，基本上是男性。徐吃的第一口嫩草，是一位来自意大利落后地区那不勒斯穷苦家庭的女孩子。他们同在一家皮工场打工，徐裁剪皮革，女孩缝皮革。瘦小个儿的徐出手阔绰，请女孩吃冰激凌，隔三岔五买衣服鞋帽赠送她。徐与女孩的体坯不成比例。女孩像头肥膘的荷兰牛，徐如一头劲道的山区老黄牛。徐与女孩做那事时春波荡漾，幸福地忆想起在国内唱过的两句歌词：戴花要戴大红花，骑马要骑千里马。

过后徐自立门户，开了一家皮工场。女孩自然跟随过来。

有一年暑假，女孩姐姐的女儿来米兰玩。小女孩美人坯子，洋娃娃一个。徐如法炮制，请她吃冰激凌，领她去商店挑选衣服鞋帽，小女孩自是欢天喜地。

徐当时除皮工场外，另开了一家皮革零售店。身为皮革店店长的小女孩姨妈须臾离不开店铺——徐有机可乘。暑期结束前，小女孩被证实怀上了徐的种。

我要小孩。徐不容置辩说。

生小孩这件事，是小女孩姨妈的短板。

小女孩姨妈，或许是"满油"了吧——我老家土话会说那些不生蛋的母鸡"满油"掉了——意思是营养物全化作了板油而不是鸡蛋。

徐说，与其让人家替我生小孩，终归还是让你外甥女来生好……我的财产，今后就归你们家了。

小女孩姨妈虽非中国人，同样懂得肥水不流外人田的道理。

小女孩生儿子那年13岁，发育尚未完全成熟，儿子弱智。

小女孩15岁生女儿时已是瓜熟蒂落，混血女儿天生丽质，聪明伶俐。

徐一位弟弟，当年不晓得是支边还是其他啥原因，年轻时去了宁夏。弟弟写信给徐，说孙女大学毕业一心想着要出国创业，希望哥哥看在同胞手足分上予以帮忙。

一年后，弟弟孙女来到徐身边。这位有着回族血统的女孩子身腰颀长，五官立体，读过书的缘故甜言蜜语无须打草稿。

女孩心机颇重，争取来了读书机会，过语言关，考取驾照。徐不会开车，过去出门由小老婆开，现在他让弟弟孙女开。徐已然老迈，腿脚不灵便，女孩挽住他臂弯，身子紧挨身子。这回浙南一带老乡看不下去了，明里暗里骂他畜生——水筒不分上下节——也就乱伦意思了。

徐是个很自我的人，活在自己的小王国里。他有这个资格。所有人，包括子女和一大帮子亲戚，均为他替他们申办出国的，或多或少皆得到过他的资金援助。天塌下来他不怕，尽由人家嚼舌头，我行我素。

这天我登门拜访徐老头。

徐老头家楼下是皮革店铺，要进他家门必须从店堂过。已经失去光泽的小老婆姨妈拦住我问，什么事？我说与徐先生电话约好的。老女人给楼上打电话，放我上楼。

徐老头躺在软垫躺椅上，面色枯黄，眼睛混浊，身上盖条格子呢毛毯。那位弟弟孙女——他的小情人依偎于一旁，替他揉捏手脚关节。

徐老头有气无力说，你来了。

我说，嗯。

徐老头说，给我捏下膝盖。

小情人腾出纤纤细手揉捏他的膝盖。

徐老头说，轻点啦。

小情人说，这样子才会有效果的呀。

那头房间传出说笑声。

循声望去，看见小老婆与弱智儿子和漂亮女儿待在一块。不知何话题，竟使得智障的儿子也笑得那么欢快。

徐老头说，好好干，我不会亏待你的。

我说，嗯。

徐老头说，一个人要努力工作哦，只有努力工作，才能获得成功的啦……你说，我算不算成功的啦？

我说，嗯。

再次踏入米兰火车站，仍旧觉得有几分压抑感。站台上方横七竖八交错的钢梁，沉重、粗犷、冰冷，拒人于千里之外。

站台上行人寥寥无几。江利群甩着手从那头过来（江利群即在巴勒莫时"换"我去替代他人身份被意大利当局押回中国的那位），我从靠椅上站起，边与他握手边说，你表叔叫我来这里等你的。

恐怕谁都不会料到，这回的工位是江利群帮我牵的线。

我被迫离开罗马来到米兰，在一家中国货行的广告栏看到一则招工启事，电话打过去是江利群接的。江利群说，听你的声音很熟悉，你叫什么名字？我说我姓吕，双口吕，单名璧，和氏璧的璧。江利群说，还真是你这个王八蛋，那这样好了，本来已经有一位谈妥的，把他退了吧！

乘火车前往四十多公里外的科莫小城。

抵达科莫，天上飘着鹅毛大雪。科莫是座极其漂亮的小城。有句话怎么说来着？所谓景色是专为富人而设的，穷人能感受到的只有冷与暖的区别了。这狗日的天气，实在是太冷了！

这家餐馆——如果不是门额上方荡着两只漏洞百出的破灯笼——那是没人会把这里当成店铺的。眼前这幢五层楼房子，门窗不齐，墙壁破败不堪，房屋整体似乎还有点歪斜。

夜里头的煎熬更为难挨。暖气管道已切断。被褥是原先的工人盖过的，潮湿且霉气扑鼻。彻骨的寒冷使得我久久没法入睡。

"胡汉三"咋回返意大利的,其间的曲折与运道,江利群没提,我不便询问。降低姿态谦卑的话语是要说上两句的:谢谢你了利群,你都好吧?江利群说,还不错。我吞吞吐吐问,你……没记恨我吧?江利群道,记恨你?记恨你我还把人家踢了招你!江利群原先并非一个有肚量的人,说他小鸡肠肚子也说得通的。这家伙似是瞧出了我的疑虑,说,人是会变化的,是会升华的,路要越走越宽,走宽路的前提是要宽心啦。

在煤气暖箱旁喝开酒,江利群打开话匣子。

他一副老司头坏嘻叹道,说来话长,世事险恶,人心歹毒,知人知面不知心呐!这个开场白,使得我重新吊上了心,脸都煞白了。江利群瞅我一眼说,没指你啦,在这些人和事面前,你太小儿科,连根小葱都不是!不是小葱我求之不得哈,遂将心放下,吐出口浊气。江利群道,麻稻菽,这女人是个狠角色不简单啊!

在巴勒莫的有一天,江利群在仓库理货,把各类货物分门别类摆放一块,归归队。他口袋里掉出一个角子,直头直脑滚进角落头。江利群花大力气搬开一堆没啥用途杂物,角子没寻见,倒是拎出一个包,拉开拉链里头是顶帽子——轮船上水手戴的帽子。装包里缘故,帽子还干净,簇新,他随手扣在脑门上。仓库出来他忘了摘帽子——偏偏与老板娘麻稻菽迎面撞上——她一见头戴水手帽的江利群,霎时脸颊桃红,眼神迷离泛雾气,人如铅重坠定在原地。

这顶帽子……怎么还在，我找得好苦哦……

江利群说，在一个堆杂物的死角里，平时没人会翻动那儿的。

你……把帽子给我吧。麻稻菽清醒过来。

过去三五日，有天白班下班前，麻稻菽私底下叫江利群留步。大家走后，麻稻菽拿出帽子叫江利群戴上。江利群丈二和尚摸不着头脑，不过他非常乐意配合。麻稻菽平日冷若冰霜，从未见过她一个完整的笑容。眼前的她和风细雨，腔调酥软，她用她那凝脂般的纤手摆正他头上帽子，帽檐呈水平线。江利群扩开鼻孔生猛吸气，闻到了沁人肺腑的奶香味。

接下来的排练是江利群从餐馆院子大门外健步如飞走进来，看见麻稻菽时眼睛分明一亮，犹如探照灯照射过来一般。他挥挥手说，老板娘，有好吃的吗，一个月海上漂下来可把我馋坏了！麻稻菽俨然大家闺秀范儿，含了似有似无的笑意说，先生请进，旅途劳顿，先喝杯茉莉花茶润润喉吧。江利群说，太好了，看来我今天是找对地儿了呀！

排练效果不甚理想。江利群头颅偏小，帽子偏大，他一抬手作挥手状，帽子即晃动不端正了。戴个歪帽子的江利群，上哪去找那种青年才俊的气息和漂洋过海的迷人沧桑感啊，简直比卓别林还要滑稽相。

第二天麻稻菽去海员商店买了顶新帽子，这回不大不小正合适，哪怕江利群手舞足蹈都不会晃动了。按照程序江利群走了几个来回，麻稻菽仍旧找不到感觉，没法入戏。她恍然大悟，光让江利群戴帽子怎么行呢，得配上整套水手服的啊！

第三天麻稻菽去海员商店提来一套水手服，因事先量了江利群尺寸，穿上服帖得很，严丝合缝。按照程序江利群走了几个回合，麻稻菽皱起眉头，左看右看后说，你怎么穿这样一双鞋子，远洋轮的水手哪会穿这种烂鞋子的呀！江利群脚上的旅游鞋已脱胶，张开鲶鱼样的宽嘴巴，鞋面滴落了厨房里杂七杂八的汤水，无法辨识原本的颜色。

第四天麻稻菽去鞋帽店拎回一双高帮大头黑皮鞋，皮质光滑，能照得见人影子。这下子好多了，全副武装的江利群自个也找到了良好感觉，他不再是窝在厨房炸油锅的小喽啰，而是一位踌躇满志的远洋轮年轻水手了。麻稻菽沉浸在摄人魂魄的情景中，心旌开始摇荡……可好景不长，她注意到江利群的眼神不对，这点太关键了，眼神不来电，那又如何撞击出闪耀的电火花噢！江利群的眼睛，我们老家土话叫"泥螺眼"，黏糊糊，眼白眼珠子界限不清晰，蒙一层灰尘似的，要想让这样的眼睛像探照灯一样射出光柱来，那是比攀登珠穆朗玛峰还有难度的……

江利群喝口劣质葡萄酒说，老叔公没命享受艳福呢，走到这步打住了……本来麻稻菽那娘们说好的，这关过了接下来是去一家酒吧喝黑啤吃腌橄榄……再接下去的名堂她没对我说，还未到那一步嘛，不过齐黎军把门道都摸清楚了，上个月齐黎军来米兰游嬉，我们喝过两次酒，他说前头两关过了，就是去香格里拉宾馆了,九楼有个临海的房间,看得见轮船码头和朝阳的,在房间里,你想干吗就可以干吗了!

我问,那这个艳福……怎么落到伍靖年头上了呢?

江利群再喝口劣质葡萄酒说,这个事也是齐黎军对我说的,他不当侦探真是屈才了,他把底细摸得一清二楚……那个李也白,你还记得吧,大卵泡一个,狗眼看人低……麻稻菽差点上了他贼船,有次这两人散步,专寻冷僻的路巷走,被两个黑人堵在路巷里头,麻稻菽乖乖把包交出,但人家进一步要劫色,李也白白长一副门神胚架,狗卵没用,连阻挡一下都没有,眼睁睁看黑人捉小鸡一样捉住麻稻菽……那个伍靖年,不是走街串巷卖散的么,路过这里看见了,这家伙练过的,几记少林硬拳把黑鬼赶跑了,卖油郎独占了花魁女……齐黎军怀疑,伍靖年是有蓄谋的,要不世上哪有这么凑巧的事哇!

我问,你说了半天,我还是没搞明白……那个告密的人是谁?

江利群道,你脑袋怎么就转不过弯呢,这不明摆着么,除麻稻菽还会是谁?!

我和江利群将这家烂餐馆清理打扫了一星期。桌凳灰尘要擦,地要扫;厨房比牛栏还脏,花了一天工夫;天花板蜘蛛网密布,鸡毛掸子扎竹竿上划了大半天;后院的杂草齐胸高,酒瓶子摊一地,这些都得一一拾掇,草锄掉瓶子码上;最末换下破灯笼挂上新灯笼——这家关门两月有余的餐馆重新开门营业了。

自然没举行啥仪式了。新换上的红灯笼底下门口摆放一盘炸虾片——江利群的用意为招徕生意——却被一位饥肠辘辘的站街女全吃光了。

第一天连只鸟都没飞进来。这样子讲好似不是十分准确。一位运冰冻货物的小卡车司机，将车子停在店门口，急匆匆推门进来。门上方挂有风铃，随即传来悦耳的风铃声。昏昏欲睡的江利群看见客人进来，堆起笑脸赶忙起身相迎。司机边摆手边问，请问洗手间在哪？可以借用一下吗？这只飞进来的"鸟"是找地儿撒尿的。

第二天快打烊时分，一下子拥进二十几号年轻男女，餐厅里人声沸扬，好生热闹。人家商量来商量去，最终买了五份春卷，还是拿硬币凑成的。一份春卷两根，大伙分着吃，你咬一口，他咬一口，大声喧哗，其乐融融。

江利群发牢骚道，年轻番人比狗还穷呢！

大多数时候，江利群在餐桌上翻扑克牌，玩一种无聊的顺子游戏。一天，人老色衰的站街女推门进来。江利群没抬头说，我没钱。站街女已冻得脸色乌紫，筛糠似的抖个不停。江利群动了恻隐之心，说，你坐吧。餐厅里毕竟有煤气暖箱，比起外头的冰天雪地强多了。站街女小心翼翼问，先生，能给杯咖啡喝吗？我快要冻死了……江利群说，餐馆不是我的。站街女说，一杯咖啡，我陪你睡行吗……江利群虎着脸起身，给她冲了杯咖啡。江利群说，生意不好，没心情。喝过咖啡站街女活络过来，她说生意不好，你就没兴趣了？又不是你的店。江利群说，老板是我表叔，我有责任的……生意做不上去，他会让我滚蛋。

尝到甜头，站街女每天推门进来讨咖啡喝。得寸进尺，有天她说，炒份广东炒饭给我吃吧，我快要饿死了啊。江利群说，你应该到那边街区去，这里太冷清，来往的车太少了。站街女说，我去那边会被人打死的，人老了，没人保护我，再说那边也没人会要我的。江利群说，可这边街区连个鬼影都没有呀。站街女说，那还是有的，前天做了一单生意，不过给的太少了。江利群说，你既然有钱，那就照顾一下我店里生意呗，今天的广东炒饭，你可要付钱的。站街女说，钱花掉了呀，买避孕套了……没有避孕套，没法做生意的。江利群说，你这么老了，还怕怀孕？站街女说，那不会……主要是，怕有病传染啦。

江利群边炒广东炒饭边想，咖啡让她喝了那么多杯，今天还吃广东炒饭，我这是干吗呀，难道是做慈善？

江利群领站街女去楼上房间。

这个头一起，江利群放任自流了。站街女每晚过来吃消夜，吃得啧啧响，脸颊呈现出病态的红晕。夜里头动静也不小，使得这幢冷清的房屋有了人间烟火气。

有天晚上江利群把墙壁敲得咚咚响，我问，什么事？江利群说过来一下。我转过去时，江利群已穿好衣服站在地上，说，你睡这儿吧，我去你房间睡。站街女从床上坐起，悬挂一对长皮奶向我抛媚眼。我迟疑片刻说，我不习惯。江利群说，我们难兄难弟，没什么好掩盖的，就别不好意思了呗。我说，我真的不习惯。江利群说，我晓得这老娘太老了，老柴爿入不了你眼……在这种鬼地方，解决一下生理问题也好的，要不然人会憋出毛病的啦。我说我会打飞机解决。江利群叹口气说，你真不要，就不勉强了，不过……这事天知地知你知我知，你……不会对我表叔打小报告的吧。

餐馆后院隔着围墙，那边是几排灰蒙蒙的人字形平屋，许是仓库吧，寂寂无声。这块地盘上野猫成群结队，啥品种都有。有几只煞是好看，别具一格，它们祖上的血统，说不定还蛮高贵的吧，无奈沦落街头，什么狗屁劣种猫都有权交配，也就不伦不类了。

我心情好时，会将剩菜残羹倒给它们吃。这些畜生不识好歹，吧嗒上几口不吃了，摇头晃脑嫌食物不精良呢。它们以为这样子消极抗拒，便能得到猫食罐头吃的——这可能吗？我现在连自个抽烟都开始节制了，每天饭后一支烟，蹲在蹲坑里屙屎叼上一支，其他时间段能熬就熬，总而言之口袋里不揣烟，烟放在厨房不锈钢桌子的抽屉里，一盒烟尚剩几根都有数的。野猫数量如此之多，可楼房里的老鼠一只都不少。老鼠的阵容比野猫不晓得多几倍，每天晚上蹿来蹿去，吱吱声不绝于耳，吵得要死。我有次看见八只老鼠排着队走过，那么齐整划一，个头均匀，皮毛一色，眼珠子滴溜溜转，吓得我差点尖叫。应该说，不是吓吧，是恶心，浑身起鸡皮疙瘩的恶心。

大把的时间没处打发,我把这幢五层楼房转了个遍。反复转,转上一遍得耗去一两个钟头,这样子天便灰暗下来,一天也就翻过去大半页了。蜘蛛网到处占据,灰尘如一层浅灰色毯子,脚踩上去软一软。每个房间里皆落下不少前主人的物什,旧沙发、旧桌椅、旧柜子、旧海绵垫子、旧衣服……我站在人去楼空的房间里,环视一圈,想象着这户人家由几人组合,他们的生活场景,怎样吃喝拉撒,怎样做爱,等等。有一个房间,散了一屋子的女人鞋子。我数了好几次没数出个确切数目,每次数出的数字不一样,有两次是个奇数。我断定奇数必是错的,人不可能穿一只鞋子单脚跳的。毫无疑问,这个房间我待的时间最多了。天色欲暗未暗之际,一位意大利女子飘然而至,有时穿碎花连衣裙,有时穿米色风衣,有时穿藏青职业装……而脚上所穿鞋子,则由我来搭配了。我根据脑子里头呈现的衣服,挑选出一双鞋子,拿布头擦拭一番摆上。一双鲜红颜色的高跟皮鞋,被摆放的次数略为多些。

一天,徐老头与小情人驱车从米兰过来。

小情人摁响喇叭发信号。江利群一听脸色发白说,我表叔……老板来了呀……江利群箭簇一般飞跑出去。我随即跟出。徐老头抻了抻衣服,老公鸡一样昂起头颅,精气神不赖。他拖长腔调问,生意怎么样啊?江利群鸡啄米一样点头说,我们尽力了……难呐。徐老头道,你们不能守株待兔的哦,得想点子,怎么把生意做上去……要广发传单,去大超市、去那些闹市区散发传单，沿路停的车，你们可以把传单夹在刮雨器下面的，当年我创业阶段就是这么干的……一定要把人吸引过来。

小情人一脸漠然说，后备厢有桶豆腐。江利群小心问，是……是给我们吃的吗？徐老头道，是啊，今天专门跑了趟中国货行买豆腐，你们在小地方吃不到豆腐嘛，解解馋吧……说句实在话，你们真的不要辜负我的一片心意了，不努力工作说不过去的哦。江利群假音说道，表叔你对我们太好了！

我过来两三个月没领过工资。这事我对江利群提过，他说你跟我提没卵用的，我手巴掌摊给你哇……到时老板过来，你自己问他要呗。现在徐老头来了，我不想失去时机便说，徐老板，我的工资……要发给我了吧。徐老头道，你这话，听起来刺耳，也没道理吧，我花那么大本钱开的餐馆交到你们手中，你们没缴一个里拉给我，反倒要我贴钱给你……世上有这种说法吗？

徐老头的答复，从面上说太占理了，放之四海皆标准。但具体情况得具体分析啊。餐馆所在的街区冷僻，楼房破破烂烂，装潢无从谈起。而且，让两位光杆男人看店经营，胆子小的女人连门槛都不敢跨进来的。餐馆仅有的一点收入，得缴电费、煤气费、垃圾费、广告费、税费及进食材的费。江利群说的的确是个事实，他手头没有一块多余的钱。

徐老头说，餐馆生意会好起来的，你要有这个信心、这个决心嘛，生意一旦好转，首先就支付你的工资款，我这样子决定……你总该没话说了吧！

我给白面书生的信中说：……来科莫后，我没领过工资，人为财死，鸟为食亡，干活不见钱的日子没劲！还好上次我没将钱全部捎回去，身上留了一点，买巴士票、买香烟、买信封邮票等。……老板是位花老头，在米兰见到时都已半死不活了，这次来科莫精神头不错，他有三个老婆，如果把国内的结发老婆算上则有四个老婆，一个老头老婆多对身体是否有好处？精神上肯定快活的，不会寂寞了吧。他这个小五十岁的情人，是中国人，但看上去有点像番人，他们说她有回族的血统……小情人要游科莫湖，老板施舍捎上了我。其实想想，老板这是给颗小糖我吃呢，他没支付工资，就带我去科莫湖玩一下，话说回来，不去科莫湖玩，工资照样没有，至少眼前这老头是不会付我工资的，只画了个饼让我充饥……科莫湖确实不错，轮船码头就已经不错了，一溜游艇沿岸边排着横队，齐刷刷的。这里的鸟该当不叫海鸥吧，这里不是海嘛，可真像海鸥，展开翅膀在水陆交错的码头上面飞翔。在码头等候的时候，老板说，喝一杯吧。他们喝我叫不上名的饮料，一杯淡黄色，一杯粉嘟嘟的，我喝小瓶装啤酒，直接吹瓶子，哈哈，有点人模狗样呢！……游艇不是很大，载二十几号人吧，乘风破浪驶向湖的深处，船两边泛起白浪，水花特别漂亮，湖面上的空气特别新鲜。湖水很蓝，比蓝天还要深一些的那种蓝。没有看见鱼，怕是湖水太深了它们躲起来了吧。湖这边的房子，不乘船是看不见的，如同小孩子玩家家的积木房子，五彩缤纷，旁边的花木开得好生热闹……在岸上看到过的小岛，我们登上去了，绕岛一圈，全都是大小别墅，你说的没错，这儿确实是仙境，人世间见不到的，鸟语花香，阳光好像过滤过一样，像湖水一样飘荡着波浪纹，恍然如梦啊！……老板的小情人说，要是能拥有这么一幢别墅那就好喽！老板说，小芸，你想太多了吧。小情人翘起嘴巴说，想想都不可以吗，人总该需要有梦想的啊。我也认为小情人想太多了，许多不现实的事情还是别去想好，那样子太累。人有饭吃，有衣服穿，有遮风避雨的房子住，就该知足了哈……

有天坐巴士看见上海雪园餐馆招牌。

科莫的冬天寒冷，冬季漫长。我寻到了一种避寒方法，乘巴士兜圈。一张巴士票可以从起点站乘到终点站，差不多个把钟头吧。巴士票的价钱，折算起来与三支烟的价钱同等，划算的。番人的巴士干净不拥挤，密封度高，暖气充足。人坐在暖洋洋的车厢里，随着车轮滚动，窗外景色花样翻新，实在可称得上是莫大的享受啊。

我就近下车，推开上海雪园餐馆的门，门楣上方的风铃撒下一片清脆丁零声。来客人了，还不赶快！跑堂接到指令脸上笑纹荡开手捧菜谱本冲向门口，差点与我撞了个满怀。咦——跑堂迅速撤走笑意，原地站住。身后男人厉声说道，现在进餐期时间，怎么一点规矩不懂哇……这里没招工人！

男人搞清楚我是台湾餐馆工人后，态度缓和下来，他说现在这个时辰，你怎么可以从台湾岛跑出来的呀？听话听音，我判断出男人对台湾餐馆怀有一定的敌意——他故意将台湾餐馆叫成了"台湾岛"。我说,餐馆没生意待着难受,就跑出来了。

男人领我走进里餐厅,在角落坐下。他显然是餐馆老板了,阔嘴,厚下巴,脑门油光闪亮,一副土财主模样。我说口有点干能喝杯水么?土财主说,可以的。扬起厚下巴对吧台说,接杯水龙头的水来。

土财主问我道,"台湾岛"吃蛋的情况多不多?我说,多,隔一两天能吃上一个。土财主呵呵发笑,心满意足样子。我说,我到现在没搞明白,餐馆生意那么差,我们老板他为什么还要继续开下去……依我看,生意是不可能好起来了。土财主说,你蒙在鼓里……这里头有名堂。我一脸迷惑,说,开餐馆又不是造原子弹,里头还埋伏玄机哇?土财主嘿嘿一笑说,今天我把这事从头到尾对你说一遍吧。

土财主是最早跑到科莫开中餐馆的,一炮打响,生意好得不得了。土财主低调节省,身上穿着不光鲜,不戴金链子、名牌手表,不抽烟、不喝酒、不与外界交际,不旅游、不吃餐馆,至今连个代步的车都没买。总而言之,不随便多花费一个子儿,装寒碜。土财主生育七个孩子,个头楼梯台阶般一个接一个。人家孩子多负担重,他们家孩子多帮手多。七个孩子无一例外,被调教得乖巧、勤力、百叫百应、吃苦耐劳,一个个小大人似的懂事理。每个孩子从读小学一年级开始,一放下书包即撸起袖子干活,得到的奖赏仅仅是老爸的一句空头表扬话。土财主老婆,矮墩,壮实,从不装饰,长年累月穿高统雨靴,系围裙,戴袖笼。开头几年,土财主自个做大厨。生意稳妥后,教会老婆做大厨。在意大利很少有女人做大厨的,土财主老婆算一个。土财主老婆有次对我说,我是一头牛呢,犁田时拉出来犁田,犁完田关回牛栏去……土财主闷头发大财好些个年头,华人圈里无人知晓底细,还以为他在小地方开餐馆只是混碗饭吃而已。有一年,有位亲戚从米兰过来,因血缘过于亲近,土财主不好拒绝他登门。亲戚说刚从中国回来,两包东阿阿胶补血的,表弟的一点心意。土财主随手搁在一旁。亲戚从旅行袋里取出一长条物,打开包装纸是把龙泉宝剑。抽出剑,寒光逼人。亲戚说,表哥,这把剑不是一般的剑,镇妖避邪能派用场。

土财主将宝剑挂在餐馆正对门墙壁上——但妖没镇住邪没避过。

亲戚待了三五日,眼见餐馆生意红火,番人排队吃饭,眼睛红出了血。

亲戚背地里寻找店铺,于是有了台湾餐馆。

没过多久,台湾餐馆所在的楼房被市政府列入危房,楼房里人家接到通知陆续搬了出去。

有一次徐老头与小情人经过这里,徐老头说进去看看吧。这一看,被亲戚黏上了。徐老头在肚子里盘算,不算餐馆基,光装修、器具和店铺营业执照,就不止值这个价了呀。

土财主讪笑道,徐老头那么有钱的人,改不了贪便宜本性……古话说贪便宜吃母猪肉!

徐老头吃了母猪肉,心肝连屎痛,病倒了,关了两个月餐馆门。

餐馆重新开门营业,徐老头的意图是要钓下一位贪便宜吃母猪肉的人。

土财主对我说,有空就过来坐噢。

他每次见到我,或许都能获得一种幸灾乐祸的快感吧,脸膛跟打了鸡血似的。

土财主拿过期的啤酒招待我,这太难得了,比天上掉馅饼都难呢。

土财主问,今天生意怎么样啊?

我道,来了一个孤老头,吃没吃多少,搞得桌子乱七八糟的。

土财主就喜欢听这话,脸上浮出笑,说,早该关门大吉了!

说话间,食客如过江之鲫游进来。风铃声一响,土财主立马抻长脖子,眯眼笑道,这家伙好长日子没露脸了,高消费的主,吃一餐饭值中国农村一头牛的价呐!风铃声再响,土财主瞟过一眼泄气道,小喽啰没摆头的,赚他们的钱等于捉虱子,统统算起来也就中国一只鸡的价了。

前年土财主回国探亲,去了外地一亲戚家。土财主是个无利不起早的人,平白无故不会去亲戚家走动的。传说那地方山清水秀,女孩子长得水灵聪慧。土财主想让亲戚在当地给儿子物色一门亲事。

土财主儿子与同学的意大利女孩谈恋爱，爱得死去活来。土财主坚决反对，没商量余地。土财主出身农村，传统的家长制观念根深蒂固。他想如果儿子讨个番人囡做老婆，那么管束得住噢！浙南一带有句俗话，番人、番人，反一反的。中国人的生活方式是这样子的，番人反一反；中国人的思维方式是那样子的，番人反一反。总而言之，行为、理念，天差地别。讨个番人儿媳妇进门，六月（古历）下海滩，冬间上雪山……无疑将会摧毁掉千辛万苦建立起来的家庭秩序，岂不乱套！

当年华侨身份吃香得很。亲戚稍微对周边的人透露了下口风，即有不少家长携带上适龄的女儿登门，无一例外地流露出渴望的眼神。土财主本就好装腔作势，跷起二郎腿，慢条斯理地一一过目，挑肥拣瘦。离开前，选中了一位。将女孩玉照寄出给家人看，主要是给儿子看——儿子知晓胳膊拧不过大腿的道理，答应了。

女孩徐泠吟出来，儿子去米兰机场接机。回来后他把自己关在房间里，怎么敲门死活不出来，饿了一天一夜。

儿子蓬头垢面开门出来，对土财主老婆说，人跟照片上不一样，我不要了！土财主闻言气得七孔冒烟。为把徐泠吟办理出国，是花了一笔钱的。钱砸进去人出来了，儿子却不要，岂不开国际玩笑！

土财主恼羞成怒，甩了儿子一记耳光。甩过后一股血浆冲上脑门，高血压老毛病加重，土财主卧床数日。一贯娘娘腔的儿子这回变成了愣头青，九头牛拉他不回头。他对土财主老婆说，我连多看她一眼都难受，怎么跟她过一辈子……真把我逼急了，我死给你们看！

碰到这等事，神仙没辙。

土财主找儿子谈心。他说，你真的不要，阿爸不会勉强的，你说的没错，夫妻是要过一辈子的，强扭的瓜不甜，阿爸能够理解……这样吧，阿爸再回一趟中国，国内女孩子多的是，我相信肯定会挑选到一位让你称心如意的。

说到做到，一星期后土财主再次回国定下了一位女孩。

这次顺风顺水，儿子在米兰机场就与女孩手牵手了，满心欢喜，前世修了姻缘一般胶漆相投。

一日饭点，土财主难能可贵说，你在这里吃吧。大圆桌坐十几号人，皆为土财主一家子。当然了，前头那位女孩徐泠吟是不能排进他们家庭成员名单的。我私下里对前后两位女孩多看了几眼，觉得半斤八两，分辨不出哪位好看一点、哪位不好看一点，高矮胖瘦无异，都是瓜子形的白脸蛋。娘娘腔儿子与后头女孩紧挨一块，旁若无人悄悄说话，咻咻发笑，卿卿我我。大家的饭由徐泠吟盛。土财主吃完一中碗饭打着饱嗝将空碗放徐泠吟面前，中气十足说，再来半碗。土财主一副"土财主"嘴脸对我说道，我这人靠饭力的，饭点吃饱，从来不吃零头食。

土财主采取羊毛出在羊身上的方法，扣押下徐泠吟的护照及居留证。土财主对她说,你出国的费用刚好抵三年的工钱,三年日期一到,你就是自由身了,爱去哪发展就去哪发展。

为防止徐泠吟学会语言与番人接触,或者与中国人有接触,土财主没让她做跑堂,安排她在厨房刷盘子搞卫生,干杂活。

土财主一家对徐泠吟看管得很牢。同吃同住,同上班同下班。徐泠吟唯一可自由支配的时间是在下午三点到五点半这个午休时段。跟一个人坐班房一样,这两个半钟头是徐泠吟的放风时间。徐泠吟不属于浙南一带人,如她所言,在意大利举目无亲。徐泠吟一个人在附近街区闲逛,去得最多的地方是那个街心花园。徐泠吟坐在花园长靠椅上发呆,无所事事。看见番人一家子在草坪上欢天喜地追逐,小情侣勾肩搭背亲热,眼泪情不自禁地落了下来。

有天我勾着脑袋从小马路经过,徐泠吟喊道,喂,那位……散步啊。我从小马路拐进花园,说,晒太阳呀?徐泠吟说,没地方好去,在这儿坐坐……你不是很忙吧?我说,我穷得只剩下时间了。徐泠吟说,你好幽默哎。我晓得她这话是与我套热乎了。

徐泠吟说,那天,看你……是不是麻木不仁呀,为引起你注意,我故意把筷子掉地上了。我问,你干吗故意筷子掉地上?徐泠吟说,你真不会怜香惜玉哎。我说,那不会吧,不是我不要你盛饭了么……我认为,老板付工资干活是应该的,给客人盛饭是应该的,但他们家里人的饭,干吗要工人盛啊,都是好手好脚的人,又不残疾,盛个饭都不会盛了……这是剥削人,是对人的人格不尊重。

很遗憾,我连工资都没有的。徐泠呤不无忧伤地说。

他们家餐馆是个独立王国,徐泠呤说,从来没有外人进来过,你是绝无仅有的一个,所以我才拼命想要引起你注意的。我说我注意到你了,还拿你和他们家儿媳妇比较了一下,觉得没有差别嘛。徐泠呤说,不提那些了……你这人是不是有点儿贪杯呀?

那天土财主破天荒拿瓶高粱酒给我喝。当然非品相完好的酒了。土财主说,这瓶酒不晓得哪年落仓库里的,一瓶酒蒸发了三分之二……不过白酒不会过期的,说不定时间越久酒越香呢。在欧洲喝到中国高度白酒,我是有点被牵着鼻子走了。

第二天在原地碰面,我自若多了,东拉西扯讲自个儿的旅欧经历。实际上我又有几多的料可抖呢,流水账而已。徐泠呤投我所好,一惊一乍发出尖叫声,说我对你佩服得五体投地啊。

绕着街心花园漫步,她与我挨得近,摩擦使得我心猿意马。前面是花园的公共厕所,徐泠呤站住拉了下我手。我问,要上厕所?徐泠呤眼睫毛一扑一闪,说你傻呀。说过拉我进了女厕所,随手将门闩插上。

她显然非初出茅庐新手,说,脱裤子呀。我说,不是要先脱衣服,再脱裤子的么。徐泠呤说,你以为这是宾馆里啊,还冲澡呢,衣服不用脱了!徐泠呤没脱厚毛料裙子,褪下里头的连裤袜。她将我按坐在马桶盖上,自个一骗腿骑上。

旷日持久的打飞机行为使得我面对真实的人时,脑海里头依然天马行空,不着边际,很难接地气。徐泠昤好奇问道,你闭着眼睛干吗?

要拯救于水深火热里头的徐泠昤,首先得有钱,没钱寸步难行呢。

我给米兰徐老头打电话,他还是那句话,大本钱的餐馆全交到你们手上了,怎么还有脸面问我讨要工资啊?!

我对江利群说,老板不给工资,你把付货款的钱先给我吧。江利群说,这不可能,货款再拖欠下去,人家公司不发货,拿什么烧给客人吃?我说我家银行贷款马上到期了,不还我家房产就要没收,一家人流落街头了。江利群说,可是我无米之炊没办法嘛。我加强语气说,这次一定要把钱给我!他望着我说,你该不会是……威胁我吧……我说,打小报告下三烂的事谁愿意做哇,但人被逼急了造反,逼上梁山就说不定了!

徐泠昤说,待在意大利肯定不行,他们会找到我的。我说,那怎么办?徐泠昤说,你不是去过法国吗?我摇头说,那种险不能再冒了。徐泠昤说,你不是说现在乘火车可以蒙混过关吗?这娘们记性还真好。我二哥有位同学在意大利北部城市亚历山德里亚开餐馆,有次电话中他是这么说的。为显摆自个儿神通广大,我将此事对徐泠昤吹嘘过。

五天后,我们在亚历山德里亚火车站上了米兰至巴黎列车。

深夜这趟列车乘客稀少,全为睡眠状态。乘警、列车员则为昏昏欲睡状态。找到一节已熄灯的无人车厢,我将皮箱举上行李架,喘口气后帮助徐泠吟爬上行李架。

我坐下点上烟,头朝车窗外看。或明或暗的灯火一一掠过。经过城镇,灯火通明;经过田野,很远的地方才有一星半点灯光,似乎飘浮在天边。

徐泠吟趴行李架上说,你倒惬意,香烟抽抽,景瞧瞧。我说没有了,我紧张得要命,抽根烟压压惊呗。徐泠吟说,我只想现在已经在法国了,那样子我就自由喽。我老成持重地说道,世上的事都是辩证的,要说自由,你现在就已经自由了,要说不自由,到了法国仍旧是不自由的。徐泠吟说,你这个人特别不会安慰人,不会哄女孩子,人家有个美好的向往,你绕什么空头理论啊!

我猴子一样爬上行李架,与徐泠吟头顶头躺下。徐泠吟说,两个人这样子躺着,挺别扭的。我说,拜托,这是偷渡哎,不是度蜜月哎。徐泠吟哭了起来。我转身艰难爬过去,半边身子悬空挨在她身旁。哄不来女孩子,搜肠刮肚不晓得说点什么好,一焦急,我舔起她脸颊上的泪水。徐泠吟嘴唇与我嘴唇扣上,磁铁般瓷实。她扭动身躯喘着热气说,我要嘛……我说,你疯了……徐泠吟闭上眼睛说,让时间像流水一样……过得快一些吧……

列车抵达意大利境内最后一站都灵站,徐泠吟说,不要待在一节车厢里,目标大……后面那节车厢灯黑的,你去那节车厢吧。

我照办，但不以为然。

不多时，列车缓缓驶入边境海关停靠站。

灯光亮如白昼。

边检人员齐刷刷的脚步声，由远至近。这声响我在电影中听见过：一队武装到牙齿的德国鬼子，脚穿高筒皮靴，迈着整齐划一的步伐走在月台上。背景音乐骤然奏响，气氛紧张到爆燃的分上……

从行李架上看出去，能见着边检人员下半身笔挺的裤管和高筒皮靴子。他们列队沙沙地走来，每节车厢分流出两人。检查我这节车厢的两位麻痹大意，上来打开灯，探下脑袋嘀咕上两句，兜一眼即关灯下去了。

我的心脏从头到尾擂鼓似的咚咚响，像是要从胸腔里头蹦出来的感觉。

整个过程却是轻描淡写的。

而徐泠吟车厢里的情形，要严重得多。

列车在海关停留一两个小时，两位乘警来到这节无人车厢抽烟。他们打开灯，坐下来点烟。聊了会儿天，其中一位无意间抬头时瞧见了趴在行李架上瑟瑟发抖的徐泠吟。徐泠吟与那位乘警对视上一眼。那一眼，传递出了恐惧、凄美，及任人宰割的信号。这一眼犹如一粒子弹，击中了乘警柔软的部位。他低下头，带着笑意与同事悄声说话。另一位乘警抬起头，给了徐泠吟一个暖心的微笑。

离开车厢时，两位乘警与徐泠呤友好地打声招呼，熄灯走人。

不知何原因，过后边检人员竟没来这节车厢检查。

徐泠呤对我说，或许是乘警与他们打过招呼吧……你说我的预感准不准？要是你这个男的在场，百分之百要遭殃了！

在巴黎我们暂寄居在我一位工友住家里。

一间二十五平方米平的屋子，麻雀小，吃喝拉撒功能俱全。一张上下铺单人钢丝床，工友两公婆睡上铺，工友大舅子两公婆睡下铺——还有个吃奶的婴儿——大舅子床前放块木板，半边身子搁外头勉强凑合。

我与徐泠呤在床前打地铺。

夜里在被子的掩盖下我爬向那头，被徐泠呤用劲推开。做小动作，吃了她一手肘。便弄出了动静。大舅子悬空的屁股朝底下放屁，一股腐烂的臭鱼气味弥漫在屋子里。

白天要好些，屋子外头有块空地，两棵亭亭如伞盖的法国梧桐树。上班的自是上班去了，没上班的搬个椅凳坐空地上，一如鲶鱼似的张开鱼鳃呼吸新鲜空气，吐故纳新。

大舅子体魄强壮，手臂上的肌肉如小老鼠似的上蹿下跳，那阵子不知何故赋闲在家。

有天傍晚，大舅子一手拿麦饼，一手执啤酒瓶，咬一口麦饼灌一口啤酒说，如果跟国内的人说，在法国是住在这样猪栏不如的地方，肯定没人相信的！大舅子老婆坐矮椅上，一只小白兔样的奶子裸露在外头。婴儿随大舅子,头颅硕大,蹬着双腿吃奶,相当给力。大舅子老婆说,人要知足,有饭吃有地方睡觉,蛮好了。大舅子瞪圆眼珠子嚷道,这个比上海十六铺码头还拥挤的地方……是人住的地方吗?!

徐泠吟与大舅子两公婆的关系相处不错。大舅子宽慰徐泠吟道,没护照有什么关系?我对你说,没护照反倒好,万一被警察抓住,身上搜不出护照,那就是一个无国籍的人,没国籍的人警察就没办法遣送了,遣送到哪里去?遣送到天国去?遣送到月球去?遣送到外太空去?大舅子为自己的一连串比喻感到满意,甚至得意。他在空地上转着圈子,差点撞到树干上。徐泠吟忧伤地说,那还不是要被关起来呀。大舅子说,在法国坐班房,住的地方肯定比这里好不晓得几倍,吃的更不用说了,人进去要称体重,出来称体重,如果瘦了,班房牢头得承担责任的……我有个朋友,这家伙跟我一样,跌倒不认识爬字,偏把自己伪装成知识分子,说自己是大学教授……他这样子伪装的目的是要浑水摸鱼,说自己遭受迫害,逃到法国来寻求政治避难,想骗取那张难民居留证……人家法国警察局不是吃素的哦,不吃干饭的哦,人家警察火眼金睛,一眼就识别出这个乡巴佬绝对不可能是知识分子,刁民一个,当场就把他扣住了……诉讼他犯了伪造文书罪、伪造身份罪等罪名,抓进去坐了半年班房。这家伙班房出来,人胖了不少,皮肤又白又嫩……我说你在班房里肯定没吃过苦头,没有风吹日头晒,伙食肯定也好。他说干的活很轻松,卷医院里用的棉花签，坐在屋子里头，确实没晒过太阳。隔三岔五吃牛排、猪排、鸡排……鸡也有排，这点你们没听说过吧，吕壁做过餐馆的，当然晓得的，中餐馆的杏仁鸡丁就是鸡排做原料的……番人的鸡养起来，不是吃整只鸡的，只吃鸡身上那两边两块精肉，其他的扔掉，做狗、猫的罐头……那家伙说时鲜的水果每天供应，营养搭配，就是那些什么维生素搭配嘛……大舅子老婆接嘴道，他说班房里还举办篮球赛、踢足球呢……学习法语，他原先法语只会买包香烟，班房出来后，法语说得比我好多了，他说在班房里没人跟你说中国话，逼着你讲法语，又有老师教，进步就快嘛。

　　生小孩前，大舅子老婆在一家土耳其人开的衣工场做衣服。大舅子老婆对徐泠吟说，我问问老板看，工场里应该还缺车工的。徐泠吟说，可是我不会做衣服的呀。大舅子老婆说，你以为是做什么高档时装啊，这些衣工场都是做地摊货，出口非洲国家的，只要像件衣服样子，能穿在身上，粗点糙点都没关系的。车工只管车衣服，直线傻瓜都会缝，袖口、领子稍为讲究点技术，也不难的，多练练就能掌握的。

　　屋子里有台电动缝纫机——平时大舅子老婆接些剪裁好的衣料拿回做。大舅子老婆手把手教徐泠吟缝衣服，一星期下来，新手大体能上路了，只不过出货慢些。

　　一日，大舅子老婆把儿子交给大舅子，领我和徐泠吟去那家土耳其人开的衣工场。

老板说，男的烫工不缺，女的车工缺。

回来路上，大舅子老婆提醒徐泠吟道，老板是个色鬼，很会哄骗女人，你一开始就要和他保持距离，不要上当，叫他打消掉念头。徐泠吟说，看老板这人，应该人还好的吧。大舅子老婆说，老板人是不错，工场也讲规矩，定下的价格，一分不少从不拖欠。一天两顿饭给补贴……不像中国人的工场，说是管饭的，那吃的都是什么东西哦，菜场里捡的菜边，番人倒掉的剩番茄，烂了一头的小南瓜，猪的软骨肋……一人半个咸蛋，我搞不明白，欧洲蛋那么便宜，为什么一个蛋还要切成两半呢，真是精出格了哎！

徐泠吟道，如此看来，老板是个大好人啰。大舅子老婆道，老板人是不错的了，就是太色了，一见女人苍蝇见血似的……阿拉伯人可以一夫多妻的，老板在他们国家算有钱人了，听说有四五个老婆呢，但他骗女人说是单身汉，有些女人以为他是钻石王老五了，飞蛾扑火，没有一个有结果的……所以我提醒你，从一开始就不要让他动歪心，他明白后就不会怎么样了。徐泠吟说，我一句法语不会说，他就算动我的歪脑筋，也没法子交流的了。大舅子老婆道，俗话说好话难学，不好的话很容易学的……再说这男女的事情，是有许多表情动作可以表达的啊，是个人都懂得意思的。徐泠吟笑道，在我看来，好色的男人有趣一点，不会刻板的噢。

我身上冷飕飕，不寒而栗。想起徐泠吟曾经对我说过，土财主是个刻板的人，死牛不吃草，没情没调，只会数钱度日子，不会花钱过生活。现在结合起她刚才所说的话，不难猜测出她为了脱离苦海，很有可能对土财主做出过某种性暗示动作的，或抛媚眼，或在他面前故意露出一截肚皮肉，或其他什么挑逗性行为……无奈土财主是个古板人，认钱不认人。女人在他眼目中，要么是块干活的料；要么是个传宗接代的工具。徐泠吟的小花招，在他面前泥鳅掀不起浪头的。

我趴在缝纫机面板上给白面书生写信。信中说：……不瞒老兄啊，现在是我人生的低谷，我体会到了世态炎凉，体会到了谋生的艰难，路茫茫，我该何去何从……我住在工友的一处贫民窟里，地理位置说出来你也许不会相信，朝外头步行到大街，顶多二十多分钟吧，那里竖着一架大风车，夜里点灯方圆一带都能看得见，他们说那叫红磨坊，很有名气的。他们还说，这里是巴黎这座花都的花蕊。红磨坊的无上装表演，不是穷华侨能消费得起的，海报看见过，全世界最漂亮的女人个个妖精一样，珠光宝气！白天经过名堂不大，夜里头全是霓虹灯，一条街望到头，全是灯火，我算是真正领会到什么叫灯红酒绿了，纸醉金迷了。出售性器具的商店林立，店门口与普通商店略有不同，挂块厚门帘，说是小孩子不让进去，成年人挑开门帘随便进。商品琳琅满目，灯光粉红色，空气很差……有一点我算是明白了，这些东西看多了反胃，头昏脑涨不舒服。想起当初刚到匈牙利，看见一本黄色画册，那种如饥似渴，现在想起来都不好意思了，太少见多怪了啊……

　　本想提及徐泠吟的（我曾在信中跟他说自己谈上恋爱了），笔尖稍一停顿作罢了。徐泠吟上班后不久，即搬出去住了。问她具体住哪儿，语焉不详。管她呢，过河拆桥板的臭娘们！

VIII 衣工场，皮工场

巴黎·黑工场的状况与经历

台湾老板：吕璧在巴黎打工的中餐馆老板

老杜：吕璧的出租房室友

方敛文：烫衣工出身的衣工场老板

万俊：吕璧同乡，张放鸣马仔

张放鸣：装修队工头、华人黑帮大佬

丈母娘：皮工场老板的丈母娘，拥有法国长期居留"十年头"

在巴黎打的第一份工,是在火车站附近一家台湾人开的中餐馆做三厨。打的是黑工——口袋里揣一份买来的他人身份证复印件。碰到警察盘问,就说正本放在家里。这自然是儿戏了,掩耳盗铃,壮壮胆子而已。

餐馆大门进去,迎面"宁静致远"四个毛笔大字。说明这位台湾老板肚子里有点墨水的。老板的确说话慢条斯理,坐有坐相,站有站相,闲下来手持一卷书,一副两耳不闻窗外事做派。

餐馆员工中有来自中国台湾的、大陆的、中南半岛的印支华裔(在法国俗称金边人)。虽说理论上讲大家均为炎黄子孙,但隔阂显而易见,人情味寡淡。

还有一点,在大陆人开的店打工,老板和工人大多是一块儿吃饭的。台湾人开的店不同,他们家人坐一桌,员工坐一桌,泾渭分明。

在这家餐馆留下的最深印象,是有一次我端蒸笼手被蒸汽烫伤,一位来自越南的华裔跑堂叫我把手泡在洗洁液里。果然痛感逐消,红肿消退。多年后忘了是在网络上还是报刊上看到,说这种方法是错误的。

搭铺的住所是套一室一厅房子,属当地法国人房产。一位懂法律、会法语的中国人,从法国人手中租来房子,转租给一对夫妇,从中吃差价。这对夫妇在中国货行的信息栏上张贴小广告,招租男单身搭铺房客。通过电话,我搬到这里。

夫妇自己住卧室。搭铺者的床铺排在客厅里,多则六位,少则五位。作为三房东，经由这么一盘旋，收支大致平衡，他们无须掏房租了。

巴黎的冬天，阴雨绵绵，比想象中要冷。关键是由中国人租赁的房子，为节省费用，基本上都切断了暖气。

收到老家一位朋友来信，其中有句话说道，青田又到了吃火锅的季节了。我差点口水挂下来。我提议道，我们凑份子吃火锅吧！大家响应。

老杜说，凑份子就不必了，轮流做东一样的，明天就由我先带个头。老杜在老家是位裁缝老司，手艺没话说的。裁缝老司慢工出细活，在做糙货的华人衣工场里，反倒不如外行人了。他手作已经定型，糙不起来，糙不起来速度就快不起来了。车工计件按劳取酬，但一台机器等同于一个茅坑，你占着茅坑不拉屎或少拉屎，天算地算的老板自然叫你走人了。那段日子，老杜整天躺在床上织草席看天花板，闷得发慌。他做火锅同样慢工出细活。一大早起床去菜市场选购食材，挑三拣四；去超市搬回一箱葡萄酒、一箱24瓶的小瓶装啤酒。所购葡萄酒与啤酒，品牌正宗，价格适中。也就是说，选购什么酒，他同样不含糊的。老杜从早上忙乎到半夜做出的一锅火锅（后来做火锅的事几乎由老杜包了），色香味俱全。

在我记忆中，巴黎的那个冬天灰蒙蒙的天色占多数，风刮过来，脸上生疼，身子瑟瑟发抖（可能实际情况并没这么严重吧）。我从地铁口钻进去，在巴黎地下庞大的地铁网络里头倒上几回车，从另一个地铁口钻出来。

从地铁站走往住家的路上，夜色浓黑，寒风扫荡，残叶飞舞，人们竖起大衣领子行色匆匆，面无表情。当我想到，住家里有热气腾腾的火锅在等着呢——那种人人面红耳赤，推杯换盏，高声喧哗的气氛太痛快了啊——走在路上的我不觉加快了脚步，一种无与伦比的幸福感油然而生！

巴黎有位叫方敛文的中年男人，他与米兰的徐老头有得一比。诚然，他乃小巫，徐老头为大巫；他属轻量级拳击手，徐老头是泰森级别拳击手。

方敛文非浙南一带人氏，是中国中部地区某省份人。他跑到浙南这边来，在一家乡镇企业胡刷厂当老司头。方敛文宽额门，身板笔直高度一米八以上，具有北方男人的特征。很快地，一位给胡刷剪毛的青年女工被他所俘虏，主动投怀送抱。年轻女工知晓方敛文在老家有妻室这一事实后，丝毫没埋怨他、责怪他。年轻女工说，在没有爱情基础的婚姻里，你遭受了多少罪噢！

出国潮来临时，方敛文在一次饭局上认识了一位从法国回来的华侨女孩子。那天的饭局人多嘈杂，光凭坐着吃吃喝喝，要想引起华侨女孩的格外关注与好感并不容易。席间，女孩起身去洗手间。方敛文随后跟出。女孩正要进女厕所门时，方敛文在她身后叫道，栾丽小姐，你带手纸了吗？女孩站下，略为停顿后问，先生你的意思……洗手间里没有纸的？方敛文将一包没拆封的手巾纸递给她。方敛文一如做错事的男孩腼腆地说，中国还不够发达，许多人性化方面的考虑欠缺，做得还不够到位啊。

女孩这趟回国，本来就是要解决人生另一半的事宜。供她挑选的范围很广——当地青年才俊们人人削尖脑袋，争先恐后，全力以赴地向这座堡垒发起猛烈进攻……然而，女孩却选择了已是二婚的男人方敛文。

眼下，方敛文桃花运再度绽放。一位比他女儿年纪尚小几岁的女孩和他好上了，两人过起秘密同居的日子。当年的栾丽已是明日黄花，黄脸婆一个。她天天跑衣工场吵闹，搅得鸡犬不宁。方敛文好几回脸被抓破，血印子如交错的纹沟一样；衣服被撕烂，褴褛如讨饭人的一套行头。方敛文做到了勿怒勿急躁，他用磁性的男中音平缓说道，不可理喻，不可理喻，斯文扫地啊。

那段日子，我在方敛文衣工场干烫工活。

方敛文原先烫工出身。俗话说，三十六行，行行出状元。方敛文干烫工活的技艺，拔萃超凡，俨然达到了庖丁解牛的地步。一件皱了吧唧的衬衫，从俯身捡起到套衣架挂上晾衣竿，一分钟。看方敛文熨烫衣服，那是一种行为艺术，极具观赏性，可谓是莫大的享受。衣服在烫衣板上，形同花蝴蝶翩翩起舞、婀娜翻飞。于眨眼工夫，一件平整、挺括的衣服已然跃上晾衣竿。

方敛文日工作量为千件衬衫以上。

我日工作量为两百件衬衫左右。

这家伙从不瞧我一眼——这跟武艺高超的人不愿看人舞枪弄棒道理一个样——不屑看，看了堵心。

烫衣间两台蒸汽熨斗运作，蒸汽腾腾。有天我汗流浃背，索性脱去衣服赤膊上阵，这样子把肚皮给烫伤了。当时不晓得熨斗的电线被什么东西勾住，一抖，熨斗边缘从肚皮上贴着划过。哧啦一声，我嗅到了肉烧焦的气味——肚皮上便见着了一小块红嘟嘟的肉。一块儿干活的烫工见之，大呼小叫。方敛文出现在门口，丢下一句话，烫衣服把肚子烫了也是件神奇事儿了。另一位股东是位妇女，她拿来一管牙膏说，涂上牙膏就好。涂上牙膏，锥心的刺痛使得我龇牙咧嘴。

一天上班路上，有人在背后叫我名字，转身一看是万俊。我说，万俊……你不是去德国了么，怎么会在这里呢？万俊说，那些事往后再说了……我问你，你这是去哪儿？我说上班去。万俊问，是在衣工场上班吗？我说是的。万俊问，你认识一个叫方敛文的人吗？他也开衣工场的。我说我就在他的工场上班。万俊说，那太好了，这么说来你对那家伙具体的作息时间有数的啰？我丈二和尚摸不着头脑，但没问缘由。我说，他按时上班按时下班了。万俊问，他开车吗？我说，开车。万俊又问，车上有其他人吗？我说，有，另外一个老板两公婆乘他车的。万俊说，你先去上班，晚上几点下班？到时我在地铁口等你，有重要事情商量。

万俊领我去一家宾馆与张放鸣碰面。

张放鸣脸色不太好，他说，你不必奇怪也无须问，我们过来是处理一件事的。说完丢根烟给我。

张放鸣说，你再想想，方敛文上班时间会不会出去？我说的是那种规律性的走动……譬如说，他会不会在某个时间点出去喝杯咖啡什么的。我一拍大腿说，没错，他每天下午差不多三点钟吧，会跑出去喝咖啡的，他有咖啡瘾的。万俊眼睛一亮，张放鸣瞪了他一眼。张放鸣再点一支烟问，是单独出去，还是跟人一块出去喝的咖啡？我说，单独。张放鸣问，确定？

话说这家衣工场，属于无营业执照的地下衣工场，所雇用的工人十之八九为我这类黑工。

衣工场隐藏在一处仓库区里，大白天不见一个人影子。工人们来上班，确定周围没人后拍三下巴掌，上头窗台探出女股东脑袋，将一管扎着布条子的钥匙垂直落下。底下的人拾起钥匙再四围看上一眼，然后动作麻利地开门进去。下班不许成群结队拥出，必须拆散了一个个溜出来。

有天下午，独自走在仓库区的方敛文被人割了一只耳朵。

张放鸣妹妹，美如一枚含苞待放的蓓蕾。她是家中唯一的女儿，又是最末一个，从小娇生惯养。任性，张狂，胆大妄为。这次偷渡出国，她本可去奥地利张放鸣那里，也可去其他国家。凭张父的人脉与张放鸣的人脉，她起码有七八个国家可供选择作为落脚点。张放鸣妹妹与大多数女孩子一样，对法兰西这个国度情有独钟，充满了向往与憧憬。尤其是巴黎，在她眼中简直就是罗曼蒂克的化身之城。

方敛文恰恰身居巴黎。

方敛文出国前与张放鸣父亲为要好朋友，称兄道弟，戏言彼此的关系如穿同一条裤子的人。

应该是张放鸣妹妹持主动态度的，她迷恋上了方敛文这位富有成熟魅力的老男人。而方敛文，想必是有过矛盾、纠葛、遭受良心谴责等心理活动的……但结果九九归一，方敛文与朋友的女儿好上同居了。

张放鸣父亲仰天长叹，糊涂啊，我怎么把鸡托付给狐狸管呢，我怎么会把女儿送到畜生手上啊……说完喷出一口殷红鲜血。

张放鸣、万俊离开法国前，我去了一趟他们宾馆房间。

张放鸣说，事情如果发生在我本人身上，我可以做到饶恕和宽容……但这件事牵涉到我老爸和小妹身上，这道坎我过不去，也没必要过！万俊接嘴说，姓方的只割他一只耳朵，老大你已经够仁慈了。张放鸣说，这也是修炼，人生就是一场场的修炼嘛。

临走时，张放鸣将一个盒子交到我手上，说，这次带来没派上用场，路上怕查，先交你保管吧。我问，什么物件？万俊说，手枪。犹如一块灼人的热铁，手中的东西掉在了地上。张放鸣说，不必大惊小怪，不动它就一块铁了。我说，不是我不愿意保管，我和好多人住一块……没地方藏的。张放鸣说，挖个坑埋地下就是，已包上油纸的，不会生锈。

同样雇用百分之九十黑工的华人皮工场，门窗全部钉死，留边角一窄门供人出入。白天黑夜一色日光灯，眼中所见非白即黑，白处为灯照处，黑处为灯背处。

对于大面积日光灯的照射，我至今仍旧会不适，胸闷气短。

白天八点进场，夜里九点离场。外头是晴天还是多云？阴天还是雨天？一概不知。打雷了，坦克开过一样轰隆隆响，大伙一如雷雨地里怔营的鸭子，抻长脖子、瞪圆眼珠子说，响雷了呢，怕落雨了吧。老家把鸭子叫作水鸡。老家有句俗语，水鸡听天雷。意思为听不懂露出木呆相。其传递出的情形画面，与打雷时节的皮工场众生相大致相符。

一天，我坐在矮凳上给女式抽口背包串带子。突然一位女工石破天惊地叫嚷道，皇天，警察来了！随着这一声惊叫——如同卓别林电影里的镜头一样——众人迅速关掉机器，一股脑往靠墙的裁皮机器底下钻。我初来乍到，一头雾水。但"警察来了"这话的分量，是掂量得清的。坐矮凳上的我立马跟风行动起来。所处位置与裁皮机器不远，这段距离我压根没站直身子，连滚带爬钻进了机器底下。脑袋顶在前头女工屁股上，肥胖的女工像只蜗牛爬得慢，急死人了！我拿脑袋用劲地顶肥胖女工屁股，助了她一"头"之力。自个儿的屁股，则吃了后面男工一拳。

暗门外头是条悠长的小巷。两旁不是没设门窗的房屋便是围墙，无缝可钻。大伙铆足劲拼命跑，我赶超过数位体态臃肿的女工，以及两位身手敏捷的年轻女工——女人毕竟不好与男人比的。

现在跑前头的全为男工，裁皮男工跑最前面，这家伙近水楼台先得月第一个跑出的,谁都休想追上他了。眼见有人香烟飞出去,打火机飞出去,钥匙串飞出去……为节省吃烟,我香烟与打火机没带身上,口袋里的钥匙串飞了出去。

到底在小巷里跑了多长时间?起码有四五处弯道,以为到头了,前面依然是悠长小巷的延伸。在夺命的奔跑中,人的脑子空空如也。有人被我超过,有人超过了我,留下的印记恍恍惚惚。

小巷外头是条大街,一派日常景象。像是从地狱回到了人间,有种重生一回的感觉。跑出小巷,众人如同撒进水里的盐霎时了无痕迹。一刹那后,我即意识到危险并没排除,危险仍然存在。我跑进斜对面一家电信营业厅。营业厅前八级还是九级台阶,我只用了三大步即跨上去了。

躲进立柜式玻璃电话间,手执话筒佯装打电话。一会儿工夫,玻璃门外排了一位后生;一会儿后,后生后头排了一位中年妇女。没法再装下去,我勾着脑袋从电话间出来。心跳到此时仍未平息,调皮鬼一样蹦跶得厉害。

我贴在营业厅门边朝外张望。车水马龙,行人闲闲地走着,车子缓缓地开着,狗屁事儿没有,太平盛世得很。心跳慢下速来,仍旧不敢从营业厅走出。一支烟工夫,九都佬从大街那头走过来,他左边一位女工,右边一位女工。两位女工簇拥着八字步的九都佬,脸露欣喜之色。

九都佬是工场里为数不多的拥有居留证者之一。刚才,众人作鸟兽散时,他坐着没动。现在,他跑出来寻人,在街道的角落头先后找到了两位女工。

我从营业厅跑下与他们走到一块。一位女工说,老板的丈母娘从学校接回老板三位小孩,由他们在办公室玩。老二是位男孩,爬上办公桌摁了一个开关。这个开关连着一盏灯,这盏灯是信号灯。事先老板有交代过,一旦灯亮即为发生危急情况,大家必须立即快速地从裁皮机后面的暗门逃走。我来这里上班晚,不晓得这个"密电码"。

这次的经历,与上次在奥地利因斯布鲁克的经历有所不同。

那一次躲藏在冰柜里,无须口吐白沫奔跑,可冻得够呛。一个动态,一个静态;一个是自始至终处于极度的恐惧之中,一个是逐渐失去知觉听天由命了……在冰柜里失去知觉之前,呼吸困难,身子渐渐麻木僵硬。我欲打开冰柜门,可冰柜门在里头是无法打开的,我曾有气无力地敲过冰柜门……昏迷前的迷幻状态,与人临终前的状态是否有其相似之处?脑子里头浮现出一幕幕情景,老家的卵石小街,木头结构的骑楼,街坊邻居的各色嘴脸与行为,杂种狗在电线杆下张腿撒泡热尿……父亲乡下的村子,一支清冽溪流,少年时代的父亲在晃眼的日头照耀下,赤脚淌在溪床上,他从脚板底夹出一条两头掼的鱼……父亲以前对我说过,他小时候可以在溪里用脚板踩住鱼虾的。

那天大家惊魂未定重返工场干活后,浓妆艳抹的老板丈母娘坐在一张高脚凳上,跷起二郎腿描述每位落荒而逃时节的狼狈相。她说一位女工,人落水了还要恋财,慌乱中没忘记摘下墙上的背包，裙子被钩住撕开一道口子，三角裤头看得清清楚楚。她说我太滑稽相，两眼发直根本没搞明白是怎么回事，跟着人乱拱，拱到毛冬珠的屁股上……毛冬珠接嘴道，我吓得双手双脚面条一样，好在吕璧在后面推了我一把呢。

丈母娘一边说话一边拍大腿，活灵活现，差点没笑背过去气。她平常会凭空对人说，我有十年头的哦。所谓"十年头"，是当年华人圈中对法国长期居留证的一种俗称。丈母娘人老珠黄，因拥有"十年头"颇有几分优越感。

我坐矮凳上串包的带子，手颤抖得厉害，大半天穿不了几个洞孔。

一日，丈母娘对当老板的女婿说，这个周日须要加班哦，叫上杂工一块吧。"杂工"即我了。有班加、多收入自是好事，星期天我来到了工场。

丈母娘的装扮，不像是来加班干活的，倒像是去什么场合赴宴，一身珠光宝气，描了眉、扑了粉、抹了口红。丈母娘这人的生活态度有值得赞许的地方，积极乐观，讲究形象。如有不妥之处，那就是太讲究外表形象了。

我和丈母娘开始干活，粘贴做皮包把手用的小件皮革料。

中午这餐饭，丈母娘忙乎了两个钟头。几样小菜相当精致，清清爽爽。其中的干贝，还是亲友回国探亲带出送她的稀罕货。

我们没坐平时吃饭的大圆桌，在小桌子对坐。丈母娘拿出一瓶四方瓶的威士忌——同样为哪位亲友孝敬她老人家的礼品。丈母娘给两个杯子倒上酒,说你多喝点,我一点点就可以了。丈母娘说话的口吻娇滴滴,脸上不晓得是扑粉的缘故还是其他啥原因,浮起两团雾化红云,柔情似水,千娇百媚。

这是一顿马拉松式午餐。此等瓶子的威士忌,我仅喝过一次。那次许是过于兴奋了吧,一向酒量尚可的我竟被半瓶多点的威士忌喝高了,话语多、重复的多。这次我挺绅士的,小口抿酒,小口吃菜,说一两句话,笑上一笑。

煞风景的是老板来了。老板进来径直走到我们面前,说酒不错嘛,菜也不错嘛。喝了酒的我一点不胆怯,说,老板,瓶子里的酒,你来喝吧。老板说我中午不喝酒的。丈母娘脸上红一阵白一阵,颇有几分尴尬,没说话。老板朝丈母娘意味深长笑笑说,趁休息日车间清静,我要设计一款包的模型。

丈母娘起身收拾盘碗。

有位叫阿勇的做皮老司头,犹如公鸡打鸣似的时不时冒出几句唱词:玛利亚——啊吧玛利亚,叫嘿,咕噜咕噜那拉那拉,玛利亚——啊吧玛利亚,告儿吧路为撒吧努西……受其感染,有天我也哼唱了两句啥歌子。车皮的女工每日干着同样的活,单调沉闷,有位女工说每天坐着车皮,除了把屁股坐大坐扁一点生活乐趣都没有。乏味至极的女工们水鸡过烂泥田似的嚷嚷道,吕璧唱得不错哦,干脆放开唱吧!我脑门子一热,当真扯开喉咙唱了。女工们赶货腾不出手来拍巴掌,那份赞赏写在脸上。她们纷纷夸我比阿勇唱得好多了,有水平有味道!被戴上高帽子暖乎乎的,可受用了,我一曲接连一曲高歌下去……三角眼老板在外头办公室听见,跑进来立在打扣机旁好一会儿,我浑然不觉依然如故唱个不停。三角眼老板挤出两声干笑,我立马噤声,后背哇凉。三角眼老板说,手指头没戳个洞吧。我垂下脑袋。三角眼老板慢悠悠道,像你这种人才……怎么不去文工团啊?

IX 巴黎不相信眼泪

巴黎·漫长的失业期

马士顿：吕璧的出租房室友

叶秀未、叶秀末：吕璧房东的两位年纪相差不大的女儿，均拥有法国长期居留"十年头"

范姓老人：孤寡老人，与吕璧远房大伯同属二战前出洋的劳工

王业才：叶秀未衣工场的烫衣工

牙医：无照黑医生

我被三角眼老板炒鱿鱼——其说辞语焉不详。是因为我在上班时间唱歌？抑或是与他丈母娘吃的那顿饭？唱歌有啥不好吗？解放军战士行军时，走累了、困乏了，嘹亮的歌声不晓得有多振奋精神呢，多鼓舞干劲呢。就拿皮工场这个具体环境来讲，那些女工们都说我的歌声给她们带来了快乐，清洗了她们的耳朵，这快乐是可以转化成生产力的啊。人又不是机器，有血有肉，总需要来点新鲜事物吧，来点脱离眼下枯燥生活的所谓艺术性吧，从这个层面来讲，我唱歌非但没给皮工场造成啥损害，而且是有助于皮工场生产皮包皮件的啦。至于那顿饭，是吃得好、喝得好，一顿吃进去一星期嘴都不馋了，可那是他丈母娘心甘情愿给我吃给我喝的呀，我有何责任？我根本无须自责的。这事我苦思冥想了三天两夜，三天后似乎有所明白了，老板是忌讳我和他丈母娘单独吃饭吧？或者说，他已意识到这不是填饱肚子的普通一顿饭，而是某个火种的苗头显露出来了？做女婿的他必须当机立断叫我滚蛋！

失业的日子里，我与马士顿走近了。

第一次见到马士顿，我便觉得他与老家文化馆的白面书生有几分相似。两人皆长着一张小白脸，鼻梁高挺，眼窝深陷，嘴角往下抿紧。马士顿的长发比白面书生还要长。我曾问他，你这样子的长头发怎么在油烟滚滚的厨房干活啊？马士顿说，扎小辫子呗。我没见过马士顿扎小辫子的模样，可以想象那应该更像一位艺术家了。没错，马士顿这人身上有艺术家的做派。

有天远房大伯打电话来，问要不要看演出？我说，能再拿一张票吗？

台湾方面派出演出团到法国巴黎演出。远房大伯他们那帮老人均为二战前出洋的劳工，持"民国"护照。每年的"双十节"，台湾方面演出团过来献演，会分发一些票给他们。

我、马士顿与五位老人并排坐。

五位老人皆孤家寡人。二战闹大饥荒时，他们遵循古训"广积粮"，非但自个没饿肚皮，还每人领回了一位如花似玉的番人女当老婆。只是好景不长，随着战争的结束，物资的丰富，番人女们领上小孩纷纷远走高飞了。现如今，他们无一例外地单身一人。一年当中的这一日，有演出看，有奖摸，对他们来说是个快活的日子。他们个个返老还童一般，眉开眼笑，相互调皮捣蛋。比如刚才在礼堂外的休息厅里，四位老人捉弄一位老人，往他后背贴纸条。这位老人的这件西装，出客用的，逢年过节才套在身上，款式陈旧，老古董仍旧七八成新，显然仔细熨烫过，棱角及细节一是一、二是二。现在西装上贴了十数条纸条，随着微风飘动，一片白花花。四位老人将他从角落头引至大庭广众面前，煞有介事地与他争执起某件事情来。持票进来的人每每瞧见此情景，忍俊不禁。这些人像是合谋好似的没一人笑出声来，哪怕脸憋得红彤彤的，依然属于默片里头的一个镜头。

说起来，我与徐泠吟偷渡到巴黎便是远房大伯来火车站接的。远房大伯从兜里摸出一打地铁票递给我，说，大伯吃退休金的人，送不出像样的礼物……巴黎很大，全靠地铁交通的。

那天演唱会摸奖，运气不错。我中一条手绢；一位姓范老人中大奖，一台彩电。

手上的票与主持人报出数字对上时，我欣喜若狂，没想到来看演出竟然交了好运！得知三等奖仅为一块手帕时，我如皮球泄了气，提不起精神头上台。马士顿说，手帕也好的呀。我说，我从不用那玩意儿的。马士顿说，再小的奖，也是彩头啊，你把票给我。

那段日子，马士顿辞工在住家赌马票。马士顿说，"工"字不出头呐，干死都不可能出人头地的。赌马票，一夜成富翁的先例举不胜举噢。马士顿床头摆台袖珍电视机，不看其他任何节目，专看赛马场上奔跑的马匹。

我因中了一条手帕，被马士顿认定为近期要出运的人，他拿张马票让我填。我说我填不来的。马士顿说，你随意填，越随意越好，脑子里跳出什么数目字就填什么数目字。我手捏原子笔，重如千钧棒。我本想填上自己的出生年月日的，一想那也太草率了吧。略一停顿，我记起了老家一位女孩的生日。女孩在宝幢街理发店学理发，我常去那家店剃头。有天女孩给我洗头时间，愿不愿意当试验品，今天让我来给你剃头呀？我说，行呵，剃不好了大不了剃成和尚头呗。这份自我牺牲精神，赢得了女孩的好感与信赖。过后花前月下，我与女孩正儿八经地谈起恋爱。有一年女孩过生日，我送她一个生日蛋糕。许是初恋缘故吧，不知不觉中我记住了她的生日日期。我填上了女孩生日的数字。还真奇了怪了,由这组数字填的马票得了个不大不小的奖。

回头说下那天从演唱会礼堂出来后所发生的节外生枝事儿。我与老人们告别后,一转身发现徐泠呤与一男人走在前头。已好长日子没想起徐泠呤了,见着远房大伯联想到了火车站一幕,心里有想到人即出现了哈。

有关徐泠呤这人以往我对马士顿提及过——我说,前面走的……就是徐泠呤。马士顿瞄上一眼,一脸坏笑道,不错,水蛇腰,蜜桃臀,床上功夫肯定不错?

这家伙接着问,老情人相逢,不去打声招呼?我摇头。他说,你害怕?明明是你领她来巴黎的,凭什么让那个猪头三坐享其成啊。那位男人确实肥头大耳,可能对"猪头三"这个称呼敏感吧,他吃力地扭转过比猪头小不了多少的脑袋,狠狠地瞪了我们一眼。马士顿冲他嚷道,没说你噢,这不是此地无银三百两么!男人站住,目光益发凶巴巴的。徐泠呤回头,看见没来得及躲闪开的我,鼻孔用力哼一声,一副很瞧不起人的神态。

我扯住马士顿衣摆说,我们走吧。

徐泠呤走过来,猪头三紧跟而至。徐泠呤说,本来,我对男朋友说过……想要叫你吃个饭送份礼的,现在看来大可不必了,吕璧你太让我失望了,我没料到你是这么一个人……都交些什么狐朋狗友噢!马士顿跳起双脚高声嚷道,我们是君子之交,你们才狐朋狗友呢!猪头三骂了句国骂,一听便晓得是位金边人,国语说得囫囵吞枣。猪头三一拳打在马士顿下巴骨上，致使马士顿下巴错位。这下子我胸中的怒火被点燃了，蛮人使蛮力用头拱猪头三胸膛。猪头三被拱翻在地，四脚朝天直哼哼。马士顿托住错位下巴骨，扑上去踢他两脚出出气。徐泠吟站一旁貌似无动于衷，用眼睛剜我……我脸膛火辣辣，拉上马士顿光速闪人。

我和马士顿去范姓老人家替他安装电视机。门打开，范姓老人道，二十几年了，你们是头两个客人呢。马士顿问，什么头两个客人？范姓老人道，二十几年来，我这里没人来过呀。我说，这怎么可能？我大伯他们都没来的吗？范姓老人道，真没人来过。

范姓老人住家，属法国政府分配的福利房，面积小，卫生间在外头走廊公用的。室内有股浓烈的医院气味，瓶瓶罐罐。范姓老人说，我腿脚不便，就自己给自己打针了。

范姓老人道，不急的，太难得了啊……先喝一杯吧。范姓老人拖过一张靠椅，仰起头说，记得橱柜里有瓶酒的，我上不去，你们谁上去拿下来。马士顿脱去鞋子踩在椅子上，说都是灰尘哎。范姓老人道，肯定都是灰尘了，这瓶酒，我算算看，那年我五十八岁，医师说我不可以喝酒了，我戒了酒，我今年八十二，到底几个年头了啊？

马士顿在厚厚的灰尘里摸出那瓶酒递给我，我拿到水槽头用铁丝球一阵猛刷，渐渐露出瓶子原形。马士顿凑过来说，这种瓶子的威士忌，市面上见不到了……今天我们有口福呐！

瓶塞已完全腐朽，倒入范姓老人郑重其事找出的两个玻璃杯里，稠如墨汁。我与马士顿对视一眼，举棋不定。我拿舌尖舔了一下，像是被打了一针麻醉药，连舌根都木了。范姓老人在一旁转悠，很快活的神态。他见我脸苦到骨，问，怎么回事？威士忌总不会过期的吧……我说，变质了。范姓老人长叹一声说，这瓶酒最贵，舍不得喝留下的，没想到变质了……我这就去买瓶酒来，太难得了啊，两位贵客光临寒舍……我与马士顿异口同声说，伯伯（论老人们的年纪，我们该叫爷爷的，但他们与我大伯同辈，我们随大伯的辈分称呼了），真的不用了。

马士顿当老司头，我打下手。他从窗口爬出去，将购来的天线架子搭在人家屋背上。我对着电视机调试，老是"北风吹雪花飘飘"。马士顿从窗子外头进来，三下五除二，屏幕上便有了说话声，接着出现画面，由模糊至清晰。

范姓老人耳背，音量调很响才有点听见。他乐呵呵说，过去一年到头没个人说话，现在天天有人说话了！

老杜弟弟先前在荷兰妹妹餐馆做工，有一次为鸡毛蒜皮的事由，他与妹夫吵了一架。两人身份不同，一位是老板，一位是寄居在老板家的工人，一场寻常不过的吵架，上升到了有损尊严的分上。老杜弟弟年轻气盛，自恃此处不留人自有留人处——偷渡到法国投奔老杜来了。而老杜这里，却是泥菩萨过河自身难保。老杜隔天买份《欧洲日报》，浏览新闻外，他的目光主要盯在招工广告上。老杜按所留电话号码打电话，然后乘地铁七拐八弯找到衣工场地址。老板让他试工两天。两天后,老板委婉说道,杜师傅,你手艺有目共睹,可惜了,你要是能去番人的牌子时装工场就好啰,英雄就有用武之地啰……老杜的亏,仍是吃在慢工出细活的手作上,糙不起来出不了货。由于长时间的失业,老杜已到了捉襟见肘的分上。

老杜弟弟人高马大,与老杜挤在一张单人床上,翻个身都困难,两人根本睡不好觉。白天人家去上班,老杜弟弟爬到他人床上补觉。

老杜是个明白人,同时也是个勤快人。他每天打扫卫生,炉灶一尘不染,洗手间的墙壁瓷砖明晰映照得见人影子。三房东的老婆还是有话说了。三房东老婆下班回来,虎着脸说,这灯点的,放纸鸢哇!老杜弟弟粗枝大叶,听话不晓得听音,问,什么放纸鸢?三房东老婆道,这个月的电费、煤气费、水费超出一半不止!老杜心知肚明,清楚三房东老婆指的是他弟弟没付房租一事。人穷志短,老杜沉下脑袋,吞声咽气。

这天老杜和他弟弟起早,两人嘀嘀咕咕有商有量地走出住家。

他们跑到菜市场,围着菜市场转了一圈又一圈。两人目光锥子一样,不厌其烦地与商贩讨价还价。直至菜市场歇摊前,他们才出手买下几条断头小鱼,一只缺蟹钳的死螃蟹,一把发黄香菜,五根软不啦叽的白萝卜和三根中指粗细的红萝卜。

两人兴高采烈从菜市场出来。弟弟说,螃蟹做锅底,那个鲜美，啧啧，只怕连舌头都要吞进去了！老杜说，本来也可以用筒骨做锅底的，便宜一角呢。弟弟说，筒骨汤太油腻，没螃蟹做锅底清汤嘛。老杜说，这鱼有点气味了，得先用盐在肚子里抹下，放上几分钟去去腥。弟弟说，鱼头掉了正好，鱼头当鱼肉称不划算，小鱼头没吃头的。老杜说，白萝卜红萝卜绿香菜滚白条鱼，那色彩想想都诱人啦。

路过超市，老杜让弟弟提东西在门口等。这回老杜没花多少时间，因他肚子里早盘算好的，买了两瓶十三法郎价位的红葡萄酒，四瓶五法郎价位红葡萄酒。按照惯例，本来还得买一箱啤酒的。大家酒量都还可以，光六瓶葡萄酒是打不住的。老杜在一溜啤酒箱前徘徊两分钟，决定不买啤酒了。老杜心想，自己和弟弟象征性喝点，那样子或许能对付过去的。

老杜弟弟厨艺同样不赖。兄弟俩忙乎一天，待三房东两公婆下班回来时，一锅色香味俱全的火锅已在桌子上冒泡。老杜稍稍有几分扬眉吐气，大嗓门说，今天晚上，吃火锅！老杜起开六瓶葡萄酒，两瓶十三法郎的分别搁在三房东桌前与马士顿桌前。老杜把好点的葡萄酒放三房东桌前好理解，他弟弟睡在这里，占用水电煤气资源，他必须得拍这个马屁。马士顿房客一个，他干吗要讨好他啊？

三房东擦把脸坐下。他老婆说，烦都烦死了，吃什么火锅！说过用力关上房间门，震得山响。一桌子人大眼瞪小眼，扫了兴。老杜展开的眉宇快速缩回。他长得老相，此刻一张脸犹如硬壳核桃。老杜万般无奈地叹出一口气。老杜弟弟没心没肺,拿箸敲着锅沿说,吃啊、吃啊,螃蟹做锅底头门药,这鱼没细骨的,肉头鲜甜!

范姓老人打电话来,说今天轮到我做东,你和你的朋友一块过来吃火锅吧!

我对马士顿说,那天的火锅吃得不三不四,这次我们去我大伯那边吃吧。两人乘地铁去了李姓老人家。我远房大伯不晓得何原因,没享受到法国政府福利房,借住在李姓老人家。

那个阶段,正是第一次伊拉克战争爆发期间。李姓老人屋子里码了不少粮食,空间愈发地逼仄了。今天共有七位老人。一位套假牙套的老人说,快死完了,就剩下七个光秃芋头了。按老人们说,当初他们来法国时有两百多号劳工,到今天只剩眼前这七人了。老人们在十几年前,定下每礼拜的礼拜二聚餐一次,轮流做东去郊区买来活鸡,吃一顿具有家乡风味的红烧鸡火锅。号称"活鸡宴"。

风烛残年的老人们,平时难得走动,今天聚集在一块,孩童一般欢天喜地。一杯热茶落肚,相互之间斗起嘴皮子来。一位老人说,李阿明,你这个老不死的,买这么多面粉和大米,妄想花开二度啊?李姓老人在炉头炒鸡,倒进酱油料酒盖上锅盖说,你家里藏得比我少?你骗鬼吧!另一位老人接嘴道,走路都打抖了,个个花心都还没死,第二次世界大战尝到甜头了是啵。他旁边老人说,搞得好像你是和尚似的,人家讨一个,你还讨了两次老婆呢！讨两次老婆老人道，我是尝到甜头的呀，但现在识相了，黄泥埋到头颈下了，确实没花心了。范姓老人道，我计算时间，最多还有三五年活，吃不了多少粮食，这次真没搬几袋米……真没饭吃了，死了拉倒。大伯在这拨老人当中，属有主见的。他说，你们首先放心，第二不要贪心，据可靠消息报道，双方力量太悬殊，武器不在一个等级上，第三次世界大战打不起来。李姓老人端火锅出来，说，那不一定哦，不是说萨达姆有核武器么，核武器一发射，世界大战肯定爆发，地球说不定就得毁灭。有人吸口冷气道，没那么厉害吧……地球爆炸，人类灭亡，不可能吧。大伯下结论道，为什么说第三次世界大战打不起来，本身就是说萨达姆没核武器嘛！

饭后，范姓老人道，我要请两位后生喝杯咖啡，这回的电视机要没他们帮忙搭天线，恐怕到今天还摆在那里呢。众老人纷纷嚷道，你这个小气鬼，请客就不请我们这帮老货了？

一帮子人稀稀拉拉地拥到街上，不约而同地往一家酒吧走去。这是一家门面窄小的酒吧，没位置，站在吧台喝。老人们同样没通气打招呼，白发苍苍的酒吧老板娘给他们上了七杯兑威士忌的咖啡。大伯说，我们从后生起就在这家咖啡吧喝这种咖啡，你们要不来杯试试？一位老人说，你们看见的这位老太婆，年轻时真漂亮嘞，头发金丝黄，皮肤白净，一见人就笑，笑面真好呢……另一位老人笑道，当年你口水没少流哦。刚才那位老人道，谁都不要见笑别人了，当年谁不流口水？大家跑这里来喝咖啡，谁人不心知肚明，目的就是想看她一眼套套近乎嘛。

老太婆抹鲜艳口红，描眉扑粉，拾掇得相当清爽。她两指间夹支细烟，与一帮老人说说笑笑，眉目灵动，大有打情骂俏之嫌疑。

兑威士忌咖啡喝下肚，一股暖流泛上来。

老杜弟弟自己没床铺，经常"蹭"人家的床。马士顿有洁癖，这点大家有数，老杜弟弟从未在他床上睡过觉。这天老杜弟弟想看电视，没加多想坐到了马士顿床铺上。这套房子里，惟马士顿有台袖珍电视机。

马士顿的电视机是用来看赛马的——老杜弟弟用它来看脱衣舞——这两点叠加在一块，无疑等同于火上浇了油。

一进门，马士顿即脸色铁青大吼一声，滚！老杜弟弟悻悻下床，趿拉上拖鞋。老杜弟弟说，用得着大动肝火么，不就看了下你的电视机嘛。马士顿脸型扭曲，极度愤怒的样子。他走到床铺前，抽出垫单、拆下被套，一股脑抱入洗手间扔进洗衣机里。老杜弟弟嘀咕道，有这个必要吗，我还把毒气留下了呀。不料这话被马士顿听见，他咬紧的牙关里蹦出一个字，脏！再蹦两字，恶心！老杜弟弟呼的一声站起，指头戳向马士顿说，你嘴巴干净点哦。马士顿道，我没说谁，谁认谁脏！谁认谁恶心！老杜弟弟扑过去，被老杜拦住。

老杜上次抖出袋毛请吃火锅，目的有三：其一拍三房东夫妇马屁；其二是想问马士顿借钱渡难关。马士顿那段日子赌马票连中几个小奖，手头宽裕；其三弟弟睡人家床铺，须要搞好大家关系。

老杜开口问马士顿借钱时，马士顿说，亏你老杜在欧洲混了这么多年，难道你没听说过，老婆可以借，钱绝对不可以借噢。

老杜年长马士顿十岁。他借钱不成反遭奚落，不免脸面挂不住。就此对马士顿心存芥蒂，很有些感冒。

老杜不轻不重说道，马士顿，手头上有几块钱，也别太瞧不起人哦，谁人都有难处的时候的，做人不要太张狂，出言不要太伤人了。

马士顿情绪有所稳定。片刻后说，我希望，今后井水不犯河水。

眼见一场风波平息下来了。

岂料三房东老婆凑上了脚。她从房间里出来，叉着腰说道，老杜你一贯是个明白人，先前大家相处都好的……但你弟这次住的时间实在太长了，多花费用不说，还惹是生非……我不欢迎他再住在这里，明天必须离开！

要是我不离开呢？老杜弟弟死猪不怕开水烫来了这么一句。

必须离开！三房东老婆铿锵有力说道。

老叔公就赖在这里了！老杜弟弟同样铿锵有力嚷道。

三房东老婆气得浑身哆嗦，面色煞白，说不出话。

三房东从房间出来，说，我们放租的房子，我们有权力叫不付房租的人离开，这是天经地义的。

老杜一边按住其弟肩膀，一边说道，再宽几天吧……我们现在身上分文没有，真的没地方可去啊。

三房东老婆缓过气，她跺着脚嚷道，晚上马上搬走，不搬走我把皮箱从窗口扔出去……倒贴费用让他住，反倒受一肚子气，我这是前世造孽欠他死人的债了哎！

谁敢动一动老叔公皮箱！老杜弟弟双手提拳站了起来。

三房东扑向老杜床底下拖皮箱。这边老杜死死抱住其弟。老杜弟弟道，哥，你别拦我，我们兄弟俩的气忍受够了，再忍下去就不是人，成人家的配酒菜了……反正烂命一条没什么大不了的，把老叔公逼急了，老叔公一把火把这房子烧了，陪你们同归于尽！

三房东停住了手。

三房东老婆道，我这就报警，还天反作地了呢……叫警察把你抓进去坐班房！

老杜弟弟冷笑道，警察局是你家开的？你叫警察把我抓进去就抓进去？一屋子的人没一个有居留证的，报警最好，大家可以免费乘同一个航班回中国，不用再受这狗皮倒灶的气！

新的住家位于某路地铁终点站，离巴黎市区较远。此地属于开发时间不长的区域，规划井井有条，绿化分布合理，楼房六七成新，模式大同小异。

一天当中，我临近中午起床，煮一包日本产的"出前一丁"方便面填肚子。出门时手拎塑料袋，里头面包一个，火腿肠两根，罐装啤酒一听。水无须带，街头及公园里所设水塔的常流水，皆达标可作饮用水的。

我这是去哪里？

漫无目的——走到哪里算哪里。

一日，我登上台阶上了一处高地。高地如鱼脊背向前延伸，一条小径，两旁种植细叶桉树。因为闲得蛋疼每日里乱窜，附近一带已几无生地，新鲜感日益丧失。今天遇到一处陌生地，视野开阔，能瞧见地铁站、新式的教堂，以及该区域的中心广场，我的心情犹如中了个小奖小有兴奋。叉腰站在高地上，人模狗样地眺望起新款式的教堂。在我看来，这新式教堂不像教堂，没有一根根竹笋一样的尖顶戳向天空，色调灰不溜丢，缺乏宗教场所的气息与肃穆。

小径尽头豁然开朗，出现一片水域。原来这儿隐蔽着一个人工湖呢。人工湖不甚大，呈不规则椭圆形。一开始，我是将鱼脊背高地当作山梁的。我还纳闷呢，这平原地区咋凭空有了这么一道山梁啊？现在搞清楚了，湖是人工湖，围着人工湖的小山包及那道山梁，同样是人工堆成的。

真是别出心裁啊！

番人对景点的布局，与中国人大相径庭。我坐在湖边长满青草的坡地上，边吃面包喝啤酒，边对人工湖周边环境按自个的想法做了一番安排。首先，得有树。绕湖一周的小径，靠湖的一侧，不用说得杨柳依依了；湖面栽种荷花，争奇斗艳，出淤泥而不染。漂一层睡莲亦行,纹丝不动,显出静谧;湖心造个小岛,栽上梅树,一树梅花,那是报春的一句问候语啊!

实际上脑子里所构想的,并非我的创意,也说明不了我这人有多少诗情画意。这是流淌在每位中国人血液里头的沉淀物,我仅仅是起到搬运工的作用罢了。

人工湖周遭没有一棵树一枝花。大面积的草地包围住一泓湖水。湖水如一幅宽广的画,倒映着蓝天白云,以及鸟儿的飞翔与风吹草动。湖里有两件漂浮物,庞大,抽象的形状,各自不相同。关键在于颜色,一鲜红,一明黄,跳得很。两物事不知由何材料做成,轻如鸿毛,稍稍微风荡漾,旋即走动起来。有时一只在这头,一只在那头,隔了楚河汉界,遥相呼应;有时两只若即若离,或左或右,夫唱妇随一般;有时两只挨挤一块,呢喃私语,亲密无间。

过后我常来,对这两件物事百看不厌,饶有兴趣。我发现,这么简单的两件物事,却能花样翻新,其组合没有一次是完全相同的。因为,风是不可捉摸的精灵呀。

有次从人工湖上头下来,在马路上碰见叶秀未。她那辆暗红色甲壳虫车熄火趴在上坡路上。叶秀未从车窗里探出脑袋喊,吕璧,帮我推下车哎。我小跑过去,撅起屁股推车。往上坡推车的活真叫累,气喘如牛,脸膛如红头蚱蜢。

这娘们还算讲点人情味,没有一溜烟只管走人,她说,辛苦你了,带你兜兜风吧。

这辆烂车，到她这里不晓得倒腾第几手了，跑在路上全靠造化。我和马士顿搬过来那天，在楼房下与叶秀未迎面碰上。娘们戴墨镜，边走边手甩车钥匙，一副旁若无人的派头。我们俩呆头鹅似的原地立定，眼珠子如接收到信号的高科技雷达罩在了她身上。娘们潇洒轻快地上车，车子不给力，刚起步即熄火了。一次次发动马达，马达沙沙作响，快咽气的老牛似的。娘们鼻梁沁汗脸蛋通红冲我们喊，喂，你们有没有一点男士风度啊！接到命令，我们赶紧屁颠屁颠地跑去推车。车一跑动，娘们须臾未停绝尘而去。

那天上楼与房东交谈，马士顿说，方才在楼下碰到一位中国女孩，人样子蛮不错的，就是……好像没礼貌哎，我们帮她推车推得半死，她没丢句谢谢直接走人了……这幢楼房，住了几户中国人哇？房东说，这个么，说起来……就我们一户了。马士顿追着问，那女孩……是你们家的？房东说，我女儿了，她就这性格，有点大大咧咧了。

回到眼下。

叶秀未问我，我爸讲你整天在外头跑，都跑些什么地方呢？我吞吞吐吐说，刚才那地方……上面有个湖。叶秀未问，湖里发现什么物什了？我说那没有。叶秀未问，就看湖里的水？有鱼吗？我说好像没有，没看见鱼游上来。叶秀未说，整天看没用的湖，脑子会出毛病的哦。

说是带我兜风，其实叶秀未是回自个的衣工场——她怕车子再在路上抛锚，捎上我保险。

衣工场的规模袖珍型，《沙家浜》里胡传魁的唱词是十几个人七八条枪，这儿倒一倒，十几台机器七八个人。

我干过烫工，进去便站在了烫衣处看烫工干活。烫工是位肌肉男，穿弹力背心，他没搭理我，视我为空气。实际上，他是在乎我这个大活人站在跟前的。烫工中气十足地咳出一口浓痰，像子弹一样从口腔里射出，不偏不倚击中一丈开处一棵碗口粗的树干上。这是给我一个下马威吗？我还真没来由地抖了一抖身子。

烫工干得欢腾，做出一些多余的花哨动作，增强了观赏性。我以不变应万变没吭声，脸上的表情已是恢复如常。烫工到底漏了气，说，手痒了是哦？我赶紧摇头道，学习学习，你活干得好啊！

运货面包车过来，叶秀未唤我帮忙搬衣服。搬衣的活有讲究，不得整捆搬，不可成堆抱。一件件衣服仍旧套衣架上，用双手拎，一次不能拎太多，要不然破坏衣服的"型"。衣服的"型"是经由烫工的手辛苦打造出来的，是卖相，马虎不得。车厢里同样有晾衣竿。从这头晾衣竿取下到那头挂上晾衣竿，衣服都得悬空，动作紧凑但不可过于拼速度。

忙停当后，叶秀未说，要不你来我工场做吧。我像甲鱼一样张了张嘴巴没发出声音。叶秀未说，不过不是干你本行，烫衣王业才一人足够，他身强体壮再怎样赶货也吃得消。我松口气问，干杂工是吧？叶秀未说，平时杂活不多的，我一直没招人，但有时候又有点忙不过来……你懂我意思吗？我说，你是想要个半工。叶秀未说，对了！我工场刚起步本钱大多借的，不精打细算过不了关哎。我看眼屋外，烫工王业才那口浓痰仍旧粘在树干上，在日照下形成一块白斑。叶秀未说，你给句话呀，依我看你整天没头没脑闲逛，还不如有点事做的好嘛。我说，这事我得问下马士顿。叶秀未大惑不解，你要问他干吗？

这牵涉到一个口头协议。从搬来的第一天开始，马士顿对叶秀未即萌生了意思。虽然，迄今为止，马士顿仅为单相思而已。但在他的感觉中——或者说在我面前——他是已把叶秀未圈定为"自己的人"了。

马士顿说，这妞有味道，一对虎牙，充满了野性，我决定对她发起进攻了！我泼冷水道，人家有"十年头"的哦，还是老板，难度太大了吧。马士顿说，难不难先放一边去……我们之间，最好先理清爽。我问，什么意思？马士顿说，女人只有一个，我们之间不可以拆台……我的意思是，你不要对她有意图行啵，不但不可以有意图，还要助我的力，有机会多替我敲敲边鼓……我说了句文绉绉的话，我知难而退了。马士顿说，世上的事说不清楚的，万一，我说的是万一她要是对你有意思，你要拒绝，和她保持距离……我笑言，不可能有万一的啦，除非太阳从西边出来。马士顿动情说，我们兄弟一场，难兄难弟，这个忙……你一定要帮啊。

我对马士顿说起去叶秀未工场上班的事。马士顿眼睛一瞪，她怎么不叫我去呢！我说，你自己口口声声说"工"字不出头，我想，人家就不会开这个口了吧，再说啦，是半工，工资很少的。

足足一分钟，马士顿没说话。

一分钟后马士顿说，这样子你每天和她在一起……我会吃醋的。

我问，那你说怎么办？

片刻后马士顿说，我想了想……她没叫我……说明在她心目中，我不是一个普通的打工者，她了解我的志向……她要选择的人，肯定要有钱，要能干，要洒脱，要超凡脱俗……如果我成了她手下的一个工人，还会有戏唱吗？你说是不是？

已好久没给白面书生写信了。

上次白面书生在回信中又数落了一通我的不是，指责我在最具备艺术氛围的城市尽扯些无聊话题，虚度光阴。有时候，我对他不切实际的指责多少会产生一点点反感。白面书生太想当然了，像个不食人间烟火的人，从不过问我的生计问题，柴米油盐问题，能不能生存下去问题……一言蔽之，虚得很。从另外一个角度讲，我恰恰又是需要"虚"的。现实生活太"实"了，所过的日子往往两点成一线，每天走独木桥，"实"得让人喘不过气。一棵树没旁枝错节，赤条条光溜溜的，实在乏味啊。这就须要来点"虚"的点缀点缀，枝叶茂盛一些，繁花似锦谈不上，杂花多那么几朵也好的呀，人活着才有点子意思和奔头了。

说白了，与白面书生保持书信联系于我来说是有心理需求的。

失业的苦闷，该当为我懒得提笔的原因之一。另一原因，与马士顿走进我生活不无关联吧。马士顿身上，有白面书生的影子。辨识能力有限的我，时常于无意识中将马士顿当作了白面书生的替身。如此一来，我心理上对白面书生的需求便削弱了，以至于好长一段日子里没有给白面书生写信。

与马士顿交往时间长了，我逐渐认识到他与白面书生存在很大的差距。白面书生纯粹，甚至过了头；而马士顿这人，复杂得多了，正气不足，歪门邪道偏多。

这回的信，断然不可再扯"红磨坊"之类场景了。得高大上，说说罗浮宫；说说埃菲尔铁塔；说说巴黎圣母院；说说白教堂；说说塞纳河；说说公墓——是的，没错——拉雪兹神父公墓。

马士顿有张巴黎市区地图。原先住那边客厅时，不好随便张贴，他贴在自个床铺后壁墙上。搬家时他摘下来了。这边就他与我两人住。房间小得可怜，属于那种保姆间，两铺床外摆不进一张桌子（何况也没桌子），除只能塞进一架叶秀未衣工场淘汰下的缝纫机（此时我即趴在缝纫机面板上写的信）。尽管小，但房间的整个空间归我们，所以地图可以堂而皇之地张贴在墙壁上。

空闲时，马士顿双手架于胸前站在两床之间缝隙里，面对地图做沉思状。他手执红蓝双色铅笔，眼睛在地图的绿斑上移动

（绿斑即景点）。蓝笔一钩，近日要走的；红笔一圈，已去过不再作考虑了。

我给白面书生的信上说，卢浮宫里的维纳斯与蒙娜丽莎都看到了，维纳斯比想象中的要小个，而且有点脏，没平日看见的仿制品白净。蒙娜丽莎的微笑，我实在没看出来。人家说要前后移动看她的脸，可能我与她的微笑无缘吧，别说不一样的微笑了，压根就没看出笑意来……埃菲尔铁塔的电梯，票价贵，我们没上去。好在我朋友带了傻瓜机以埃菲尔铁塔作为背景拍了照片，附信捎上……白教堂正式名称叫什么我不清楚，这里的中国人都叫它白教堂的，我们在那儿吃自己带的中饭，可以看见巴黎城的一个角……塞纳河没多大名堂，不过普通的一条河流，游船我们照例不会坐的，倒是河上有个长条形的半岛不错，那天阳光很好，鸽子很多，人有点忘乎所以了……我们还去了一座公墓，回来后我朋友把公墓的名称写在纸上，叫拉雪兹神父公墓。有几个作家（巴尔扎克是其中之一），跳舞的人，音乐家什么的葬在那里头。墓园很大，树木高大阴凉，我们在里头待了一天，还只是走马观花呢。哦，对了，有堵墙，叫巴黎公社墙，这个我过去听说过的，不怎么起眼，在一个角落里……差点忘了提巴黎圣母院了，《巴黎圣母院》电影，上次记得和你一块看过的，到了这里，我想起了那位吉卜赛女郎。在匈牙利的郊外，我见到过许多帐篷，当年领我偷渡的留学生说那里头住的是吉卜赛人。他说吉卜赛人过去是游牧民族，改不了生活习俗，不愿意住在房子里，他们要么住在房车里，要么住在帐篷里，成群结队，不与其他人混杂在一块。现实中的吉卜赛女人，穿很长的碎花裙子，衣服也是碎花的，扎头巾，并不算好看，年纪大点的还镶大金牙呢……

叶秀未说我带财运的，说我一来便接到了好几家公司的加工订单。我自然清楚那些订单与我一毛钱关系都没有的。

眼下衣工场任务重、时间紧，需要加班加点赶货。

车工按劳取酬，有干不完的活他们求之不得了。一位男工编顺口溜道，钱是命，命是狗卵。女工们认为这话难听，又觉着话糙理不糙呢。大家埋头苦干，吃饭五分钟，睡觉三两个钟头。人人眼白充血丝，眼皮子打架，脸如菜色，蓬头垢面。

我的活是搬货，剪线头，打纽扣的洞孔，做饭。有时帮衬烫衣服。王业才对我插手烫衣服明显不乐意，稍能赶上趟，他便说你去忙其他的吧。

我做红烧猪脚有一套，香气在衣工场上方弥漫，经久不散。车工们争分夺秒赶货，撒尿的次数一减再减。忙到这个分上，有人仍分心蠕动鼻翼说，真香啊！编顺口溜的男工说，他妈的香死人了！叶秀未表扬我道，吕璧你好棒哦，让你当后勤部长算是最佳人选了！

睡觉自然是不能回去睡了，就在如小山般的衣服堆里睡。洗脸刷牙的程序全免了。累到实在撑不住时，往衣服堆里一躺一靠，半分钟不到即睡死过去了。生物钟决定人在凌晨三四点钟最困。这个钟点之后的一小段时间里，衣工场里鼾声如雷，此起彼伏。

天要下雨娘要嫁人,意想不到事总是时有发生的。有天埋在衣堆里酣睡的我被弄醒,一只灵巧的手如小蛇般滑进裤子里。朦胧中以为是梦境,一场春梦即将拉开序幕了……但感觉不对,胸口怎么这么沉哇,醒了大半。原来有人脑袋枕在我胸上,一头长发,不用说是女人了。干柴添了烈火默契到极致,无话语,无一丝一毫多余动作……

两天后,我才搞清楚那晚的对象是谁。一位女工吃饭挨着我坐,她弯腰捡东西时摸了一把我多毛的小腿。我心头咯噔一怔。一直以为,是另一位长发女工呢。那另一位女工,我对她略有好感。有次吃枇杷,她不像其他人将枇杷核吐地上,而是用手接住几颗丢进垃圾箱里……两位女工相貌差异不大,岁数都老大不小了。

世上的好事连带着坏事,坏事转换成好事,都说不准的。这个阶段,叶秀未衣工场的订单如雪片一样飞来,这无疑是好事了。"好事"的后头,埋下了祸根。有一天,一辆运货面包车停在衣工场外头。我听到汽车声问,今天有送货?叶秀未说没有呀,昨天不是刚送走么。说话间车厢里头跳出七八位男人,大摇大摆地闯了进来。叶秀未脸色煞白,说,这些越南人怕要找事来了。

越南人同样开衣工场的,他们指责叶秀未挖墙脚,把原先属于他们的上家公司订单抢走了。来者不善,话没说上两句,即开始砸机器。这伙人每人的袖筒里头藏一根一尺见长铁棍,抽出铁棍一阵噼里啪啦敲打。衣工场女工多男工少,女工躲在角落头抖得如筛糠,休想叫她们挺身而出抵抗了;男工如编顺口溜这位仁兄,磨嘴皮子功夫不赖,手无缚鸡之力。要紧关头,叶秀未向王业才投去满怀期待的一瞥。

王业才就等这一眼呢!这一眼如晴天霹雳,如山洪暴发,如人造卫星上天……它给予王业才无穷的力量和清晰的思路。但见他就近搂住一小个子越南人,举重运动员一样将高高举起,任由他在半空徒劳地手脚乱舞,形同四脚朝天的王八。

王业才法语没会几句——他对叶秀未说,你跟他们讲,马上住手,要不我摔死这家伙!叶秀未将他的话翻译给越南人听。其实不用翻译,越南人见同伙被举到高空上,早已目瞪口呆了。

王业才将小个子越南人放下,不料有人趁空当将铁棍砸向叶秀未头部。说时迟那时快——我飞速跑去推开叶秀未——铁棍落在了我脑袋上,霎时血流满面。

叶秀未拿新毛巾替我简单包扎了一下,搀扶我去泊车处。叶秀未调头对王业才说,出来推车呀。王业才老大不爽说,一个男人有那么娇气吗,连路都不会走了?!我硬气地推开叶秀未,身子一晃差点摔倒。叶秀未眼明手快地抓住了我。

甲壳虫车只有两个座位,壮如牛的王业才运用缩骨术蜷在车屁股的有限空间里。路上熄火七八次,王业才爬进爬出,脑门磕出一个大包。他发牢骚道,他脑袋好了,我脑袋倒要开瓢了!叶秀未说,少说一句没人当是你哑的。

欧洲的公立医院大多配置警察,故而外伤是不能送医院就医的。如我这种头破血流症状,明显为斗殴所致,去医院警察必定刨根究底要查个水落石。那样一来拔出萝卜带出泥,我这个没居留证的得扣下;而叶秀未的黑工场非但要罚款,还要被追究刑事责任的。

叶秀未将车子开到牙医那里。

牙医在国内医院拔牙,到法国后拿不到营业执照不能开诊所。他租下一套房子,通过熟人带熟人开展拔牙业务。因为常有外伤病人送来,过后他这方面的活也接了。牙医大言不惭说道,其实外科与牙科属于差不多行当啦,打麻醉针,清洗创口,缝缝补补,牙科也是这么干的呀。牙医给我剪去一撮头发,用酒精棉清洗掉血痂,局部麻醉,线脚均匀地缝了七针——活干得相当漂亮。

在住家休息阶段,马士顿说,我真想代替你脑袋被敲个洞呢,那样子就可以安然休息了。我在肚子里骂了他一句娘希匹。

从某些方面来看,马士顿格局蛮大的,是个野心勃勃的人。他曾对我说,我要替叶秀未偿还清所欠债务,起码得还掉个七八成样子吧。此乃马士顿自个给自个框下的"小目标"。在未达到"小目标"前,马士顿不显山不露水,相当沉得住气。叶秀未偶尔回家洗澡换衣服什么的,马士顿与她碰见,只是很有绅士风度地问声好,笑上一笑,丝毫不暴露自己对她的喜欢与图谋。叶秀未有次边吹头发边问马士顿道,听说你在玩马票,赢钱了吗?赢钱了可要请我撮一顿法国大餐哦。马士顿说没有啦,小打小闹而已啦。实际上那段日子马士顿赌运不赖,隔三岔五有进账,不过离"小目标"尚差一截路。

马士顿只去过一趟叶秀未衣工场,他的洞察力告诉他,烫工王业才是个危险分子。我班门弄斧替他分析与评估道,我认为王业才没戏唱,第一点,他有家室的,老婆已在来法国的偷渡路途中。第二点,王业才仅仅一个干苦力活的,替叶秀未充当个保镖啥的还行,但解决不了她的实质性问题呀。

马士顿听得十分认真,他说这点你讲到穴位上了,叶秀未是个讲实际讲物质的人,没真金白银砸下去,永远只会下毛毛雨的……至于他老婆不老婆的,还真不是个问题,万丈红尘中像这类迎进新欢、踢掉糟糠之妻的大有人在,关键是他没那个本钱和那个资格啦。

我说那你可以把心放宽了。

马士顿道,防人之心还是必要的……那家伙,你帮我注意观察,有动态及时告知我哦。我说,工场现在忙得要死,我哪有工夫跑回来哎。马士顿说,打电话呀,这张电话卡你带上,有事请打电话。他边说边做了个手握电话筒的手势。

这是前段日子我与马士顿的一番对话。到了今天我脑壳破裂在住家疗伤时节,马士顿的好运已走到了头。世间称得上"运"的东西,必然非一成不变的。比如说一个人的官运、财运、桃花运……一如既往地在高位运行的话，那会叫人吃不消的，承受不起的。有高便有低，此乃颠扑不破的真理。马士顿赢钱心切，赌注逐渐加码。先头运道好的时候，他顾虑多押得小，运道灰暗下来后，则屡败屡战，输得多押得大。眼前的境况，他离山穷水尽仅一步之遥了——所以，这家伙才会说出宁愿替代我脑袋被敲个洞的昏话来——他认为那样子就可以啥念头都歇菜了哇。

有天，马士顿平白无故说，吕璧，你有事瞒我是啵？对于马士顿近期的神神道道，我已见惯不怪。我丢支烟给他，以示理解与稍许的安慰。马士顿将烟在表盖上顿了顿，说，你还没回答我问题哦。我问，什么问题？马士顿重复了一遍方才的话。我刚从房东的报纸上学到一个词，现买现卖道，无稽之谈！

你有枪。

要说没吃惊那是假的。面上，我只咧嘴一笑，仍旧说，无稽之谈！觉得这个词汇很有劲道，掷地有声。

我有依据。

说来听听，什么依据？

昨天晚上失眠，听你说了一夜梦话……你八九次提到了枪。

原来我的梦把我出卖了哇！

梦为现实生活的连锁反应。

在此，我有必要先捋一捋引发这个"梦"的几个相关片段。

先说枪。

枪埋在原住家附近的小公园里。为有个好辨识的标记，我特意将枪埋在一棵树底下。那种样貌的树公园里有十来株，原住家去地铁站两旁的行道树亦为该品种。树正开花，繁花似锦，纯红、粉红、粉白、纯白皆有。有次与马士顿走在路上，我问他道，这是什么花呀，开得这么闹！马士顿说，樱花。这就是樱花哇！我跳起脚来。

在国内时，我听白面书生不晓得多少遍提到过樱花，耳朵都听出老茧了。当年县城里尚未种植樱花树，我对"樱花"只闻其名未见其影子。这样子反倒想象的空间大，什么好看的花卉均可充当樱花的。白面书生道，生如樱花是一种追求与荣耀，轰然而来，毅然而去！我问什么意思？白面书生道，一个人的生命不应该只求数量不讲究质量，有限的生命需要轰轰烈烈、大有作为，一旦活着了无意义，即果决斩断，不拖泥带水。

前一阵子，我给张放鸣打电话。再过四个月，我意大利的居留证又将到期限，我问他借香港护照过境用。张放鸣答应届时寄来。我提到了枪，我说我人走了，枪怎么办？张放鸣说你把地点标明记号，拍张照片留底，到时再作计较吧。我说，你不是要去意大利了么，要不我把枪带意大利吧。张放鸣说，你一个生手不必了，太危险。

这现实中的"枪"，跑到梦里去了。

再说开枪的理由。

失业那段日子，无聊、压抑、找不着北。有天我乘地铁去原先自来水厂的工友住家。工友大舅子老婆麦饼烙得好，如能吃上一顿啤酒配麦饼的饭，那么这一天的日子就算活出人样了。抵达后，我竟找不到工友那座鸡埘大的平屋了。七转八拐入了红磨坊闹市。一位皮条客拉住我，指着墙上海报说，五块法郎看一场脱衣舞。海报上女人，活色生香。我一听只要五块法郎，便跟随他走下了盘旋楼梯——负三层光景——底下已是另一重天地。在这下头，就是把人给活宰了，刮毛剥皮抽筋掏内脏，地面上丁点声响都没的。显然是个局了。我一看苗头不对抬腿要上去，被一位半黑肤色女子扯住。一位白种女子手忙脚乱跳上小舞台，音乐起，白种女子麻利地脱去身上不多的一点纺织品。我和半黑女子拉扯间，该女子已将一杯啥东西迅速地倒进了肚子。两女子退场，两男子出场。青筋毕露的鸦片鬼拿计算器递到我鼻尖下，一千多法郎。我乖乖就范，掏出身上所有的五百多法郎。另一人是个壮汉，他褪下手表，慢吞吞地撸起袖子。迫于威胁，我摘下了脖子上的金链子。

  法郎是自个打工赚的，喂狗就喂狗吧，谁叫我贪便宜吃母猪肉噢。可这项链，那是母亲送我的礼物啊。出国前，母亲将家里祖上传下的金戒指、手链等一股脑拿到打金店，嘱咐打金老司打条细麻绳般粗细的金链子。母亲亲手将金项链戴上我脖子，指着挂件上的"吉祥"两字说，保佑你在外身体健康，万事如意啊。

  开枪的理由之二。

  祸不单行的是那天乘地铁再度遭了殃。

  巴黎地铁门的设计，需上下车的人旋转一个把手开关门方能打开。这天的我六神无主，差不多就比死人多一口气了。当我神思涣散地旋转把手时，那收缩进门框的门将我小手指带进缝隙夹住了。我试着拉小手指出来，根本没门。这下子我急了，冒出一头冷汗。一旦车子开动，小手指必将活活撕断，永远留在法兰西了……我发出几个猿猴嘶叫般的尖厉音节，嘈杂的站台上到底有一位男人注意到了，他跑来帮我拉小手指，同样没用。男人转身往车头奔跑，边跑边高声呼喊。眼见秃头的司机在车头探出脑袋，紧接着飞速跑过来。

许是车门设计上存在问题，过去曾有人手指被夹住过吧——司机来后二话不说将车门用劲往里一顶，借着弹性的夹缝，我抽出压成扁状的小手指。

司机交代站台上工作人员领我去医院看医生，我想到自己是个没居留身份的"黑人"，摇头回拒了。

木然坐在车厢里，许多人对我投来怜悯的眼光，爱莫能助的表情。一位东方面孔的妇女被人从其他车厢叫来。妇女用她国家的话问询我，我自然听不懂，一声未吭，妇女悻悻离去。我耷下眼皮子，心里既悲哀又害怕，只想事情尽快过去，千万别再招惹他人的眼目了。

梦中的情景。

仇恨的焦点落到了皮条客身上。为什么怒火的光圈会聚焦到皮条客头上呢？那是因为在我的意识中，已将他与那个"鹰钩鼻"画上等号了。那次领我和梁红玉偷渡法国的家伙，阴郁，阴险，鹰眼，一只大号鹰钩鼻。皮条客是个嘻嘻哈哈的人，笑里藏刀，无耻，无赖。按理说这两个家伙的外观及做派没有可比性，风马牛不相及。但是，我认为他们俩本质上是一丘之貉，一肚子脓疮坏水，坏透顶了！另则，我那一整天的霉运，岂不是由皮条客的引诱所挑起事端后，一步一步身陷旋涡的哇……我开始跟踪皮条客，摸清了这浑蛋的住所及日常生活规律。

半夜三更，我从公园里挖出装枪盒子。一个白天里，我都在摆弄枪支，七弄八弄，子弹居然上膛了。至于如何瞄准，三点成一线啥的太简单了。何况，我与皮条客必定是短兵相接，必定是近距离射击，还怕子弹找不着他心窝子啊。

准备就绪，我携枪摸黑外出。我若无其事地在红磨坊闹市地带悠转，灯光映照下的我一忽儿变成红人，一忽儿变成绿人，一忽儿变成杂色人。皮条客不认得我，又将我拉过去指着海报说，五块法郎看一场脱衣舞，太便宜了啊！我心想，死到临头的人了，还如此作恶多端！

天蒙蒙亮，这家地下杀猪店方才歇摊。两位当诱饵的女子精疲力竭样子，懒散地走在街面上；鸦片鬼贴着墙根碎步疾走；壮汉驾摩托，发出震耳欲聋的声响；皮条客不紧不慢地走进通宵酒吧，站着喝了杯啥酒水。皮条客哼着下流歌子一摇三摆地朝巷子那头走去。我弯下腰屏住气，一如猫科动物般敏捷，目光炯炯有神。

皮条客掏出钥匙开门时，我大喝一声。我有心要让这家伙死个明白,让他死之前明白恶有恶报,不是不报!皮条客侧过身子,半睁着眼,脑袋有如小铃铛一般摇摆不定。这混蛋面对钢蓝色的枪口却匪夷所思地发出了笑声,空洞的笑声飘荡在岑寂的街道上。我怒不可遏地猛扳扳机,射出一粒火辣辣子弹……

梦有头有尾,虚实相嵌,合乎情理——难怪马士顿说我讲了八九次的"枪"呢。

马士顿说,你有枪的话,请看在朋友分上,借给我吧。

我问,借你干吗?

抢银行啊。

别开玩笑了。

我无路可走了,你懂不懂!马士顿吼叫起来。

一天,门被突然推开,进来一位女人。我与马士顿先是吓了一跳,接着便是尴尬了,我们身上仅勒了一条三角裤衩呢。

马士顿扯过薄被捂住下身,说,对不起……没想到你会进来。

女人咯咯笑,笑弯了腰。她说,猜猜看,我是谁?

马士顿坐直了说,你是谁……还用猜?别逗我们了。

我说,你是叶秀未的化身?你有分身术?

女人说拿纸和笔来。

马士顿递给她一张作废的马票纸和那管红蓝双色铅笔。马士顿嘀咕道,你玩什么游戏哇?女人坐上房间唯一的椅子,在缝纫机面板上用红笔写下"叶秀末",用蓝笔写下"叶秀未"。

马士顿接过纸头，沉思片刻问，这两个名字有区别？女人道，你没看出来？一个是上横长，一个是下横长呀。马士顿道，一个是"末"字一个是"未"字对啵……你和叶秀未……是两姐妹？女人说是的。马士顿再问，你们是双胞胎姐妹？女人说，人家全都这么认为的。

马士顿决定请房东吃饭，他说我们分工，你买猪脚，我买葡萄酒，酒比猪脚要贵哦。我说，买酒公司近，我要跑那么远路。马士顿说，你窝房间里时间太长了，须要出去走走。我说，我这不养伤么。马士顿说，你还真把自己当成英雄救美的人物了呀，一点皮毛伤，别整天挂嘴边了。

买猪脚得去13区华人聚集的几条街道。番人忌讳"13"这个数字，认为不吉利，故而过去年代的13区人气一直不足，商业不繁荣。咱中国人对"13"数目字谈不上特别喜欢，但肯定不反感，中不溜丢吧。1975年印度支那三国抗美战争后，生活在当地的成千上万华人华裔成了难民，因先前那些国家属于法国殖民地，法国政府对他们有优惠政策，于是他们纷纷跑到法国来，迅速占领了13区地盘。就是买房子，13楼的房价也要便宜一些，我们房东的房子就在13层。我乘地铁出发，途中转车两次，从一地铁口升上来。商铺十之八九为金边人所开。他们平常讲粤语，普遍不太会讲普通话，而且莫名其妙地瞧不起讲普通话的人。他们把说普通话的统称为大陆仔。我跟一位头发花白的半老头说，买猪脚，两公斤左右。半老头扔几只猪脚秤盘上，舌头打蛋地说，两斤半了。又问，要锯么？半老头扭开开关，圆形的锯齿飞速转动，每只猪脚锯成三节。我看得入迷，联想起老家车木厂做圆柱床的料，就是这么干的。

房东贪杯，食肉动物。马士顿投其所好，备上猪脚与红酒。猪脚不用说由我掌勺了，我使出看家本领做出一镬红光闪亮的猪脚。房东人未回，先焖镬里。马士顿买的酒，十八法郎一瓶，共两瓶。对于已处山穷水尽田地的马士顿来说，无疑是大放血了。

房东无所事事，照面时却说，忙死了，都是些要紧事，不马上办理不行啊！房东出国干过苦力，没干出啥名堂。老婆申请出来后，犹如地平线上露出一缕曙光，让他寻到了生财之道。他响应法国政府多生多育的号召，与老婆一鼓作气生下一窝孩子。法国政府奖励多子女家庭，生得越多抚养金越高，这笔可观的收入使得房东从此过上丰衣足食的日子，无须再靠劳力挣饭吃了。房东现在居住的这套房子，便是拿抚养金购置的。

比起那些非洲国家和阿拉伯国家的移民，房东充其量只能说是揩了点法国政府的小便宜罢了。那些国家的风俗制度，实行一夫多妻制。一个穷光蛋男子偷渡到法国，争取到一张合法居留证后，便急忙跑回去讨老婆了。老婆生下一男半女，领到抚养金后再回去讨几个老婆……老婆越多生的小孩越多，小孩越多领到手的抚养金越高，抚养金越丰厚讨老婆的本钱越大，财富呈几何翻倍，滚出来的雪球俨然成了庞然大物。记得当年台湾人办的华文报纸《欧洲日报》刊登了一则新闻报道，说有位来自非洲贫穷国家男人，前前后后讨了二十多房老婆，孩子多到他自个根本数不过来地步，在法兰西地界过上了酋长般的奢侈生活。

房东一如往日，腋下挟只人造革黑公文包开门进屋。香气无处不在。房东在走廊换鞋时嚷道，烧什么了哇，香气袅袅。房东在国内坐机关的，到了国外一杯清茶、一张报纸习性未改。每日翻阅报纸缘故，他口头词汇比一般华侨要文气多彩一些。

三人落座，房东夹起一块猪脚送进嘴里，含糊不清说道，软硬适度……油而……油而不腻呐。

两瓶酒房东喝了一瓶多。马士顿估摸火候差不离儿了，凑近说，叶秀未跟叶秀末长得真像……我们差点分辨不出来呢。房东拨浪鼓似摇头道，谁都分辨不清了，说她们是双胞胎谁都相信……我老叶就有这个本事，三年两头生！我问，什么叫三年两头生哇？房东道，这个么，是指年头了，你掰起指头算算看，怀胎十月，怀一胎得十个月份呢，中间还得喂奶除去一段时间，三年内生两个，这叫三年两头生。一扯到生孩子的事，房东眉飞色舞，亦忘记说书面语言了。

马士顿进一步探虚实，叶秀末她，先前住哪儿呀？房东说，嫁出去了。马士顿与我交换眼色后问，那么，她这几天是回娘家休息啰？房东嘴角淌油说，两公婆感情不稳定呗，暂且回来小住。马士顿问，她老公是干吗的？房东道，能干吗呢？还不是拿镬铲的火头军，这个人没良心，当年为"十年头"，死皮赖脸地追求我大囡，居留证一办停当，就开始讲三讲四了。马士顿道，叶秀末这么漂亮,他还讲三讲四哇。房东夹起一块猪脚的蹄尖塞入口中,顾不上搭话。

马士顿耐心等待,等房东的箸搁下递过杯子道,喝口酒吧。房东端杯与之轻轻一敲——发现我杯里装的是水,吕璧你怎么没喝酒?马士顿抢过去说,他头上的伤疤,昨天还流脓血呢。房东道,那是得忌口。

马士顿说,我讲句没轻重的话,既然叶秀末老公身在福中不知福,把蜜罐当作腌菜缸,何不干脆让他们离婚呀,叶秀末人生得好,手捏"十年头",想讨她的后生排长队都有哦。房东富有哲理性地说道,婚姻不比菜园门,是万里长城,进来了难出去,出去了难进来,没那么简单的啦。

王业才老婆鼻翼两侧密布雀斑,皮肤倒见白净,两片耳朵在日头下几近透明,肉眼能清晰辨识出耳轮上的细柔绒毛。

这是我在工场里见到王业才老婆的第一印象。

叶秀末对她说,要不就在工场里做吧,反正闲的机器也有,按劳取酬,多劳多得,刚开始做不出货要吃亏一些,上路后就看你肯不肯辛苦了。

王业才老婆把眼睛投向老公。王业才说,路上走了小半年,歇两天力再说吧。

过后经人介绍,王业才老婆去替人带小孩做家务。

王业才老婆的雇主是位金边人。也只有富裕阶层的金边人才雇得起保姆了。大陆出来的新华侨,当年大多数尚停留在打工阶段，就算做了老板的，亦须勤勤恳恳，亲力亲为，精打细算。一般小孩生下来，要么送回国内老家让父母带，要么难民一样拖儿带女穷凑合。家中雇保姆的事，得往后挪几个年头了。

谈工时，雇主问王业才老婆，你这个年纪，怎么会没老公呢？王业才老婆答，离了。雇主问，为什么离的？王业才老婆答，穷呗。雇主问，不是为感情问题……譬如说双方有没有出轨的事？王业才老婆答，穷人谈什么感情哦，我们没做过对不起对方的事。雇主问，你前夫做什么的？王业才老婆答，种田。雇主问，他有不良嗜好吗？抽烟喝酒吗……大陆那边有没有人吸毒？王业才老婆答，他不吃烟不吃酒……吸毒我连听都没听说过。雇主问，你们有小孩吗？王业才老婆答，有。雇主问，小孩在哪里？王业才老婆答，判他爸了。雇主差点忘记了最重要问题，急忙问道，你前夫和小孩人在哪里？王业才老婆答，在中国老家农村呀。雇主吐出一口气，说，明天起，你住过来。

薪金高出一般打工者一倍，但没休息日，得全天候待在主人家里。

王业才老婆出来倒垃圾，争分夺秒地跑进电话亭，与王业才约定某日某时某刻会面。

王业才老婆推婴儿车出来，警犬一般身前身后打量一番，急急遁入公园一角，王业才已在长条椅上吃过两支烟。两人猴急拥抱，农村出身的人不大擅长接吻，王业才那只烫衣的粗糙大手，不受控制地游走在老婆身上。公园乃光天化日之地，解决不了根本性问题。王业才施以小恩小惠，给送货司机塞包烟或请他喝杯咖啡什么的。司机送货途中，方向盘一打拐到公园旁近。司机拿根狗尾巴草逗婴儿玩，婴儿咯咯笑得如一朵日头佛花。王业才两公婆手脚并用爬进车厢，底下垫上硬纸板，气贯长虹地干上一场！

有一次麻痹大意，两人破例去了中国点心店吃馄饨。两碗热气腾腾馄饨刚上桌，主人一哈腰进了门。主人用粤语说，来碗阳春面。居然没瞧见他们俩。这同样遭罪。且不论心跳的激烈与面红耳赤的燥热，馄饨就无法好好享用了。在中国吃碗馄饨易如反掌，在巴黎就难了，仅市中心三五家中国点心店才有。王业才出来时间长，吃过几次，他老婆一次没有。他们悄无声息小口咬馄饨，嘴皮烫着不敢吸气，吞下去不晓得何滋味。到底还是被主人看见了。主人立马拉下脸，问，怎么回事？

为这事王业才老婆解释了好几次。当即面对主人，她解释说是叔伯哥，二伯的二儿子，刚好在菜场口碰见，顺便请她吃了馄饨。回去女主人盘问，她又说上一遍。过后两天，女主人再问，我家先生说，你那堂哥跟你一点不像哦。王业才老婆说，他随他妈，我随我妈，这样子就八竿子不挨边了。女主人半信半疑，丢下一句话，不管是你什么人，今后不允许再碰面了。

幸好那日王业才老婆是出来买菜，而不是推婴儿出来玩的。买菜的事平日不属于王业才老婆的活。他们对她有防备心，一怕她贪小便宜；二怕她买来路不明的菜；三怕她跑野了。那天婴儿轻微咳嗽,女主人带婴儿去儿童医院就诊,便让王业才老婆去买菜了。

在公园的角落一碰面,王业才老婆拉上王业才就跑,上气不接下气说,你不是说菜市场边角有家中国点心店么,我要吃馄饨!

前一阵子接单有限,工场按部就班。这阵子单子雪片一样飞来,又得革命加拼命了。

那位尝到甜头的女工,喜欢忙乱,乱中取胜。

按部就班的日子,我每晚搭乘叶秀未甲壳虫车回住家睡,女工无机可乘。

说实在话,我对女工没兴趣,避着她。凌晨睡下,我有意躺在编顺口溜男工旁边,女工不敢轻举妄动。

这天凌晨,我脑袋晕乎困得不行,问顺口溜男工歇工了吗?男工道,坚持再坚持,钱是命,命是狗卵哈。我问,坚持多久?男工道,做完这下头的吧。他机器下头这堆货,起码还得个把钟头呢。

躺下之前,我瞥见女工投来一道目光,一副嗷嗷待哺的焦渴表情。

有次女工们边车衣边聊天,不知哪位扯到了女人三十如虎、四十似狼的话题。女工鸡啄米样子点头道,千真万确,老娘老公不在身边,虚火都熬出来了呀。

睡意阵阵袭来,我一如树桩倒在衣服堆里睡死过去。

半睡半醒中我有推搡过她的,可太有气无力了……本能的魔力战胜了仅存的一丝丝理智,原始的欲望火焰一般所向披靡……女工拿小毛巾擦拭时,我醒了大半。相比较起刚才的真枪实弹,我觉得此刻的和风细雨更为受用,遍体酥软身心愉悦。

恰此时,刺眼的手电光突然横七竖八地照射过来,一片噼里啪啦声后,传来了鬼哭狼嚎声。

灯亮,但见王业才倒在血泊中。

遭遇越南人暗算,王业才头部多处流血,肋骨有断,左手臂和右大腿骨折(位置明显错位了)。此事非但不能报警惩罚凶犯,却还得做好保密工作,瞒天过海。趁着天即亮未亮之际,街上车辆行人稀疏,一干人用临时扎成的担架将王业才抬到送货面包车里。

面包车照例停在牙医家楼下。

大清早,牙医与新招的护士睡回笼觉,听见擂鼓般的敲门声,边套裤子边单脚跳到门口问,哪位?门外人说,我……叶秀未。牙医道,稍候片刻。

面对一具血肉模糊的人体,牙医如同久经沙场的一员大将,脸容平和,秩序井然。他弓下身子敲了敲血葫芦脑袋,抬头说,还好,脑壳没破损,脑组织没损伤……护士睡眼惺忪头发蓬乱,从卧室门出来,一头钻进洗手间,先后传出抽水马桶的冲水声与莲蓬头的淋水声。牙医道,丽婵,动作快速点哦,得剃头呢。

叫丽婵的女孩先前在宏外楼酒楼做跑堂,有次病人家属请牙医去那里吃饭,牙医问她,愿意到我诊所做护士吗……眼下,她手脚麻利地将"血葫芦"毛发全数剃去,清洗干净交到牙医手上。

牙医累得腰酸背痛,边捶背边说道,脑壳缝合上了,肋骨断几根对人没多大影响的……叶秀未问,这手和脚怎么办?牙医道,这个我爱莫能助了……要不这样吧,有位国内出来的民间接骨师,我介绍你们去他那里看看吧。叶秀未问,能行吗?牙医道,应医生老家自古以来有接骨传统与传承,在接骨师林立的当地应医生首屈一指,独占鳌头……算你们造化,前个月他才到法国的。

王业才与老婆,两人近在咫尺相隔万里,何苦?王业才把老婆送进金边人"牢笼",宁愿受其煎熬,情愿身心备受折磨,坐实了他心里头别有念想。

这个"念想",既强劲又弱如游丝。

世间没有完全意义上的粗人。王业才乡下种田汉出身,祖宗三辈面向贫瘠薄土背朝天,斗大的字不识一箩筐,算术只晓得加减不晓得乘除。他唯一的业余爱好是吐痰。吐痰已练到炉火纯青的地步,既稳既准又狠,一丈两丈方圆,一口稠痰凝结成花生米,眯上眼珠翘起鼻孔屏声静气,一旦脱口射出,莫不百发百中。这等行为,可谓名副其实大老粗一个了。但是,他纠缠的心思,肚子里头的小九九,谁说不繁杂?谁人能解题?

短短两月内，叶秀末与老公离婚，与马士顿结婚。房东说，二婚头就不必张扬了吧。马士顿落得没花一分钱。

叶秀末老公为啥踢了叶秀末？一粒米掉地上都要捡起的吝啬鬼房东，为啥白送马士顿一个女儿？

那是因为叶秀末精神方面有毛病，是个"花痴"。

马士顿双手一摊对我说道，既然追不到叶秀末，那么娶她姐姐也是了却自己的一桩心愿啊。

我当然清楚，马士顿是冲着那纸"十年头"去的。

X 这一家子

比萨·儿女与情人

　　查母：比萨的竹韵餐馆老板，离异，有查甲、查铠、查小楂三子女

　　辛先生：查母从中国台湾移民意大利的"跳板"

　　肖忠：竹韵餐馆员工

　　刘光：竹韵餐馆员工，查母小情人

　　杨建：查母为女儿物色的新女婿

　　查小楂：查母小女儿，离异带着混血儿子查栋梁

离开巴黎那日，天寒地冻。

国际长途巴士驶出马蜂窝般熙熙攘攘的巴黎城。

当年飞机上、火车上、巴士上，尚未实施全面禁烟，往往辟有一块地盘供吸烟者过烟瘾。我这个老烟枪坐在巴士最后一排座位，烟不离手，眼睛有一搭没一搭地看着车窗外广袤、肥沃的法兰西大地……

大巴气喘如牛地爬了个把钟头山间公路——车灯光柱圈里，交织着细如粉末的雪籽，微小昆虫一样飞舞。海拔渐次升高，雪由雪籽过渡到雪粒，雪粒渐渐增大，长出棱角，化成晶莹雪花。抵达边防检查哨卡，漫天大雪。

照例灯火通明，亮如白昼。死寂。似乎能听见雪花落地——嗤的一声。

边检人员裹着风雪寒气进入车厢，逐一归还护照。

还我护照时对方多看了一眼。乘坐这种长途大巴跨越国境，通常鲜见亚洲人脸孔，难免叫人生疑。

我安然若素。

俩边检人员依次下了车。

张放鸣将香港护照寄出后给我打了个电话，他说枪就不用带了，日后再作计较吧。

我是这么想的，人家交托的事，只要答应了，就要无条件做到；人家交到手上的东西，只要答应了，就得保管好，完璧归赵交还到人家手上。

枪裹在皮箱里，皮箱放在大巴的车肚子里。

……在我的印象里，你应该没提起过比萨这座城市吧？我想了一想，还是没有想起你有提到过比萨的。你肯定对这座城市了如指掌，应该是忽略了吧。想想也对，欧洲有名头的城市那么多，哪能面面俱到哇……在这里我一定要对你讲讲比萨斜塔！比萨斜塔太有名头了，相当震撼！站在它面前，人提心吊胆。斜塔太斜了呀，高楼大厦一样压在人头顶上，眼看就要倒塌下来了……意大利有关部门已经采取措施，在斜塔倾斜的反面码上铅铸重物，每一方块都有几吨重吧，叠了一大堆。附近有家卖旅游纪念品商店，我买了仿古纸张做的明信片。仿古纸张粗糙（用植物的纤维做的），浅褐色（或许是植物纤维原色吧），稍厚稍重，拿在手上沉甸甸的，上头印着斜塔图案，用蘸水笔勾勒出来的图案。确实古色古香啊，耐看得很。就是贵了点，我没舍得多买……

抵达意大利比萨后不久，我给老家文化馆的白面书生写了落地信。

查小楂的儿子六七岁光景，常由外婆领餐馆来。肖忠对一头雾水的我说，老板做人苦哈哈呢，自己的小孩不晓得在哪里，别人的小孩倒养得白白胖胖了。这位中国名字叫查栋梁的男孩，褐色头发高鼻梁，肤色自不待说白如雪了，他属中意混血的产物。查栋梁父亲近乎病态地喜欢东方女子，不断尝新，屡有收获。他与查小楂分手后，与越南女子同居，生下一个越意混血儿。如今,他与一位日本女留学生同居。肖忠说,快了,日本女人肚子隆起了,日意混血种马上要诞生了……这鸟人他妈的简直就是一台制造混血儿的播种机嘛!

查栋梁跑进厨房,肖忠问,你爸爸呢?查栋梁小大人一样回答,不要在我面前提那个王八蛋!人说混血儿特聪明,查栋梁的国语说得溜溜的,幼小年纪便晓得王八蛋啥子意思了。查小楂母亲耳闻外孙说"王八蛋",跑进来训斥道,不可以说脏话。刘光呵呵发笑。查母说,你们厨房的人嘴不干净说脏话,把栋梁带坏了。查栋梁掷地有声说,我自己天生会说的。刘光一脸坏笑说,栋梁长大不得了,就算做不成国家栋梁的话,起码也是一条房梁呐!查栋梁骄傲地说,我不当栋梁,我要当皇帝,讨一百零一个老婆,天天喝老酒。大家笑得前俯后仰。查母脸红一阵白一阵,说小祖宗,你别人来疯了好啵。刘光说,栋梁有远大抱负,你不该打击他的积极性的。查母白上一眼,屁股扭动走出厨房。

查母六十挂零,富态,涂脂抹粉,健康状况良好。她的背影相当迷人,性感,婀娜多姿。转过身来,眼角的鱼尾纹没法子抹去,脸颊两团肉松弛,颈脖子同样出卖了她的年龄。

三十年前的查母,绝对是大美人一枚。查母在台湾某要害部门做招待员,在会场穿梭倒开水递小毛巾之类。这可不是普通的会场哦,是"国大"代表大会的会场呢。旅意大利华人辛先生作为海外"国大"代表端坐在代表席上。台上慷慨激昂的发言,辛先生的耳朵这头进那头出。他的注意力被倒开水的查母牵制住了。查母给辛先生倒开水，少许滴出三两滴，针尖一样戳了他手背两三下。查母轻轻一跺脚悄悄说，哎呀，对不起了辛先生。辛先生颇受用，问，小姐怎么知道……我姓辛啊？

一场会议下来，辛先生多少有些吃不消，胸口沉闷。辛先生心脏方面患有毛病，他思忖，要不要吞服一颗救心丸呢……这时身穿旗袍的查母与两位同样穿旗袍女招待打他眼前施施然而过。两位女招待形象拿得出手的，却俨然成了查母的衬托，想不说"绿叶拱红花"或"鹤立鸡群"的词都难。辛先生饱了眼福，胸口顺畅起来，吞服救心丸的事忘得一干二净。辛先生抬起胳膊道，那位小姐，请留步啊！查母没听见的样子，昂起胸脯往前走。身旁女招待扯她手说，那边有位先生叫你呢。查母转过身，莞尔一笑。

肖忠是位蛮有滑稽方面才能的后生，诚然，刘光这个搭档也不赖。他们在厨房小天地里，自娱自乐表演一节小剧情的戏。肖忠系围裙，权当围裙是裙子了。他摆起兰花指，捉住围裙一只角嗲声嗲气说，第一次，在会场边撩裙……刘光煞有介事说，不行；肖忠说，第二次，在马路边撩裙，刘光说，不够；肖忠说，第三次，在停车场撩裙，刘光说，有点子意思了；肖忠说，第四次，在公园撩裙，刘光说，关注上了；肖忠说，第五次，在电影院撩裙，刘光说，眼珠子当作电灯泡了；肖忠说，第六次，在宾馆走廊撩裙，刘光说，看见三角裤头底色了；肖忠说，第七次，在房间撩裙，刘光说，我要雪白的大腿啊！肖忠喘气道，再不要,没力气撩了哈。

在查母的"撩裙"攻势下,辛先生当了俘虏兵。大会结束后,他决定在台北小住一段日子。辛先生说,开花的季节,台北太值得人留恋了啊。

当年台湾的经济状况一般般——查母在与辛先生谈情说爱的时候——并没昏了脑袋忘记打电话叫自家儿女过来吃白食。查母离异。老公不晓得何缘故没啥出息,偏又是个不负责男人,丢下仨孩子不知去向。三位孩子中,长子查甲弱不禁风,喜好翻阅才子佳人类古籍书,戴深度近视眼镜;次子查铠如孙悟空投胎,上天入地一刻不消停;小女查小楂长相可人,年幼尚无定论。他们从一条陋巷走出,查甲牵住查小楂手;查铠打头阵,风扫荡过一般须臾了无踪影。母亲临走前交代,肚子饿得越空越好,只有空肚子才对得起一桌子丰盛美食的哦。

他们守在街角水果店计费电话座机旁。美妙的铃声丁零零响起,查甲接上母亲电话。他们从租车铺租来两辆脚踏车。查甲体弱单个人骑;查小楂坐查铠车后头,直奔母亲所指定的餐馆。

有一次辛先生以"国大"代表身份,将饭局排在当年不对外开放的圆山大饭店。那顿饭吃得好开心、好排场。查甲问辛先生,为什么贾宝玉说女人是水做的,男人是泥做的啊?辛先生充满爱意地抚摸着查甲后脑勺说,这不明摆着么,我们是泥做的,你妈妈和你小妹是水做的呀。查甲似懂非懂点点头。查铠不甘示弱,对辛先生说,我会连续翻筋斗!辛先生说,翻筋斗要在操场上翻的哟。话音未落,查铠已在厚地毯上翻起筋斗……在戒备森严的"龙宫"里翻筋斗,无疑是不允许的,那天竟然无人过问。辛先生葫芦瓢样的圆脑袋上汗星子密布——安然无恙后,他长长地吐出一口气。辛先生调换成笑脸,同样给了查铠一张百元美钞以资奖励。查母说,小楂,老师教你的英语歌没忘吧?查小楂站起唱英语的生日歌。辛先生问,今天谁生日呀?这真是歪打正着天上掉馅饼了。查母羞涩一笑,十八岁少女范儿。辛先生正色道,这么重要的日子,怎么不事先对我说呀,现在订生日蛋糕怕迟了吧。查母说,其实不碍事的了,我户口簿上是7月5日的,可我妈说的生日是今天,那时年代早,登记不及时的,有点混乱,再说又有农历公历的区分,有登记农历的,有登记现在这个历的,连我自己都搞不清楚到底哪天是我真正的生日了……辛先生说,早年先是这么个情况,我就是认阴历日子的……不管怎么说,今后我就每年给你过两个生日吧!

午休两个半钟头,我与肖忠逛街。肖忠说,老大餐馆门没关,进去看看。

查甲的餐馆,墙壁上悬挂许多蜘蛛网样的图案,大同小异。我好生纳闷,不晓得田螺内里几道弯。肖忠半桶粪喜欢溅,指指点点说这些图片名堂很深奥的,古代传下来的周易八卦哦,从小处说能够算出人的命运,从大处说能够预测宇宙运行轨迹的。查甲一袭白绸缎唐衫,益发单薄得轻飘飘。他老婆同样戴近视眼镜,非老学究那款,素净白框,斯斯文文做派。两位大陆访问学者围坐在老树桩旁,吃查甲泡的工夫茶,听他论古道今。查甲道,我们的老祖宗何等了得啊,现如今世界的趋势,哪一样都没越出基本范畴噢……一位理平头近视眼的大陆访问学者接嘴道,只有东方的神秘主义,才能解释世间万象,才有可能拯救全人类!

查甲餐馆的老树桩,成了比萨华人文化人的小小集散地,过往的人一拨又一拨。有位大陆女留学生,对查甲的渊博知识面佩服得五体投地,不知不觉中上了他的贼船。事情败露后,查甲对老婆说,一时走神呢,我犯了天底下男人都会犯的错误,请老婆大人高抬贵手放我一马啊。毕业于台湾大学的老婆轻蔑一笑,说,亏你满嘴传统文化,宁愿玉碎、不为瓦全的道理不懂?!

老二查铠喜好聚众赌博。自然不是那种大起大落的豪赌了,玩大了没法子持续下去。老大的话查铠通常嗤之以鼻。唯独"小赌怡情"这话他爱听,每回开局前说上一遍。

下班前半个钟头,查铠开始逐一打电话,把查甲店里员工、查小楂店里员工全数招来,在自家空荡荡餐厅里摆上牌桌,玩牌九。查铠坐庄,香烟插在烟嘴上,烟嘴叼在嘴角上,眯起眼睛沉浸于其中,很享受的模样。

查铠老婆初中文化程度,皮肤黄里透黑,鼻孔略为朝天,与蔡英文有得一比,是位可以叫人放心落胆的女人。查铠曾说,我的老婆,如我不在吧,把她放在那里一年两年,三年以上不敢说,保证平安无事的啦。偏偏他人就在眼前,老婆跟人跑了。

查铠娶进一房意大利老婆,是个寡妇,比起猴精似的查铠高出一头,丰乳肥臀。两人过上滋润日子。有一阵,查铠连牌九都不玩,说是白白浪费有限的生命。

意大利老婆喜好泡澡,躺在浴缸里闭目养神,说能够得到最佳状态的放松休息。有一次洗浴间里煤气泄漏,这婆娘命归了黄泉。

杨建原先在别处打工,省吃俭用存下一笔小款。他跑到比萨寻店铺,想开家小本经营的中餐外卖店。杨建跨进竹韵餐馆吃饭。那时竹韵餐馆查母当老板,查小楂在店里做跑堂。查小楂本已离开餐馆,脱离华人圈与番人厮混了的。无奈番人老公有新欢后,两人关系不了了之。查小楂领回儿子,易名查栋梁。查栋梁躺在母亲怀里吃奶。这小子其他全似番人,唯有眼睛像中国人,两颗桂圆核似的眼珠子滴溜溜转。查小楂脸色苍白,情绪低落,轻微抑郁症。

查母问杨建有几块本钱,想找家什么店铺?杨建说了个大概。查母说比萨经济好物价高,凭这点钱,怕办不了什么事的。

查母问,你有女朋友了吗?

受张放鸣指派,万俊来比萨取枪。

有朋自远方来不亦乐乎,我请万俊喝酒。两杯酒水落肚,万俊大着舌头问我,还记得留成连么?我脑子里先想起的是那张菲律宾女孩相片,然后留成连的人影子从水肚里冒上一般,由晃动到静止明晰起来。我问,他怎么了?万俊做了个手势说,被我处理掉了。我脑子没转弯，问，死了？万俊说，你忘了我本行了……割耳朵呀，上回在法国不是已经割了一只么！我笑道，没想到周山的老本行现在也是你的本行了呀。万俊道，我活干得比周山漂亮，周山现如今已经日薄西山了。我说，你这是吹牛吧，周山的本领我亲眼见过，可以说是天下绝招了……你……口说无凭哦。万俊道，法国那个姓方的家伙，耳朵不是我给割下的？我说，把人耳朵割下不稀奇，把对方打晕了割，或者几个人摁住割，别说一片纸薄的耳朵了，就是把手脚剁下来都不难的……关键是怎么割，要割出水平，割到出乎入神的艺术境界……上次我是盯住周山的手看了，但还是摸不着头脑，周山出手太利索了啊，闪电一样，根本分辨不清连贯的动作，怎么起刀怎么削下……当时的感觉就是一道闪电，耳朵就已在地上蹦跳了……万俊急得不行，舞着手三番五次要打断我话头。他接过去说，我明天就当你面割只耳朵给你看看！我问，割谁人的耳朵？万俊道，随便呗，为了证明我的手艺，这只耳朵非割不可！瞧他一脸严肃的神情，我不禁倒吸一口冷气。我赶紧豆腐反过来煮，说，万俊，你的手艺我早有数了的，这不喝酒当酒配么，这样论说上几句，酒气一散，又可以多喝两杯酒了。万俊道，你要做到口服心服哦。我说，我一百个服！

当天夜里，发生了一桩事。

查甲、查铠、杨建三位查家男丁埋伏在查母屋前树丛里。

午夜一时许，查母驾车过来。

查母与刘光一块进了屋。

眼见为实,查甲羞得无地自容,鼻孔里凭空落下几滴鼻血;查铠气得牙关咯咯响,骂了一句国骂;唯独杨建,心如古井。他抬头看天幕,是钩新月,星星在调皮地眨眼。

他们猫腰过去。上楼,查甲掏出钥匙,又放回了口袋。毕竟是老母哪,母子何以赤身裸体相见!查甲轻叩房门,再叩时传来查母用意大利语发问,哪位?查甲尽量语气平和些说,我,查甲。查母问,有事吗?查甲一时回答不上来。查母说,没什么要紧事,那就明天再说吧,我已经躺下睡了。查甲脑子空空如也,团团转,一筹莫展。查铠早已不耐烦,提了腿要踹门,被查甲拦住。慌了神的查甲颤抖着声音说,你把衣服快穿上……查母或许已知晓情况不妙,里头传出细微的窸窣声。片刻后,查母说,有什么事,明天再说。查铠大嚷道,刘光,你他妈的给我滚出来!夜深人静,怕是整幢楼的人都要听到动静了。查母哭腔说,我求求你们了……给妈一张脸皮吧……

查母话说到这分上,查甲心软了,泄气的皮球似的;查铠双拳紧握,斗鸡一样两目暴突。查甲说,我们……离开吧。

三人下楼走出屋子。

杨建回头,发现查母房间窗后隐蔽着一个人头影子。

一小时后,查母如《列宁在十月》里头的女特务般溜了出来,警惕的双目射出猫头鹰的光斑,她拿手电筒在附近一带照来照去,光柱一次又一次地划破寂寥的夜空。

查母踅回屋里一盏茶工夫，一头茂密乌发的刘光脑袋探了出来，他不但眼睛观、耳朵听，甚至拿鼻子发挥嗅觉作用……万籁俱静，连头野猫都没有。刘光缩了缩脖子，脚板如抹了油一阵疾走。

三人当然没走，藏匿在拐角的垃圾箱后头。垃圾箱里啥物什皆有，有种臭气初闻不咋地，但源源不绝，具备沁人肺腑之浸透力。查甲好分析，脑子片刻没消停地揣摩是个什么玩意儿，如此经久不息地散发出气味源。查铠粗枝大叶，况且上半夜干了半瓶白兰地，酒气满身味重如铁，鼻孔压根儿漏不进其他气味。他主要是被心头的火焰烧得难受，口干舌燥，怎么就忘了带瓶水哇……恰此刻，刘光勾着脑袋打垃圾箱前快步走过。查铠从垃圾箱后头一跃腾起，一记重拳击中刘光左脸。刘光身子摇晃，撑住了没跌倒。查铠再发拳时，反倒吃了他一拳。查甲手无缚鸡之力，未靠近即被刘光一个旋风腿横扫翻倒，尾骨钻心痛。杨建摆出干架姿势，螳螂一样围住刘光闪跳，嘴上说，你做人不地道，太过分了！刘光注意力涣散，吃了查铠一铁拳。刘光跌倒迅速爬起，一溜烟跑走。

我去上班时，发现餐馆周边晃动有陌生人影子。

餐厅里，刘光和查母坐椅子上，杨建和查小楂站边上。查母泪眼婆娑，嘴巴一张一合说不成话。刘光两边脸颊如水蜜桃，既肿又红。他谈兴正健，说，小楂你是受过外国高等教育的，天赋人权的道理你懂，我和你妈自由恋爱，是不应该受到年龄限制的……只要感情在，年龄根本就不是问题，你两个哥哥粗暴干涉我们的私事，这个行为是不对的，而且是触犯意大利法律的！查小楂面无血色，如烫熟的索面一样绵软，毫无招架之力。杨建忍无可忍，厉声说，刘光你国内有老婆有孩子的，就别唱高调了！刘光说，我已结婚这不假，我又没瞒着掖着，我刘光做人光明磊落，结婚了不可以离婚了？！杨建嘿嘿冷笑道，谁人不晓得你打的是什么鬼算盘哇……查母太阳穴青筋毕露嚷道，杨建你有什么资格指手画脚……刘光怎么了？你不就是眼红么，我老实对你讲，查甲、查铠的餐馆名字转他们了，就算我喂了白眼狼，这家餐馆，仍在我户头下，我要给谁就给谁，这是我的权力！

刘光散烟，其他人接了；杨建恼羞成怒，一手隔开。

查甲、查铠兄弟俩各召集了员工直奔过来。他们两家餐馆员工，与刘光不是夜夜玩牌九，就是隔三岔五小酒咪咪，称兄道弟，滚瓜烂熟，不可能难为刘光的。说白了，他们是抱着看戏的心态与劝架的想法过来的。上山打虎亲兄弟，这干架的事还得由查甲、查铠出场了。查甲这回手执棍棒，查铠赤手空拳。查甲二话不说对准刘光头部击棍棒，刘光隔开时手臂被敲了一下。查铠毕竟顽皮出身，他拳脚并用扑上来……不料查母身手敏捷地飞身过去抱住刘光，混战中，查铠有一拳头罪孽深重地落在查母背上。查母口吐白沫，断断续续道，我把你……生下、养大、成家立业……查甲大嚷道，妈，老二绝对不会伤害你的呀……你千万要脑子清醒啊……查甲上前抱住查母，欲将她拖开。查母吨位不轻,瘦筋筋的查甲无法将她与刘光剥离开。

家丑不可外扬哪。查小楂起身出去拉下餐馆卷帘门。这种鸡飞蛋打的境况下,还做什么生意噢!万俊从巴士上下来,一看查小楂在关店门,老远嚷道,老板娘怎么回事?今天餐馆关门?

见查小楂脸上染霜的悲戚样子,万俊凑近问,老板娘……总该不会有人欺负你了吧?查小楂叹息。万俊转到查小楂正面说,真有这种事?你吭一声哪人,我收拾他!查小楂往边门走,万俊跑到她前面站下说,老板娘你要相信我,我是有能力收拾的呀。查小楂问,你为什么帮我?万俊摸了下后脑勺说,吕璧是你店里工人,我和吕璧是铁哥们啊。查小楂说,刘光和吕璧还一块在厨房干呢。万俊嚷道,原来是刘光,我这就去收拾他!查小楂扯住往边门冲的万俊,问,你真能把事摆平?万俊说,我在罗马有一大帮朋友,吃的就是这碗饭,路见不平一声吼!

餐厅里仍为纠缠不清场面。查母以她母亲的身份与身躯护住刘光,查氏兄弟无从下手干着急。其他人一边劝架一边看戏,吊足了兴头。万俊大摇大摆进去,大喝一声,刘光,你跪下赔礼道歉!万俊不认得查母,以为是什么闲杂人员,上去一把扯开了她。查母倒在地上,哭天喊地。刘光气得脸色铁青,指着万俊鼻子吼道,你他妈的管什么闲事!查母见势头不妙,赶紧一骨碌爬起想重新用自个身子护住刘光。

慢了零点一拍。

万俊真没吹牛皮。

刘光本人尚未觉察到，我已看见地上的耳朵了，如一只肉色青蛙弹跳了两下。

血水缓缓地顺着刘光脸颊挂下。

刘光失声尖叫，瞳孔圆睁，脸面扭曲变形。

在外头兜圈的陌生人闻声迅速扑进来。边门仅能容一人过，万俊对陌生人说，你们先顶住，我再去叫几个人来！

逃得了和尚逃不了庙。万俊逃了，他们拿我出气。刘光捂住血流不止的伤口，气急败坏嚷道，这家伙是幕后指使者！陌生人一拥而上，拳打脚踢，揍得我晕头转向。没有人敢于上前阻挡。反倒是女流之辈的查小楂挺身而出，她拦在陌生人面前说，这事与吕璧完全无关，要说幕后指使者是我，是我让他出面的……不过我没想到他割耳朵……刘光跳起脚嚷道，那就揍她！

这下子杨建没法子再犹豫不决了，他必须要做出行动。杨建与查氏兄弟手忙脚乱地跑上去保护查小楂，没起多大作用。

关键时刻，查小楂前夫赶到。刚才在门口，查小楂万般无奈之下给前夫打电话搬救兵了。此兄高大威猛。喝牛奶配面包长大的人与喝白粥配腌菜长大的人，绝非一个等级的。但见前夫一手一个拎起一对陌生人，随手甩到角落头去。

前夫说，在意大利国家，不识相我叫警察把你们都抓进去蹲监狱！这句话半数以上人明白了大意。

查小楂前往巴黎参加全欧洲华人卡拉OK比赛。

她前脚去的巴黎，后脚跟进一位巴黎来的妹子。该女子的居留证挂在比萨某家中餐馆，是过来办理延居留手续的。当年这种情况蛮常见——拥有意大利居留证，人却在工资相对高些的法国打工（我就有过这种经历哦）。

逛商场时，碰见了杨建和巴黎妹子。杨建赶忙甩开巴黎妹子的手，问，你……买衬衫是吧？当时我所处的位置，刚好是卖男式衬衫的专柜区。我其实比他们更窘，手足无措。我摇头说，没有，看看……杨建说，想买就买一件呗。我说我真没想买，上次中国带出五件衬衫，够穿两年了。杨建说，中国衬衫土气，人在意大利要穿意大利衬衫的，意大利时装全世界有名气的。我说，一个打工人，不是在厨房里就是躺床铺上，又不出去做客，土气不土气无所谓了。巴黎妹子道，我眼光很好的，我来替你挑一件吧。

巴黎妹子不由分说提来一件衬衫在我身上比画，说，与你太搭了呀，简直就像是替你私人定做的了。我也觉着这件衬衫合适，看价格不算贵，心有所松动。我说，我身上没带钱，买的话，老板……先替我垫付好么。杨建说，我送你。

衬衫在商场试穿时正好，回来穿嫌小。这或许与当时的慌乱心情不无关系吧。这买衣服的事，绝对与人即时的心态有关系的。一颗心如吊在半中央，那是买不好衣服的。刚抵罗马时，亲戚说作为见面礼要给我买套西装和一件风衣——当年深色西装外头披件铁灰色或米黄色风衣，是一种时尚穿法。亲戚将我领进店里，说你自个挑吧，看哪件喜欢。我哪敢随便挑哇，生怕选贵了亲戚怪我不懂事理——对你客气以为是自个的福气了——心头一直忐忑不安,迟迟不肯出手。店员提来衣服让我试穿,我瞟了一眼亲戚脸色,并无异常,便速战速决说就这款吧。拿回去一穿身上,颜色不配尺码也不对的,全乱了套。

有天肖忠把我挂床铺后壁的衬衫穿在身上,在房间里走起猫步。他说,对折价怎样?扔掉可惜了。我说,我什么时候说过要扔掉了?肖忠说,这衬衫我喜欢,蓝条子花纹与我这条牛仔裤相配……怎么样,再加几块啦,你穿太紧这总是事实吧。我问,加几块?话一出口我即摇头说,不行不行,这衬衫老板送我的,转手给别人……不好吧。肖忠说,我猜也不是你自己买的,我还咕哝呢,吕璧怎么舍得买正牌衣服哦。我实话实说,我没带钱,让老板垫付,老板说由他买单好了。

肖忠说,那就借我穿两天吧。

吃晚饭时,查小楂说,肖忠你穿新衬衫了。肖忠说,借的。查小楂说,衬衫还有借的?这倒是稀奇事了,怎么折旧?肖忠说,衬衫是老板送给吕璧的,吕璧不是比我壮么,偏小不合身,我叫他转手给我算了,他说老板送他的东西不可以拿来转手的……我就借穿两天呗。杨建从厨房盛饭出来,听肖忠如是说,做贼心虚红上脸。查小楂顿了顿后问杨建,你什么时候这么大方了呀,体恤员工是吧?杨建说,不……不正好凑上么,吕璧他身上没带钱,我就给垫了呗……一件衬衫,又不是什么大不了的事,值得大惊小怪吗!

头一两天，杨建没露面，大家以为老板又钓鱼去了。杨建的业余生活，基本上仅有钓鱼一项。他车开出去，有时在外头搭帐篷过夜，有时当天去当天回。每次都有鱼提回来，鱼的品种杂七杂八，但有个共同点，有股洋油味。那些河流，看上去挺干净的，清水粼粼，可鱼鳃里却有股子洋油味，特别是烧熟后洋油味源源不绝地散发出来。大家都不太爱吃他钓的鱼，扒拉几箸即倒掉了。杨建说，钓鱼的目的不光是为吃鱼啦，其中的乐趣只有钓鱼的人自己晓得的。

肖忠比别人早一步获悉杨建走的事。他在厨房里说起这事时，我心情沉重。想想，人家破费给买了件衬衫，我却给人家捅了个天大窟窿！

肖忠对我说，你大可不必自责的啦，他们的事三粒板两条缝，裂缝早已在的啦。老板与老板娘明面是夫妻，结婚证没领的。结婚证没领等于零，餐馆的名字是老板娘她妈的，住家的名字是老板娘本人的，这里的一切，连只畚箕都不属于老板的。还有，老板娘输卵管堵塞不能生育，老板要断后代，你说，换作你会有想法吗？所以说，你的衬衫仅仅是导火索作用了。说不定导火索点燃反而好，他们可以各行各的道……我听人说了，老板人已去巴黎，人家小日子快乐着呢！

XI
兔子

前南斯拉夫（斯洛文尼亚）·地下室里的军火

洪建平：即改名后的刘观水

黄巧灵：吕璧、洪建平（刘观水）打工餐馆的女跑堂

顾建平：洪建平（刘观水）的朋友

朱苏荣：米兰大西洋餐馆的员工，洪建平（刘观水）死亡现场的目击者

张放鸣：华人黑帮大佬

查小楂：乌迪内茉莉花餐馆老板

兰须：茉莉花餐馆跑堂领班

我给张放鸣打电话，说由于某种原因要离开比萨。张放鸣说，我罗马这头活不多，要不给你介绍到一个小地方去吧，你火车票买好对我说，我再对洪建平交代，他会到火车站接你安排好的。

抵达时，天欲黑未黑。这次乘坐的并非只有两三节的小火车——车站却与当年意大利南部小镇的车站大致相似。从乡村汽车站差不多规模的火车站出来，迎面匆匆赶到一人，那人脱口而出道，原来……是你！光线黯淡，我没瞧清他脸面，问，你就洪建平先生？那人道，对，我现在叫洪建平，你以后不要叫我刘观水哦。

天哪，洪建平原来是刘观水！

在以后的那段日子里，我面上叫他洪建平，心里头仍旧是叫他刘观水的——一时半会这个弯，很难调转过来。

一大团乌云扯过，天全黑下来，疏疏落落几只路灯泡亮起。

刘观水说，我快要憋死了，这里没一个中国人，老板是个老头，不吃烟酒，一分钱掰两半用，道不同话不投机……现在总算来了你这个活人了！

路过一家洋快餐店，点一两盏灯，一位头发花白男人在钉洋钉什么的。刘观水推门进去说，老板，工人接到了。老板没抬头，说，赶紧回餐馆，进餐期的时间到了呀。刘观水道，今天礼拜一，不可能有生意。老板道，赶紧回去，把店门打开，万一……万一客人来看见关店门，岂不糟糕！

出来后刘观水说，别理他，我们慢慢过去……那边小树林里有妓女，要不先去打一炮？本来你远道来，老板应该接风的，唉，这个小气鬼不提他了……我给你接风，打一炮怎么样？我说，今天太疲劳了。

刘观水道，意大利这个鬼地方没妓院的，说梵蒂冈在这个国家，不可以伤风败俗，他妈的太虚伪了！我说，我晓得。刘观水一拍脑门道，我拿你当西班牙过来的人了……西班牙你去过没有？我摇头。刘观水道，西班牙夜总会不错的，美女如云，眼花缭乱，价钱也还公道……到了这里，只有到那片树林解解渴了，婊子站树林里屁股朝天给你打一炮，多数是黑人，一坨乌不溜秋黑肉，根本分不灵清哪儿是哪儿，只能解渴，过不了瘾头！我说，你不是在奥地利么，怎么会是西班牙啊？刘观水道，我一生的节奏，奋斗的目标和方向……吃了那个奇耻大辱的亏后，彻底不是那么回事了！

此地仅两千多人口，会吃中餐的人更稀少，百把人不到光景。当年老板跑到这里开餐馆，生意一直不好，包括他本人在内仅两位员工。前段日子，一位番人老板以极便宜的价格脱手洋快餐店，老板动心将它盘了下来。老板认为那儿离火车站近，有过路客生意做的。老板没钱雇人装修，自己在里面小敲小打。

没生意的餐馆有个共同特点，街区冷清，房屋灰秃秃。

刘观水打开餐馆门，仅开三分之一的灯（因断定不会有生意，省电）。长条形餐厅，没窗户，空气不流通，有股浓烈的油腻味。在这样的餐厅吃饭，就算味道过得去，也得大打折扣的。

我要换工作服，刘观水说，今晚上就不用换了，不会有人来的……今天我自己出钱买了牛杂，等下滚火锅吃，酒也买来了。我说，谢谢你了。刘观水道，张放鸣交代了，叫我多关照你……你和他什么交情？我说，在奥地利的因斯布鲁克认识的。刘观水道，可惜我和他结交太迟了，他这人脑子好使，讲江湖义气。我说，我碰到难处，会想到他……那些亲戚倒是不太想得起来。刘观水道，想起来也没用，欧洲太现实了，没人愿意帮忙的，都讲实际利益，用不着的人，巴不得你永生不登门呢。

几杯浊酒落肚。

刘观水道，张放鸣老是叫我沉住气，说做事做人都得沉住气……现在像这样缩头乌龟一样活着，算沉住气？活着跟死了有什么区别？！

见我没搭腔，他嚷道，我这是和你讨论呀，干吗不说话？

我说，我怕说不好。

刘观水道，胡乱讲！我快半年没好好说过话了，你只管胡乱说就是了！

我说，放鸣他是什么意思，我不了解……我个人看法，碰到事情慢一点……慢上半拍没关系的……刘观水打断我话说，可是慢一点黄花菜凉了呀，比如漂亮女人，慢半拍早被人勾引走了，钱掉地上，慢半拍还轮得到你捡？对方枪打来，你慢半拍不吃子弹？对方棍棒劈下，你慢半拍不脑袋开花？

我说的是态度，是人的心态……碰到具体事情当然是要具体对待啰。我还真把自个当回事了。

过去，刘观水对我很是不屑，认为我这人嫩头，笨，不灵活。今天他做起沉思状，然后抬头说，看来你是成熟了，你讲的话比我老到，虽然我一时还难接受得了，但你的话我还是愿意听听的。

刘观水难能可贵的谦虚态度，我很受用。其实人都有虚荣心的，说出的话有人听，人家甚至于还随口赞许了两句，我的自信心就有了。借着酒胆我张嘴说道，你喜欢枪，不妨拿枪来说比喻吧……你背上枪，威风凛凛，有人很快就拍你马屁，明天你不背枪，这个人很快不理你了，你说这个人好不好？刘观水道，墙头草，风吹两面倒。我说，这种人不好，所以我们不要那么急嘛，不要做这种人嘛。此话一出口，我冷汗都骇出了，真是人一得意就忘形，就不晓得自个几斤几两重信口开河了。

谢天谢地，刘观水倒没计较，起码脸面上没流露出恼羞成怒神色。他摇头说，你这话牛头不搭马嘴，人家张放鸣说的沉住气是干大事业……你东一榔头西一锤子讲零碎，打铁人的卵袋一样荡来荡去……没个准头。我就坡下驴道，酒醉了，对不起我胡乱说了。

刘观水这人的秉性，难以拿捏和归类，特别是前期的他与现在的他，差别颇大，但内里似乎又是藕断丝连的。刘观水对自己所下的结论大体没错，那一回的耳朵被割下，对他的打击和伤害程度之深，可谓到了骨髓里头。刘观水的闯欧洲，目的性非常明确，赚钱发财后做老板，小老板——中老板——大老板一路努力往上拱，最终做上一个在社会有头有脸的人物。这家伙善于随机应变且心思缜密，如顺顺当当走那条道，多多少少是会混出点名堂的。但是，他的第一脚尚未跨出去呢，拿他的话说即遭遇了人生的奇耻大辱，这当头一棒致使他的阵脚完全乱了套，心理扭曲没法子按部就班来了——一粒复仇的种子硬生生地扎进了他的心窝子里！刘观水对做其他任何事情，提不起兴头，聚不拢劲头。他暗自忖度，就算有朝一日腰缠万贯了吧，金钱如自来水了吧，但自个一只耳朵被人给活活割下了，那又有什么好值得炫耀的呢？能寻找到人五人六的成就感、牛×感吗？毋庸置疑，那肯定是没有的！

　　刘观水脱离海外华人华侨常规的谋生轨迹，跑到西班牙巴塞罗那，投靠在一位做黑道营生的阿龙门下。这个由外省人组成的小团伙清一色单身汉，没有家室拖累的后顾之忧，亦无啥名声败坏方面的顾虑顾忌可言，心狠手辣脸皮撕得下，一时兴风作浪（浙南一带人氏，不是同村便是街坊邻居，或同学或亲友，总之人际关系盘根错节，剪不断、理还乱，往往祖宗三代人家皆有数，碍于面子一般做不出出格的事的）。小团伙在当地卡西诺（赌场）放高利贷，刘观水的任务是在卡西诺里头晃荡，将输钱的赌徒忽悠过来贷高利贷。

卡西诺富丽堂皇，纸醉金迷。侍者全为金发碧眼女郎，杨柳腰扭动，皮肤能掐出水来。她们手托精致托盘，托盘上搁上等烟酒、饮料等，招待赌徒们白吃白喝。赌徒在外面的现实世界里，或许是个小瘪三，或许财富堆积如山，或许中不溜儿芸芸众生一个。到了这方天地，俨然趾高气扬，人模狗样，慵懒地打个响指，光彩夺目的美女即刻蹀躞而至，要啥有啥。美女侍者点头哈腰，脸盘洋溢着迷人微笑，反倒像是赌徒们恩赐了她们啥物事似的。为拉拢好赌的中国人，卡西诺推出了粤式点心，原汁原味，色香味俱全，吃得真叫一个爽哇！在这里，钞票比草纸的分量重不了几钱——赌徒们脑袋跟卵袋分不灵清，大把赌钱，大把借钱，放贷的生意风生水起。

有一位赌徒，输了个精光，不得已出手自个的护照和居留证。刘观水在西班牙属黑人，那人将他的一套身份手续给买下。此人名叫洪建平，于是刘观水摇身一变成了洪建平。刘观水说，就算没碰到这号事，我心里也是想要改名换姓的。我问为什么？刘观水道，这不明摆着么，刘观水已经死了，遭受如此奇耻大辱的刘观水，不死也得死！我明白过来，原来这家伙是易名明志呢。

在卡西诺针对赌徒这个群体放高利贷，毫无疑问是一门高利润高风险营生了。有一次，他们团伙与摩洛哥人放高利贷团伙为争夺地盘，发生街头斗殴。刘观水奋不顾身追赶一位摩洛哥籍马仔，单枪匹马追出去好几条街。平日头目交代过的，不到万不得已不许开枪,枪一响则性质升级,警察闻讯赶来逮你没商量,日后这碗饭就吃不成啦。当天的确没到"万不得已"地步,对方疲于奔命,无招架之力,他们之间的关系等同于猫捉老鼠。猫把老鼠吓跑形成威慑力,效果就有了的。刘观水从未真枪实弹放过枪。枪塞在腰间沉甸甸的,无时无刻不提醒着他,你是一位拥有枪械的人,这是何等牛哄哄的一种感觉啊!刘观水将枪从裤腰里拔出,忙里偷闲瞟了一眼钢蓝色枪管,立马浑身是胆雄赳赳了。在他的自我感觉中,恍然间自个成了铁塔巨人,对方则比一只蝼蚁还要渺小。"铁塔"花大力气追赶"蝼蚁",成本太高了吧,拿牛刀割麦秆样的鸡脖子不划算吧……刘观水心想,何不一枪崩了这家伙省时省力啊?刘观水边跑边将子弹上膛,手一抖枪响了。刘观水耳朵嗡嗡作响,脑袋晕晕的找不着天南地北……冒青烟的枪支掉落在地上,捡起时手被着实烫了一下。刘观水不管烫手不烫手将枪塞进口袋——隔两层布,皮肉仍旧有热感。

稀里糊涂的一枪闯了祸。流弹将一位倚靠在墙角头闭目养神的流浪汉击中了——左边太阳穴进去,右边太阳穴出来——此兄塌了半张脸,血肉模糊一命呜呼。小团伙因此事,一夜之间鸟兽散。

刘观水投奔小团伙门下,醉翁之意不在酒,他并不是为了过挥金如土日子的。他的目的是想借这股势力摆平周山,报仇雪恨。头目阿龙曾经口头承诺过他,到时抽空去趟罗马。阿龙道,逮住了,你要割哪块肉就割哪块肉。刘观水咬牙切齿道,割耳朵！现在，西班牙街头巷尾到处张贴通缉令，他的大头照路人皆识；而那个阿龙，据说人已逃至非洲的乌干达。复仇无门，处境险恶——恰此时，刘观水得到一个可靠消息，有位叫张放鸣的人，威望极高，魄力超群，是位天然领袖人物。通过渠道他与张放鸣搭上了头。张放鸣没让他来罗马，说你犯了命案先在小地方避避风头吧。

日子动荡，又好久没给白面书生写信了。这天我趴在餐厅油腻腻餐桌上写信——刚落下"杨舜尧兄佳好"几字——刘观水从外头百米冲刺一般扑进来，说，这下子好了，女人来了！我心思在写信上头，没抬脸。刘观水重重一掌搭在我肩头，痛得我龇牙咧嘴，原子笔滚落桌下。我说，你手劲太大了，肩头拍肿了。刘观水道，你还唐僧肉哇……我对你说哎，那边餐馆过几日开业，招到一个雌的了！我说我要写封信，女人的事晚上吃酒再讲吧。刘观水道，对，女人是配酒菜，晚上的酒喝得爽喽。

我当时一门心思要写信，没多想。这么说吧，过去的刘观水，好察言观色有几分奸刁，不好色。那次偷渡途中，他对万俊的色情画册不离手和周山的见色眼开，很不以为然，嗤之以鼻。刘观水曾对我说道，一个男人好色，精气神涣散，那是干不成大事业的！刘观水的这种变化，是否与他混入黑道队伍有关联呢？在那类人群中，毕竟感官刺激是排在首位的了，刘观水掉入这口大染缸里，怕是难以做到出淤泥而不染吧。

我在信中说……这个地方，比汤碗大不了多少，具体叫什么地名我到现在没搞灵清，可能中国地图没翻译，归一个叫维琴察的城市管辖……这里的房子陈旧，小巷里头照不进太阳，车辆少、行人少。我们住的那截街路，没一棵树木，居民人家屋里种的花草稀稀拉拉，我们住的地方就更可怜了，只有一盆中国的小葱，烧面条放一点进去，就这么一点可怜的绿化了……同餐馆的老兄原先认识，一块偷渡出来的，喜欢喝酒，店里生意不好，很空闲，我们个个晚上喝点酒（小酒庄散装葡萄酒便宜，喝多了喉咙痛），吹吹牛。有家卖狗粮的小店，我们成了他的老主顾，老板看见我们眯眼笑，小店卖牛的下脚料，我们老家叫作烂三皮的，普通话叫牛杂，番人将牛杂煮到半生熟，当狗粮卖，便宜到白吃的地步，每天的下酒菜就是它了！

轮休日我去了一趟维琴察，这个城市不错，古建筑如古代的教堂有不少，可惜没人领我去，我看不出具体名堂。对了，维琴察这里有个美国兵营，马路上看到了许多美国兵，美国兵的气质非常棒，意大利人在他们面前倒是有点像乡下佬了。我去老乡餐馆，餐厅里有一半以上美国兵，当然是换了衣服的。美国人讲务实，听老乡说，他们经常拿部队配给的香烟和其他军需品来抵吃饭的钱，直接用美金结账的也有。美国人特别喜欢吃酸甜食品，喜欢吃中国的咕噜肉（这道菜我们老家没有，味道又酸又甜）。他们非常节俭，吃完后用面包擦盘子的汤汁吃，他们吃过的盘子可以当镜子，能照得见人影。

那天下班后，老乡朋友老婆从中国出来不久，他们两夫妻、我、另外一个到他这里玩的朋友一起去迪斯科舞场玩。车开了好长时间，椭圆形的迪斯科舞场建在一块空地上，周围都是庄稼地（能看见一秆秆的玉米）。音响震耳欲聋——我说的是在外面，离舞场一里路外，那音响就滚雷一样滚过来了，探照灯射在天空上，七八支交叉，颜色不同，不断变化，营造出一个五彩缤纷的世界……里头应该是频闪灯吧，如果穿白衬衫、白汗衣，那就白得逼人眼目，有透明感似的，说话根本听不见，靠打手势交流……这里头同样混杂了美国人，有个黑人美国兵，背带裤故意不扣上带子，像条尾巴一样拖在屁股后头，连意大利人都不敢这样子穿的，真酷！美国兵与意大利女孩面对面蹦迪，模拟性交动作，意大利女孩配合，兴奋地上蹿下跳……有位美国兵，白人，胳膊上文李小龙头像，他看我是中国人，用中文对我说功夫，竖大拇指。在国外，中国人最有名气的当数李小龙了，我亲眼看见一位番人家里张贴了李小龙的大头照。

　　返程起了大雾。这一带经常会大雾笼罩，进城时，前头出车祸，可能是雾大的缘故吧。老乡朋友过去了解回来说，是美国兵的车跟意大利当地人的车相撞了，人没事，车撞得七零八落。我们车子经过那儿时，雾气弥漫，看见美国宪兵与意大利警察在交谈，拉皮尺的有美国宪兵，也有意大利警察。朋友说美国兵出事故，本人不需要在场的，他们有自己的管理机构，只要电话打给宪兵队就是了。看来美国人是够霸道的啊……

　　"换了个人"的刘观水如热锅上蚂蚁，不厌其烦地问询老板女跑堂什么时候来。老板以不变应万变回答,该来的时候就来啰。

刘观水丢三落四,不是炒菜咸了就是忘记搁盐了。有一次他把酸辣汤倒在了一位胖女孩的裙子上。胖女孩脾气好,说没关系的。刘观水摸脑袋说,我给你洗吧,洗好烫好还给你。胖女孩问,现在能洗吗?女伴拉她衣摆说,现在怎么洗呀?刘观水只不过随口一说,没料到人家认真了。他说,现在能洗!胖女孩对女伴说,没关系的呀。刘观水顿时眼睛闪电,这真是因祸得福了哇!他小公鸡般围着女孩咕咕叫,暂且忘记了不晓得高矮胖瘦的女跑堂。

餐厅里就两位客人。脱下裙子的胖女孩落落大方,丝毫不躲躲闪闪。她看了一眼椅子,刘观水立马领会,三步并作两步去扯来一块餐巾布,严丝合缝地盖在椅垫上。胖女孩微笑着点点头,一张肥厚的屁股重新落座,照常吃喝。洗裙子的事落到我头上。刘观水交代道,别整条泡水里了,光洗那一块,熨斗搁在那边柜子里,洗好烫干、烫平整了哦。

餐馆生意不好,为节约成本,像洗餐桌布、烫餐桌布这类活就自个干了,所以这家餐馆里备有熨斗与烫衣板的。

我在水槽前搓那块斑渍,脑子里晃动胖女孩的两条大白腿,像有无数条虫子在心头蠕动,痒痒的。烫裙子时,我探头往餐厅看,刘观水与胖女孩头挨着头正谈笑甚欢呢。这样子心不在焉的,便把裙子给烫焦了。

我吓得半死，一时拿不定主意。

餐厅里传来一记清脆的甩耳光声，我一惊一乍，不过马上镇定了下来，大致清楚是怎么一回事了。我心想，天赐良机呐，赶紧趁乱把裙子还人家吧！我捧着裙子从小间走出，但见刘观水脸上印有红指印，表情不像哭不像笑，蛮狼狈相的。好脾气的胖女孩变成坏脾气，气势汹汹地从我手中掠去裙子，三下五除二穿上走人。

脸颊上巴掌印痕未消退——刘观水即干起盯梢老板的活（我简直不敢相信，此"洪建平"即彼"刘观水"吗？）。老板是一个头发花白小老头，自然不值得盯梢的，醉翁之意在乎山水也，刘观水盯梢他的目的在女跑堂身上。刘观水对我说，别看他快入土的人了，花心可重呢！女跑堂什么时候过来上班，本来是件寻常事。但老板偏守口如瓶，顾左右而言他，这就值得推敲了。刘观水生怕慢上半拍，让老板先下手为强了，岂不黄花菜凉哉！所以他要盯住他的行踪，随时掌握进展情况，以便及时实施措施和做出干预行动。

这天老板穿上樟脑丸味浓厚西装，扎上猩红领带，三节头半新旧皮鞋擦了一遍又一遍。刘观水心头一颤，料定今天戏开场了。老板来到菜市场，在鱼摊前讨价还价，花上半个钟头买下一截金黄色三文鱼、两只油光闪亮乌贼。这是绝无仅有的。刘观水心里骂道，老不死，平时连喂狗的牛杂都要老叔公自个掏腰包呢！

老板颠着碎步来到菜摊前，精挑细选了几棵芹菜、数根蒜苗、三个颜色鲜艳的红皮萝卜、一把沙拉菜。继而转到调味品商铺，要了一管芥末。刘观水断定，老不死要做生鱼片招待女跑堂了。

由洋快餐店改装的餐馆，不伦不类，塑料椅子非红即黄，明晃晃的扎眼，与中餐馆沉稳风格一点不搭。老板坐在红椅子上吃烟，眼睛飘浮在街面上，若有所思的神态。好菜即将上桌，他在充分享受这一刻的美妙时光呢。

女跑堂拖着拉杆箱，从袖珍火车站走出。老板小跑过去时差点绊倒，毕竟岁数不饶人哪。老板煞有介事地抻抻西装，挺胸凸肚，大人物似的与女跑堂握手寒暄，顺手接过了她的拉杆箱。

女跑堂长相大众，个子蛮高，比老板高出半个头。行至公园前小马路，老板欠欠身说，公园虽小，鸟语花香，树木葱茏，请问黄小姐，可否愿意歇下脚啊？

小环境确实说得过去。斜对过一簇无叶花朵开得正闹，呈现朝气蓬勃；长椅上方树枝间隙几只红喙白身的鸟在钻来钻去，叽叽喳喳。这叫黄巧灵的女跑堂说，还马马虎虎嘛……刚才车站过来，我都以为这里不是欧洲了呢。老板说，趁这儿有花有草，我给黄小姐拍几张照片如何啊？老板边说边从裤兜里摸出傻瓜机。黄巧灵说，你还随身带照相机的哇。老板脸潮红，说，这不……这不你黄小姐要来了么。黄巧灵起身往花坛走去，站下后略一停顿，她跑回从背包里取出墨镜戴上。老板摇头晃脑说，真像电影明星呢。黄巧灵说,老板你别给我戴高帽子了,我晓得自己有几斤几两的啦。

回长椅落座。

一滴花白色鸟粪落在老板花白色脑袋上。黄巧灵要不是亲眼看到鸟粪掉落下来,那是没法子分辨出老板头上的鸟粪的。黄巧灵脱口叫嚷道,老板别动!老板猛地打个激灵,立马一动未动,眼睛却不争气地眨个不停。黄巧灵从包里抽出手巾纸,小心翼翼地将他头上的鸟粪揩去。

黄巧灵说,老板回去要洗头了哦。老板说,本来,人被鸟屎拉了晦气……我反倒走运了哈。黄巧灵问,走什么运了?老板本想说"桃花运"的,终究觉着唐突了些,便卖萌说,你猜猜看。

黄巧灵打哈欠伸懒腰,说早上起早赶车,有点累。老板说,那我给你揉揉背吧,我前几年在海滩给番人做过按摩的,我们这叫什么,这叫团结友爱、互相帮助啦。黄巧灵侧过身子,老板一腿站立一腿跪在椅子上,有板有眼地替黄巧灵揉捏肩部、背部。

隐藏在橡树后头的刘观水,是可忍,孰不可忍,直冲过去喝道,把手放下!老板慢条斯理地问,上班时间,你怎么没在餐馆啊?黄巧灵问,这位先生是谁呀?老板道,我不是有两家餐馆么,这位是我另一家餐馆的工人。黄巧灵抬腕看眼手表说,这个钟点,确实是上班时间哦。刘观水急得原地打圈圈,口吐白沫,就是开不了口说话。

老板嘀咕道,真扫兴……我们走吧。说着拉黄巧灵起来。老板手没放下，仍捏住黄巧灵的手，两人并排往前走。

刘观水气得七孔冒烟。按他性子，倘若不给老板一拳头的话，起码得骂他个狗血喷头的。无奈人命案负在身上，他生生地将一口恶气吞下肚去。

一段日子后，有天黄巧灵问我，你们夜里为什么回来那么迟？我说，穷人穷开心啦，吃狗粮牛杂火锅呗。黄巧灵说，原来你们每天吃火锅呀，下次我也来！我说，你还用得着吃这些，老板不是隔三岔五请你下馆子么。黄巧灵贴近说，没有的啦，老板其实没钱的，又小气……我们的点心天天做番人面，说是红花面，就是倒点番茄酱搁点肉末，天天老套头难吃死了。我说，你们在一块，吃是次要的啦。黄巧灵拿蒜拳捶我，说，天底下可没老实人！

当天晚上，火锅刚刚滚开，传来敲门声。刘观水说，这个点了肯定是酒鬼，别理了。我问，你去开门还是我去开门？刘观水一愣，问什么意思？我说，你去开门吧。刘观水疑疑惑惑地走向门口。通过卷帘门空格子，他看见黄巧灵站在外头。刘观水不敢相信，揉了揉眼睛再看，没错，就是那娘们！刘观水提上卷帘门，双手架胸前问，请问黄小姐有何贵干呀？黄巧灵扑哧一声发笑道，演得不像。

喝了几杯烂酒，刘观水自我感觉有了。我去洗手间撒尿，他随后跟进，边撒尿边说，看来这娘们回心转意了……刚才，我摸她大腿了，里头不让我探进去……慢慢来吧，只要战场摆开了，上甘岭迟早的问题……迟早会攻下的。我抖抖物事说,今天上午在住家,她问我为什么回去晚,我说我们在店里吃火锅,她说她也要来吃。刘观水的尿颤动静蛮大,脑袋铃铛似的摇晃,小半泡尿水撒出了小便池外。

他追上问,你的意思……她是冲火锅来的?我说,说不定这是她的由头吧。刘观水大笑,拍我肩膀。黄巧灵高声问,你们俩干吗?刘观水答,向毛主席保证,我和吕璧不是同性恋啦。黄巧灵说同性恋也没关系,我原先就有个朋友同性恋的,是个女同性恋,其实平时都一样的。

坐下后,刘观水手伸去捉黄巧灵的手,被她一把甩开。黄巧灵说,小便不洗手,恶心不恶心哇!刘观水打着酒嗝问,你怎么……晓得我……没洗手?黄巧灵说,手干巴巴的。刘观水起身去洗手,丢话说,什么事……都瞒不过黄大小姐嘞。

第二天上班,刘观水问我,昨天晚上,黄巧灵那娘们,那话是怎么说来着的?昨天我酒有点多了,你把她的原话学一遍嘛。我模仿女人腔说,我明天晚上还要来吃火锅的哦。刘观水打了鸡血似的哈哈大笑,说你学得太像了,以假乱真……今天……今天不再吃狗粮了,今天吃海鲜!

临出门前,刘观水说,吃海鲜的事,你先别对黄巧灵说,我要给她一个惊喜!

刘观水提回一大袋海鲜,鱼类、虾类、蟹类、贝类皆有。刘观水说,为了吃那娘们的一两肉,老叔公手都挈直了。我说,钱也花费不少吧。刘观水说，钱么，世间挣钱世间用，生不带来死不带去，管它呢！我说，你到底是见过大钱的人，换作我把钱还是看得重的，钱不是万能的，但没有钱万万不能啊。刘观水说，本来好汉不提当年勇的，既然你提起……我对你说哎，当年在巴塞罗那，我们分钱都是一捆一捆分的，哪还数张数哇，都是你几捆他几捆，谁还拆开数呀！我问，那你的钱呢？刘观水说，我不是把人打死了么，逃命要紧啊……后来偷偷回去过，钱早已不知去向了。

午休逛街碰见黄巧灵。刘观水满面春风说，黄小姐，请你喝杯咖啡赏不赏脸呀。黄巧灵抬头看天，说，今天日头好，我要回去洗被单。刘观水说，不是有洗衣机么，扔进去就是了呀。黄巧灵说，不用板刷刷过怎么行。刘观水说，我洗被单很简单，泡上水倒进肥皂粉，扔进洗衣机，按钮一按自动滚动就得了呗。黄巧灵说，那样子洗不干净的了。刘观水说，我们的被单……画满了地图，不照样洗得干净。黄巧灵脑子没转弯，问，画什么地图？刘观水坏笑不答。我说，就是……就是打飞机的残留物了。黄巧灵道，我说嘛，天底下可没老实人。我说，我又不是榆木脑袋，我是个正常人呀。刘观水道，他吕璧老实（十），那我就是老九了。

一天里，刘观水皆如一枚小鱼欢乐地游来游去，哼不成调小曲，全身上下充盈弹性，活力四射。他不让我插手，连剖鱼这等吃力不讨好的活都不要我干。刘观水说，我要亲力亲为，一手打造出一顿丰盛的海鲜大宴！

时间过得特别慢。

偏偏平日没啥生意的周四，这天却拥入了几拨客人。一个从更为偏僻乡下过来的家庭，上有老下有小十多号人。这家人从未吃过中餐，稀奇得不得了，咋咋呼呼，少见多怪。老头、老太婆活脱脱一对"表情包"，挤眉弄眼，脸长脸短，形同顽童。他们打死没搞明白，中国人是怎样做到将意大利冰激凌包裹起放油锅里炸的。这道所谓的炸冰甜点，外皮金灿灿，咬上一口焦脆、喷香；里头则冰激凌仍旧为冰激凌，冰得人牙床生疼。这冰与火，神秘的中国人是采取何种巫术将其完美地组合在一块的啊。

客人散去。

本已准备就绪的，没花多大工夫刘观水即将七盘海鲜摆上，挺像那么回事。过十二点，黄巧灵人没来。刘观水问我，下午的时候，她不是说过一定来么？我说，她是这么说的……谁叫你要保密哇，如果她晓得今天吃海鲜……刘观水问，你的意思，她也有可能不会来？我说，吃牛杂和吃海鲜明摆着是两个档次嘛，一个天上龙肉、一个地下鼠肉……她要晓得是吃海鲜，怕早就脚底抹油跑过来了。刘观水脸部抽搐，肠子都悔青了。

刘观水推出脚踏车，说我去看看。

骑出没多远，由于心急火燎再加路灯暗淡，他的脚踏车与老板的脚踏车相撞上——坐后头的黄巧灵一屁股跌倒在小方石路面上。

众所周知，欧洲生产的脚踏车往往不设后座的。不过，这可难不住能工巧匠的老板哦。老板既然连餐馆的装修活都能自个揽下，这区区脚踏车后座，无非也就巧妙地安块木板了。老板属无车阶层，没法子带黄巧灵兜风的。那天黄巧灵见老板心灵手巧地给脚踏车安上后座，且美观大方别具情趣，她跃跃欲试地问，老板，什么时候能带我兜上一圈吗？老板心花怒放，说，本来就是为你量身打造的呀。

老板一脚踩脚踏车踏板、一脚支地说，对不起，晚上有几位客人老不走，客人是上帝又不好赶他们走嘛……所以就来晚了啊。刘观水恼怒得差点吐血，但他又有什么辙呢？冲上他脑门的是"不要脸"三字，说出口的是"没关系"三字。在地上直哼哼的黄巧灵嚷道，你们只管说话……小女子尾骨说不定震裂了哎……

刘观水请假三天去米兰。他对老板说的理由是表弟偷渡出来人在米兰，他得去接应。那日是周一，周二、周三、周四店里一般没多少生意，我一人能对付，老板同意了。

头天，刘观水对我交了底，他这次去米兰是购买蒙汗药。我说这不太好吧。刘观水气哼哼地说，这已经不是贪色的问题了，这娘们成心捉弄我，拿我当傻瓜，是对我智商和人格的侮辱……我不上了她对不起祖宗八代呐！

周五那日，刘观水没有如期归来。

我在餐厅屏风后头昏昏欲睡，听到响声便道，建平你回来了。此兄转到屏风后说,我确实叫建平,不过不姓洪姓顾。我问,洪建平呢?顾建平满面悲痛说,他死了……在米兰被人乱刀戳死的。我呼地站起,指着他鼻尖厉声嚷道,你……你……你他妈的胡说八道!

说起来,黄巧灵对刘观水是有意思、有念想的。她自以为是位武林高手,玩欲擒故纵的招数。黄巧灵怎么会瞧得上眼老板呢?老板的年纪跟她老爹有得一比。就算两人年龄匹配,老板那么猥琐的一个人,也是入不了她法眼的。刘观水见过世面,拿得起、放得下,视金钱如粪土,身上有股痞子气。这点对黄巧灵这类女人管用,具有一定的杀伤力。黄巧灵与老板周旋,假情虚意,无非是兴东作西,吊刘观水胃口。说她考验他的决心也行;说她刺激他的雄性荷尔蒙亦未必不可。总而言之,黄巧灵与刘观水之间,并非剃头担子一头热,两头都热的,只不过一头是明目张胆的热,一头是暗流涌动的热罢了。

听闻刘观水在米兰死于非命的消息后,黄巧灵几近崩溃。一个活蹦乱跳的人,怎么说没就没了呢……黄巧灵没有号啕大哭,但所流下的泪珠一滴是一滴,粒粒皆从胸腔里头溢出的珍珠泪哇。有那么片刻时间,她产生了错觉,好似整片天响起了雷,雷声大作,雷电交加,叫人惶惶然。

下班后,顾建平请黄巧灵去酒吧坐。顾建平说,他叫建平我也叫建平,你就拿我当个可依靠的哥吧。黄巧灵说,我想不通、我怎么也想不通,他怎么就……死了哇……黄巧灵终于没能忍住，啜泣开来。顾建平说，你放心，这个仇我会替他报的，以血偿血、以命偿命，我非千刀剐了那家伙不可！黄巧灵幽幽说道，这又有什么用，人死了，再怎样……他也不能复生了呀。顾建平道，正因为人死不能复生，你才要想开哦……现在，你不是有我这位哥哥了吗？

凌晨两时许，黄巧灵说，麻烦顾哥送我回去吧。顾建平说，今天晚上，我无论如何都不会让你一个人睡的，你太悲伤、太需要有人安慰了呀……干脆去我宾馆吧，我会整夜守着你，让你睡个安稳觉的。黄巧灵问，这样子……合适吗？顾建平道，如果我的心能掏出来，我绝对眼睛都不眨一下掏出的……这么对你说吧，我们两个建平，从穿开裆裤起就成猪肚肺了，比亲兄弟还要亲三分（其实两人刚认识不久，这家伙根本不晓得洪建平的真名叫刘观水）……现在一个建平走了，我这个建平在，这是我该负的责任啊，难道你就托不起我这个建平吗？

尚在去宾馆路上，黄巧灵即软弱无力地倚靠在顾建平身上了。顾建平搂住她腰，脸贴脸喁喁细语，春风化雨般营造出一片和谐、暧昧意境。

黄巧灵心房空荡荡。彼建平已驾鹤西去，此建平如及时雨般降临，一切的一切，既合乎情亦合乎理，浑然天成啊。

夜空洗过似的，星星全在眨眼。

顾建平问，你说的那个张放鸣，是个什么人？我说，你在米兰没听到过他名头？顾建平说，米兰与罗马两个地界，我还真没听说过这个人,听你口气,这姓张的三头六臂?我说,我劝你说话注意点分寸哦,见到你就明白了。顾建平问,那洪建平跟他关系怎么样,铁吗?我说,你说铁不铁,我在电话里一提头,他就要过来,不铁会这样吗?顾建平道,洪建平从没在我面前提到过他的。接着他再问,张放鸣他为什么要我留下来?我说,这不明摆着么,他的兄弟莫名其妙死了,你是知情人,他要摸底呗。顾建平摇头道,其实我了解的并不多,道听途说而已,我晓得的社会上都传开了的。

罗马过来的列车缓缓驶入站台。我丢了手中烟。顾建平猛吸两口后丢掉。万俊一马当先,向我们招手。披米黄色风衣的张放鸣随即出现。张放鸣益发有坯了,眼神散淡,烟灰色长围巾既潇洒又有派头。

进了傍近一家酒吧。

张放鸣开门见山问顾建平,你说他死前提到了兔子?顾建平点头道,是这样的。张放鸣问,兔子是一个帮派吗?顾建平说,我在米兰七个年头了,没听说过有这么一个帮派。张放鸣问,有绰号叫兔子的人吗?顾建平说这个我不太清楚,起码我认识的人里头没有叫兔子的人。

张放鸣道,等下去米兰,今晚有一趟车的……吕璧你也去。我说我要上班的呀。张放鸣道,辞掉好了。我说,可……我这个月工资没结算……临时辞工,老板他不会给工资的呀……万俊说,老大的话执行就是,太啰唆了。

我跟随万俊屁股后头走进米兰大西洋餐馆，跑堂笑纹已码上的，一见是中国人，晓得非来吃饭客人，笑纹瞬间抹平。避到角落的拖地跑堂提着一桶脏水出来重新拖地，其他跑堂各司其职。万俊嚷道，两个大活人进来，怎么连个招呼都没有哇！拖地跑堂说，请你们挪下脚好吗。我们往一边移了几步。拖地跑堂嚷，那边拖过的呀，又被你们踩脏了！万俊问，你要我们站哪儿？拖地跑堂说，这边呀，这边干的那边湿的，干的就是没拖过的湿的就是拖过的啊。万俊说，今天就由你们调排好了。在吧台洗杯子跑堂说，老板还没来上班，不好意思，请你们过半个钟头再来吧。万俊说我们不寻老板。洗杯跑堂问，那你们寻谁？我们都做不了主的。我问，你们店里有位叫朱苏荣的吗？理桌台的跑堂抬脸问，你们寻他？该不会又是问那件事吧。万俊问，你是他老婆对吗？理桌台跑堂没好气说，真是碰到大头鬼了哟……这个问那个问，光警察局就盘问了好几次，烦死人了！万俊道，你们住家出的事，人家问也是人之常情啦。理桌台跑堂说，房子又不是我们租下的，我们只不过在那里搭铺……再说那个人我们不认识，他是连晓敏朋友，为什么就老缠着我们两公婆问个不停哇！

叫朱苏荣的男人从厨房走出，说，我们晓得的都说过了，我们坦荡荡，没藏一句话，没添一句话。万俊道，等下午休，请你们俩夫妻喝杯咖啡吧。

大西洋餐馆离住家近。当天晚上朱苏荣两公婆回来最早。一推开门就闻到了浓烈的酒精味和血腥气。朱苏荣老婆径直去自个房间换浴衣。住的人多，热水不够用，趁其他人没回她要先去冲浴。朱苏荣鼻翼翕动，总觉得不对劲。这套房子内室设计别出心裁，设计师搞花样，但中看不中用，空气不对流，室内气味挥之不去。不过再怎样，酒气不会这么刺鼻的，况且，似乎还有血腥气呢。朱苏荣边翕动鼻翼边走向厨房。厨房灯亮着，吃饭桌上一碟花生米、一盘拍黄瓜、一盘卤味猪头肉，均已见盘底，所剩无几。地上一摊血，有个人满身血糊泥倒在地上……

张放鸣打断问，当时你没认出人？

大西洋餐馆二厨喘口气，将杯中咖啡倒入嘴里，说，我吓死了呀，哪敢上前辨认……再说，这位我后来才晓得名字的洪建平，本身我不认识的，他在我们那里住了两天，我们去上班他在睡觉，下班回来他已睡觉，两头碰不着，没照过面的……朱苏荣老婆道，我见过一面的，有天早上我去洗手间里面有人，我急着要赶班嘛，就敲门了，出来的人是他，眼睛还是半睡半醒的。

张放鸣问，那你认出来了吗？

朱苏荣老婆说，我倒是认出来了。

……厨房里有个人倒在血泊中，朱苏荣不用说惊慌失措了，他嚷嚷着往回跑，不好了，出人命了……厨房里有个人被杀了……朱苏荣老婆在浴间淋浴，听到擂门声，她老大不爽吼道，还让不让人洗澡哇，人家刚进来就乱敲门！朱苏荣大声叫道，有人死在厨房里了，你动作快点出来啊！

朱苏荣老婆比朱苏荣镇定，她穿着薄如蝉壳的浴衣来到厨房，拿手指放刘观水鼻子底下探了探，说还有气，赶快叫救护车吧！没等到救护车到来，刘观水即断气了。断气之前，刘观水睁开过眼睛，看着魂不守舍的朱苏荣两公婆说了两个字：兔子。

张放鸣问，他除了提到兔子，还提到其他没有？朱苏荣说，他说话那时喉管在咕噜咕噜冒血泡，就是还有别的话我也听不明白了。朱苏荣老婆道，我离他近，他就是说了兔子，边说边瞳孔就放大了……人死就如一溜烟似的，说散就散了。张放鸣问，那么他当时的表情呢？他是怎样一种表情，是痛苦？是无奈？特别是他的眼神，有没有那种含冤受屈的样子？朱苏荣老婆道，这恐怕有吧，反正他这样不明不白走了……换谁都不心甘情愿的啊。

顾建平摩拳擦掌道，这家伙逮着了，非把他割肉粒不可！

我收到一封信。

该信函从梁红玉投入邮筒至转到我手中，达大半年之久。信封边角已磨损，软塌塌的。拿刘观水"打铁人的卵袋荡来荡去"这糙话来形容——我走东窜西没个固定地址——梁红玉将信寄到陈岳生那里。陈岳生同样不晓得我人在何方，随手丢进了抽屉里。直到有一天他偶然碰到万俊，不知啥缘故提及了我。陈岳生问，你晓得吕璧人在哪里吗？过后陈岳生将信交托给万俊，此次万俊过来捎给了我。

信中，梁红玉将自己的情况简单扼要地提了一提。她在欧洲挖第一桶金的奋斗岁月里，老公在国内忙得不亦乐乎，花前月下，天南地北皆成了情爱、性爱的窝巢。几番欲死欲活淘汰赛后,他择定了一位面容姣好的年轻女子过起同居生活。当梁红玉身心疲惫、提了小半桶"金"回来之际,精心构筑的那个家已非港湾而成了"斗兽场"。几回合交手下来,梁红玉心灰意懒,严重失眠,神经几近错乱……她索性撒手了。现如今,她一个人过,在一家外资企业谋个差事。

梁红玉说,距离产生美呢,我现在倒是常会回想起你来的啊!她说,我过去对你的了解或者说对你们浙南一带人的了解很不够,总认为你们土气没文化、愚昧、落后、麻木、江湖习气浓厚,只知道像动物一样刨食,停滞在物质世界而架空精神世界,就连你们老乡之间那种不立字据凭证的把钱借来借去的行为,也被我理解成是一种落后时代遗留下来的产物,与现代文明强调的契约精神相去甚远。还有你们那种光宗耀祖的信念,衣锦还乡的虚荣心,也是叫人摸不着头脑的,让人生疑和觉得十分幼稚可笑……现在我想起你的样子,想起你的一言一行,想起你不常见的那张笑脸,不知道有多生动、多耐人寻味呢。你貌似木讷,实际上内心里头无比聪慧;你貌似微弱,实际上内心里头无比强大;你貌似粗枝大叶,实际上内心里头无比细致。而且,你有一颗金子般良善的心啊……怎么说呢,或许你和你的多数老乡身上均有这么一种情况吧,身份卑微,干着低等的活儿,不受人待见,却如路边的野草一样恣意生长,枝蔓铺开,长成蔚为壮观的森林……

梁红玉说,前段日子她出差温州,特意去了一趟青田。她说她去瓯江大桥、去华侨陈列馆大楼参观。当她了解到不管是大桥也好陈列馆也好，还有其他诸多公益事业，譬如乡村公路、中山中学，华侨饭店等等，大部分的资金均来源于海外青田华侨的捐款时，她的心触动了，甚至眼眶湿润了。梁红玉说，你们在海外过的是什么日子哟，颠沛流离都说轻便了，做牛做马算好的（总算有工打了嘛），那些钱是怎样赚来的我太清楚不过了，不说是血汗钱的话，至少是来之不易的，是靠牛劲马力赚来的，是从牙齿缝里节省下来的啊！

梁红玉说，我现在有点读懂你们这个群体了，你们是有家园的人（请注意，家园与家乡是两个概念哦），故乡的大树根系祖护着你们、保佑着你们，使得你们反哺故乡心甘情愿，义不容辞……实际上你们的精神世界一点儿不匮乏，反而是丰盈的、充实的、有所寄托的，心有所系那是莫大的幸福啊！在你们身上（当然了，也有不少例外的），既有传统意义上的忠孝理念，又有沿海地区或者说处于自生自灭状态下锤炼出来的灵活机动性和吃苦耐劳的品质吧，将这两者融合在一起，必定根基扎实顽强，枝繁叶茂了……听导游介绍说，青田银行的外汇储蓄额，在全国县一级排第一名。青田总人口六十多万，却有三十多万分布在世界一百二十多个国家和地区。看得出来，作为一个偏僻的山区小县城，你们青田的街道市容房屋建筑，和人们的穿衣品位都是不错的，导游小妹说，青田华侨的历史可追溯到清末民初（天哪，那么早！当初你们的祖先们是怎样做到远涉重洋的呢？导游说最早一批是穿越天寒地冻的西伯利亚出去的,我无法想象!我想起你曾说过,你的祖父年轻时去过法国和日本等国家,他那个时代应该已是乘远洋轮了吧)……导游小妹还说,青田是欧洲的一块小飞地,许多衣服、用品都是直接从国外带回来的,新潮得很。我去酒吧坐了坐,没料到在这里能喝到地道的意大利浓咖和卡布奇诺,能吃到地道的西班牙哈蒙、萨拉咪。这繁华的街市和当地人的富裕小日子,哪一样离得开青田华侨这个群体啊……哦对了,我还要表扬上你两句,这么说吧,你身上具有一种安静的力量,平凡的力量,正因为不显山露水,脚踏实地,其坚韧的毅力才是不可摧毁的啊……

在信中,梁红玉揭示了她与我之间的关系性质。她说虽然咱们有过美好的片刻时光,但终究此等关系是不符合伦理道德的,必须斩断。梁红玉说,我由衷地祝愿你走出青年人的误区,与一位心仪的美少女喜结良缘啊。

信的结尾她说,咱们相忘于江湖,留个念想吧!

在乌迪内茉莉花餐馆吃茶时,搁桌上的手机骤响。当年手机这玩意儿刚作兴,属奢侈品,平头百姓没条件拿的。张放鸣接起喂了一声,查小楂便说你把座机号码告诉对方吧。查小楂搬来座机,让张放鸣通过座机接听电话。

电话是顾建平打来的。他说米兰这两天兔子满天飞,好几家店被抢劫了,有独狼,有成群结队兔子帮,已经是兔子的天下了!张放鸣问,有具体凭证吗?顾建平道,我有个朋友,两公婆开打包店的,昨天晚上,店关门前,他老婆在收款机前数钞票,昨天不是星期天么,店里有点生意做的……我朋友和工人在厨房搞卫生,听到他老婆尖叫一声,他赶紧快步出来,头刚探出,那管枪对准他了,厨房没后门,我朋友没法出去,那位工人是个愣头青,拿起菜刀要冲出去拼,被我朋友硬拦住了,人家手中有枪,冲出去还不是白送死……他老婆吓得脸色铁青,可能吓呆掉了,面对枪口不晓得把钱交出……那个人头上套女人丝袜,露出两个眼珠,刚开始他们认为是番人打劫,因头看不见嘛,后来那人说中国话了,说自己是犯下人命案的兔子,杀一个是杀,杀多几个人也是杀……他见我朋友老婆没动静,从袋里摸出一块木牌拍在吧台上,一面写替天行道,一面写兔子,用电烙铁烫上的,可惜这块木牌我朋友报警后被警察收走了,如果在,我是想把它拿来给你看的,钱没损失,我朋友老婆吓昏了头脑,真的是用命换来的钱呐……

查小楂咕哝道,这人说话噜哩叭苏,好在打的是座机呢。

收线后张放鸣说,万俊你今天去米兰,顾建平这人不可太信,就别叫他了,你和天民、伟民两兄弟联系,他们那儿有家伙,抓个"兔子"看看,到底是怎么一回事。

查小楂笑道,这事够荒唐的。

张放鸣问,怎么说?

查小楂道,光凭你弟兄死前说的兔子,怎么就判定兔子是个人或是个帮派呢?太想当然了吧。

张放鸣道,依你说,我犯了方向性错误?

查小楂点上烟说,这个我可不敢说,你这么自信的人,有主见有思路,我只是觉得哪儿不对嘛。

张放鸣道,你尽管说。

查小楂道,女流之辈,可能看问题会……不上纲上线一些吧,我在猜想,那兔子是不是一道菜?他们那天吃酒的配酒菜中有兔子肉吗?

张放鸣大笑,说女人与男人真是两类脑袋、两种思维方式啊!

晚上张放鸣与查小楂去剧院看歌剧。临行前张放鸣顺便问一句我,一块去么?我说,我连中国京剧都看不懂的人,就不装蒜看什么意大利歌剧了。查小楂对兰须交代说,吕璧在这里,你要招待好哦。兰须甜甜一笑说,请老板放心。

以往到人家店里,进餐时间是绝对不允许坐餐厅里的。要么帮忙干活,要么在外面无头苍蝇似的兜圈子,要么待在哪个角落头里。今天的情形迥然有别。跑堂领班兰须小姐将我安排在一个闹中取静、靠窗边能观赏城市夜景的位置上。一对小情侣,许是这里的常客吧,进门来直奔这头,一看已有人在座,不免露出失望神色。我如坐针毡,对兰须说,我坐那边去吧……影响生意不好。兰须笑吟吟说,吕先生没事的了,你是我们老板最重要贵客,应该坐最好的位置啦,要不老板会责备我没招待好的哦。

空闲下来,兰须端了个高脚杯过来坐下。兰须说,按规矩上班时间我是不能饮酒的,看吕先生孤单,我就豁出去舍命陪君子啰。我这人上不了台面,人家随口说几句客气话,便窘迫得面红耳赤,不晓得怎样应对了。兰须轻声细语道,吕先生,我们走一个吧。我将端起的酒杯重新放下,把酒倒满。兰须说,你见外了呀……其实喝红酒,是不可以满杯的哦。我说,那我先喝一半,再与你碰杯。兰须道,吕先生好实在、好诚恳哟。

兰须身上有股好闻气味,暗香浮动。她俯身问,在想什么啊?我答非所问说,我这人不太会说话。兰须给彼此倒上酒,用意大利语说了句干杯,再喝一杯。我终于想到一句话,问,你的姓名,有点奇怪哎。兰须偏头问,奇怪吗?我说,一个人的名字,怎么会叫兰花的根须哇。兰须扑哧一笑,说,没想到我的名字还有这么一种解读呢……其实啊,我的名字很简单,我爸姓兰,我妈姓须,生个女儿叫兰须,这么解释,你就不会觉得奇怪了吧。我问,真有人姓兰?兰须点头。我问,还有姓须的?兰须点头。我睁大眼睛说,还是觉得奇怪。兰须被逗乐,笑得很开心。

兰须问,《上海滩》你看过吗?我说,听人提起过。兰须道,我不晓得看过多少遍录像了,每次看都感动,心里头长了翅膀似的,人飘飘然飞起来……你说,张哥像不像许文强呀?我摇头说,我没看过录像,没比较,不晓得的。兰须道,你要看的,我们住家有录像带,你看了就晓得了,张哥就是活生生的许文强,查姐么,就是活生生的冯程程,他们两位郎才女貌,太天设地合了啊!

　　大致经过是这样的,万俊在张放鸣面前提起比萨有个台湾女人,和他所有见过的女人都不一样,不像凡间女子。张放鸣自然没当回事。有一次张放鸣和万俊陪同欧洲其他国家来的朋友去比萨游玩,凑巧碰见了查小楂。查小楂的确是个尤物,初看一眼不咋地,细细一品,她身上具有一种凛冽的美。但是!绝非高处不胜寒意思了。春风引渡,大地微微暖气吹,她身上介入了万丈红尘透逸出来的内涵与底蕴,散发出既落寞又高蹈的奇妙混合气韵。

　　说句坦率的话,漂亮的女人万万千,但能驾驭得了张放鸣的,或者说与之混搭养眼、和谐的,该类女人还真不容易寻觅。张放鸣上辈子修的缘,天意安排他在比萨斜塔的塔基旁与查小楂不期然相遇上了。万俊喜出望外嚷道,老大,这位就是查小楂!实际上,万俊的话已纯属多余——他们两人的四目,在第一时间便交织交融于一体,嘈杂声退避三舍,周遭太虚一般,天幕上涸出一片玫瑰红的色彩。

　　板上钉钉的事——张放鸣的另一半非查小楂莫属也。

　　查小楂原先餐馆被其母收走,刘光坐上老板交椅,一副小人得志嘴脸。张放鸣说,找地儿另开一家吧。查小楂说,我已经在乌迪内盘下了店铺。

　　杨舜尧兄佳好!

　　我现在人在乌迪内(具体原因以后详谈),这座城市在意大利东北部,是座以生产椅子出名的城市。听说这里生产的椅子远销全世界,椅子质量好,花样多,很有名头的。进城路口上,竖着一张大椅子碑,大椅子有多少大,怕你猜都不猜不到呢,五层楼那么高!这是城市标志……这个城市有个电影节,刚好被我碰上了,叫远东电影节,所放的电影都是亚洲一带的,白天放正常的电影,应该叫艺术片吧,晚上午夜后放鬼片、三级片。我过去不晓得什么叫鬼片,现在搞明白了,看了叫人心惊胆战。我胆子算大的,有天凌晨看了一部日本鬼片后从电影院出来,走着走着,突然发现周围没人了!出来时人不少,拐到另一条马路时人也还有,可突然那些人就无影无踪。这还不打紧,问题是离我五十米光景吧,传来了清脆的嘚嘚声,有个女人,长头发,走在前头。灯光不甚亮,树木黑压压的,我一个人走在路上都有点提心吊胆,一个单身女人怎么敢走?问题是她什么时候出现的?鬼片里头就是个长发女鬼,含冤屈而死,化作了鬼,报仇雪耻,眼前这女鬼是针对我的吗?我有做过对不起天理良心的事吗?我真是吓死了啊……到了一家通宵营业的麦当劳店前,看见人了,那个女人才消失掉……我住在这里的茉莉花餐馆员工宿舍,我拿出钥匙正要插入锁孔时,门是开着的,扑了个空,一个黑乎乎的门洞,我又大吃一惊,这门从来都是关着的,而且三更半夜更不会开在那里了,可现在门偏偏就开着!进去等电梯下来时,我脖子冷飕飕的,生怕身后有人拿刀抹我脖子,惊悚极了……虚惊一场,事情原委到现在还稀里糊涂……这段日子,虽说吃香的喝辣的，人五人六（原因以后详谈），可我不踏实呢，人如离开了地面，很恍惚，像梦里头。我这种人，还是愿意靠劳动吃饭的，经受不起别人的抬举，像是毛毛虫在火里烤一样，不自在……

当年南斯拉夫正在打仗，鸡飞蛋打，其结果是南斯拉夫分成了好几个小国家。

这天我跟张放鸣和查小楂驱车前往当年的南斯拉夫——如今的斯洛文尼亚。查小楂对这一带地形滚瓜烂熟，她在边境城市绕来绕去便绕出了境。这座边境小城，一半属于意大利，一半属于南斯拉夫，以一条大马路为界。边防设有检查哨卡，查小楂晓得田螺的内底弯，很容易避开的。

在维琴察附近的袖珍小镇，张放鸣问起过那管枪的事。当时我说枪埋在比萨没带过来。万俊严肃说，人在哪里枪就应该在哪里，这是行规。我说就在意大利，用时去拿不碍事的，要不我这就过去拿来？张放鸣说，没那个必要了，过几天去南斯拉夫弄几管来，那边仗打得一塌糊涂，有许多枪械流落到了民间。

这次来南斯拉夫便是为弄枪的事了。查小楂这边有个熟人，经常跑她餐馆吃饭的一位食客，那人在电话中对她说，枪械应有尽有。

广阔的田野上头一幢孤零零的屋子。路为土道，下过雨缘故，泥泞不堪。查小楂座驾底盘低，几度陷入烂泥坑。有一回轮胎擦出火花冒起蓝烟，散发阵阵橡胶的糊焦味，车子仍如蜗牛般趴在坑里。我深一脚浅一脚跑到葡萄园里，寻来两块木板垫轮胎底下,这头"病牛"才随了吼声挣扎出来。临近看,屋子并非古堡类建筑物,就一普通不过的农舍,墙体粗糙,门窗笨拙,花木没修剪胡乱疯长。

军火商贩的长相倒是眉清目秀,油头滑脑。他说这房子的主人从祖父辈起,在这里居住了三代,废弃好多年了。军火商贩说,任何人都认为这是座空房子,又远离公路,做仓库最合适了。地面一层,简单粉刷过,摆有桌椅、酒柜之类。一位面白唇红番人囡给每人倒上一杯白兰地。军火商贩说,糟糕的天气,喝杯白兰地暖和一下吧。

地下室,过去是农民贮藏葡萄酒的地方,现在排列着长枪短枪。张放鸣军校出身,看见枪械比见到女人胴体还兴奋三分,眼睛发绿光。他托起一管枪做瞄准状,爱不释手的样子。张放鸣说,我要是南斯拉夫人,肯定也会拉起队伍打游击的。一个男人,一辈子温吞水一样活着,真是无奈啊!查小楂向他投去敬佩目光,举止迟钝,人都傻乎乎了。

回返乌迪内,万俊已先一步到。万俊说昨天夜里,他们在一家中餐馆捉到一个活口,撕下丝袜一看,天民、伟民认得的,属鸡鸣狗盗之辈。那人承认,走投无路的他听闻"兔子"具有威慑力,便借此名号出来趁火打劫了。说完万俊将一块正反面烙有"替天行道"与"兔子"的木片扔在桌面上。张放鸣道,水太浑,浑水摸鱼的人又多,我看我们还是先回罗马吧。

到罗马后,我干起挈卖行当。

这天我走下地铁站,地铁车龙从黑咕隆咚的隧道里驶出,缓缓停下。随人流上车后,我忽然看见兰须从扶梯上下来。我转身要下来,可来不及了,地铁已启动往隧道钻,我拼命向兰须招手,遗憾的是她没朝我这头看……下一站我立马下车,调头乘回去,兰须已不在站台。我是真急了,在站台来回穿梭,臆想奇迹能够发生……站台乃是非之地,平日经过这里,我往往是眼观八方,动作敏捷,早一秒钟离开早一秒钟安全。可今天晕头涨脑,明明警察迎面过来却是浑然不觉,甚至还撞到了他们身上。挈卖这行当,扰乱市场偷税漏税,警察自然是要干涉的。同时,警察也晓得像这类小商小贩,除了蚊蝇一样满天飞看着碍眼外,对社会是没有多大危害的。所以通常情况下警察们大多会睁只眼闭只眼,放小贩们一条生路。然而今天的我不识好歹,竟直接撞到了他们身上,这就不能不管一管了。两位巡警大喝一声:站住!我转身一看是警察,条件反射般拔腿即跑。警察佯装追赶,其实也就跑了两步路,玩猫捉老鼠游戏而已。可作为"老鼠"的我,哪敢掉以轻心哇,拼了老命奔跑,耳畔风声呼啦啦响,偏偏劣质牛仔双肩包这个时刻断了带子,一大袋小商品滚落在了地铁的踏阶上。

这一天的我,心里空落落的,垂头丧气。倒不是说地铁站窜逃一幕有多狼狈相,也非散落在地铁口的一袋小商品使得我有多心疼,凡此种种,身处异国他乡讨生活的我已是习以为常,过眼云烟罢了。我是被那个"兰须"的人影子给带住了,一闪而过,瞬息即逝，俨然一场白日梦。我没料到，她在我心中会占有如此重的分量，以至于那一刻的心跳如擂鼓，事过境迁后一副丢魂落魄的熊样。

我乘巴士去了河边。

张放鸣的装修队，眼下在河边一艘淘汰的游轮上搞装修。

罗马有位侨领去瑞典访亲探友，人家领他去停泊于河畔的船上吃饭。在船上用餐，水波荡漾微风轻拂，心旷神怡自是别有一番情趣在心头了。吃的不是饭，已然是心境。侨领脑子好使，模仿力强，他回罗马后买来一条废游轮，将之拖至罗马市中心地段的河道上，意欲把它打造成一艘画舫式酒楼——届时这罗马的河道就成秦淮河了，夜夜歌舞升平呐！

张放鸣的装修队，虽说业务水平尚可，但离打造画舫式酒楼的水准还是有一大截距离。但侨领能不给张放鸣面子么？侨领非但要给张放鸣面子——从人际圈来说，他还想利用这个途径拉拢、巴结这个团伙的。

我从马路下到河堤，勾着脑袋走到游轮一侧。万俊作为小头目，在船头跷着二郎腿吃烟。万俊仰脸问，今天是什么风把你吹来的哇？我说倒霉运遭遇警察了。万俊道，你这叫自作自受，我真想不通哎，为什么你就不愿意和我们一块干？！

游轮如同一条吃剩的鱼架，被剔得到处是鱼骨头。唯有酒吧与船长室暂且原封未动。酒吧留着，可供饮酒作乐；船长室为张放鸣卧室。张放鸣道，我军校毕业，阴差阳错没当过一天指挥官……这船长室能留几天是几天,算是过过指挥官的干瘾吧!

　　游轮酒吧里的酒水,百分之一百过期了的,番人懒得搬走。他们这伙人进场后,犹如老鼠掉入了米缸,每天都有个把人喝到醉倒。万俊请我在吧台高脚凳落座,问,你要喝哪种酒?我说来瓶啤酒吧。万俊道,真是乡巴佬一个呢,你除了会说啤酒、葡萄酒、威士忌、白兰地,还会说什么酒?我对你说,番人酒的品种绝对是超出你的想象力的,从颜色来讲,红黄蓝白棕黑绿都有……从口味来讲,酸甜苦辣涩咸……有一种酒冰凉,不是放冰箱里冰冻后的冰凉哦,直接倒杯里喝下去,从嘴巴冰到肚子里,连肠子都冰透彻了。我说,这些稀奇古怪的酒我喝不来。万俊道,你没试过,怎么晓得不好喝?你这人就这毛病,前怕狼后怕虎,对新鲜事物麻木不仁……今天我调一款鸡尾酒给你喝,保证你喝了咂嘴巴。

　　我问,放鸣呢?万俊道,你以后不要开口闭口放鸣、放鸣的了,换作别人这么乱叫,我早一记钩拳击碎他下巴骨了。我说,我不是圈外的么,称呼他老大合适吗?万俊道,你要搞清楚哦,没有老大罩着你日子有这么好过?再说了,老大对你可不薄哦。我承认,他对我是好。万俊道,你叫声老大就这么难?我说那不会啊,老大人去哪了?万俊说去乌迪内了。我问,又去买枪了?万俊道,接查小楂。我问,查小楂要来罗马?她来罗马店怎么办?万俊道,在旷世之恋面前,区区一家餐馆充其量只能算一根葱呗。我口干舌燥,故作轻松状问,她那店里的领班兰须……

来罗马了是吧？万俊认真看我一眼，你打听她干吗？我说顺口问啦。万俊道，我都知难而退了，你该不会癞蛤蟆梦想吃天鹅肉吧？

万俊调的所谓鸡尾酒难喝得要命，简直算是喝药汤。万俊道，我提个问题让你回答，你开动脑筋想一想，我们的枪会藏放在哪里？我说，反正不会放在船上的。万俊问，那放在哪里？你该不会说像你那样埋在地下吧？我说我外行，就别挖苦我了呀。万俊道，你话说重了，我们同一天出国又一道出山的人，怎么会挖苦呢……他手指河堤一排树木，说你看见树上的鸟窝了吗？我问，用到时来得及爬树吗？万俊道，有梯子呀，万无一失的。

万俊续说道，光有枪还不行，一盘散沙成不了气候……我对你说，你可千万不要说出去……我说，那你还是不要说了吧。万俊推了一把我说，你的脾性我不晓得，难道我对你还信不过哇……我们成立组织了，喝过血酒，名称叫作鹤道会，光章程就有十一项，像"三大纪律八项注意"一样，我们要做到严格要求自己。老大说了，我们远离祖国，在番人的国家谋生计，难免会遭受到欺负的……这里指的是广大侨民哦，我们要对他们起到保护作用……这个阶段，有东欧来的团伙，专门打劫中国人的卖散车，我们已经策划了，要好好教训他们一顿！

在罗马当年的那块荒地，我跟陈岳生学开车。陈岳生表扬我道，你车感不错，有个三五天练习下来，买本驾照可以上路了。陈岳生鸟枪换炮，由沿街挈卖的贩夫走卒上升到手握方向盘开卖散车的人了。我学他样也买了辆二手房车,准备吃这碗饭。练习结束两人去一家中国点心店,吃碗手拉面喝瓶啤酒。陈岳生道,你提起过的那个"兔子"案件已经破案了。我手一哆嗦泼出杯中酒,急问,你哪得来的消息?陈岳生道,番人报纸上登出来了,翠花儿子认得意大利文,他把报纸里头的详细情况对我说了一通。

那天晚上,顾建平提了酒与猪头肉到刘观水住的地方喝酒。中国人租的房子暖气管路照样切断,里面温度比外面温度仅高两三度。天气寒冷,两人穿着臃肿的羽绒服喝酒(指明这点很重要)。酒喝高后,两人为一个芝麻粒大小问题发生争执。这个小问题围绕着《龟兔赛跑》展开,顾建平说乌龟就是比兔子跑得快,书上就是这么说的!刘观水说,书胡编乱造,天底下哪有乌龟比兔子跑得快的道理?兔子一蹦三尺远,乌龟半天挪动不了半尺路,真是骗死人不用偿命哎!顾建平说,你没看过书,太自以为是了,书中这么说,是有它的道理的,里头有机关有障碍物的你晓得啵……刘观水打断他话说,编书的人为了骗钱,什么花招不玩……我才懒得看呢,我是按生活经验来的,实践胜于雄辩,理论要联系实际,这句话谁说来着?反正理就是这么个理嘛。

两人争论的同时,酒照喝不误。随着酒精的愈来愈活跃,口头争论升级到了动手层面。两人颤巍巍地扶墙而立,你推我一下,我揉你一把……跌倒了重新爬起,继续你推我一下,我揉你一把,嘻嘻哈哈乐此不疲。口中的话语亦精简了,一个说,乌龟……跑得快；一个说，兔子……跑得快。

有个回合顾建平发力重些，刘观水摔倒在放砧板的台子下面。刘观水花九牛二虎之力撑起，随手操起砧板上的刀说，拳头不好玩，我们玩刀吧。说着他用番人尖头厨刀刺向顾建平。顾建平舞着手说，不算……不算……你……你耍赖……我……我还没……拿刀啊。刘观水说，好的……这把……这把……先给你……比赛……比赛要讲……公平的。刘观水将手中刀递给顾建平，自个从砧板上拿起另一把刀。两人皆身穿厚棉袄，又处于烂醉如泥状态，刺出去的刀轻飘飘的毫无力度——故此，双方的羽绒服被戳成马蜂窝状，皮肉却丁点未有伤及。

轮到顾建平动刀时，由于重心不稳，他一个踉跄扑向刘观水，手里的刀扎中了他的脖颈动脉，如高强压水管瀑破，鲜血乱箭般喷射出来……

是晚米兰大雨滂沱，抹去了户外的痕迹。

顾建平昏天黑地睡了一觉。醒来后他想不起是咋回事，在哪喝的酒？又是怎么回来的？完全断了片。

听闻刘观水被人杀死的消息后，顾建平那掩蔽在脑子沟壑里的记忆依稀浮现了出来。朋友被自己在醉酒状态下刺死，顾建平的心情无疑是悲痛与沉重的。他连抽了自己几个耳光，头撞墙上撞出血星子。

接下来的一系列行为是在何种心理支配下的——顾建平自己都摸不着头脑。

众人化繁从简，认定他是个心理变态的狂妄症者。

顾建平打着"兔子"旗号兴风作浪，内心里头获得了极大的满足感。这"满足感"反过来又驱使他不断地制造出动静，获取更多更强烈的满足感。水边走多了被警方逮住，经由指纹比对，此人正是凶手。

XII 你要把这段经历写成书哦

罗马·一场西方式的决斗 / 我们的家：大篷车

张放鸣：华人黑帮大佬，查小楂的恋人

兰须：查小楂手下领班

周山：吕璧同乡，开卖散车的，刁蛮霸道

万俊：吕璧同乡，张放鸣马仔

伍靖年：留日留学生，蛇头，发迹不明的老板

陈岳生：开卖散车的，孙翠花的相好

有天赶集回返罗马，路过河边我停车下来。回住家的路好几条，无意识中我走了这条傍河的道。从路面下到河堤，兰须那张白净的脸蛋浮现出来，九九归一，还是被这娘们牵扯住了哇。

残阳如血，河流通红。张放鸣戴墨镜，查小楂没戴墨镜，两人在船长室外头小甲板喝红酒。我登舷梯刚冒出脑袋，张放鸣即问，今天回来这么早？我拖椅子坐下，说今天集市离得近。查小楂问，开卖散车辛苦不辛苦？我说辛苦，但比较自由吧。张放鸣道，别看吕璧闷头闷脑的，实际上他是个特别有主见的人哦。我不响。查小楂道，我早就发现他比较内秀的。我赶紧摇头说，不是的……我这人纪律性差，还是单独干活的好。张放鸣道，人各有志，我尊重你的选择。

吃过一块牛排，喝下两杯酒，胆子壮了一些。我问，那个兰须，她来罗马了是吧？查小楂道，没有呀，她现在给我管店呢。我说，可前段日子，我在地铁站看见她的，当时我上了车，等我回到那个地铁站，寻不见她了。张放鸣毕竟老手，他说人家是日有所思夜有所梦，你怕是夜有所思日有所梦吧，你说看见过兰须，百分之百是个白日梦啦。查小楂笑道，你们两人该不会是心有灵犀一点通吧，有次兰须问我，那个吕璧他来乌迪内了？我还说她青天白日怎么说起梦话来了呢……你对我们兰须是不是有意思了啊？我嘀咕道，没有……张放鸣说，什么时候你给兰须放几天假，叫她来罗马玩嘛。

兰须抵达罗马的第二日，恰好是鹤道会对东欧抢劫团伙实施打击方案的日子。

有必要介绍一下卖散车及当时的有关情况。卖散车，一般由二手房车改成，里头吃喝拉撒、睡觉冲澡等设施齐全。卖散车车轮滚滚带来了商机与利润，哪里有集市、有生意，它的身影便出现在哪里。一年到头，卖散车基本上处于跑动状态，运动是绝对的，静止是相对的。这样一来，卖散车在荒郊野外过夜的事是再寻常不过的。来自东欧一些国家的闲散人员，正是看中了这一点，干起了打劫中国人卖散车的勾当。卖散车上现金多，满载货物，可谓是一头步履蹒跚的肥猫了，除劫财外，有时甚至连带劫色。对开卖散车的广大侨胞来说，该团伙的危害性极大。

由于所设的点多人手不够——张放鸣叫我参与行动。他对我讲大道理，此事匹夫有责，你作为卖散车主，虽未遭受抢劫，但避得了初一能避得了十五么？不狠狠地打击抢劫团伙的猖獗气焰，每一位卖散车主遭殃的事迟早是要发生的，所以必须要把他们的势头遏制住！

兰须认为这是一件好玩的事，她说吕璧，我也和你一块去打埋伏仗！

我说，不行，张哥晓得了我的脑袋会被他骂到肚子里去的。

兰须说，责任我自个负，张哥听查姐的，查姐晓得我这人好奇心强会原谅我的啦。

虽说带上她明摆着是多了一个累赘，且有一定的危险性——但是，顺水推舟显然是我所乐意接受的事了。

在夜幕掩盖下,我们驱车去了指定地点。那是荒郊野外的一处树林子,作为"诱饵"的卖散车泊于林中空地。另三人中的一位是叫女人名字的陈莉,他作为这个小组的组长发号施令道,迅速分散开来,隐蔽到四只角儿的灌木丛后头去。

是晚天高月小,能见度不清晰,或者可以说能见度很差,人如掉进烂泥潭,所见物什皆成团成糊状。好在白色的卖散车依稀可辨,形同一头灰色大象席地而坐。

兰须贴近我耳旁用气声说,只在电影里看过的镜头,今天我体验到了,既紧张又兴奋……我嘘一声示意她别说话。兰须眼珠子晶亮,身子微微颤抖,气息如兰。

这真是一种如痴如醉、如梦如幻的感受啊!

我们趴在干燥柔软的树叶上,手握着手。

兰须煞有介事地眼睛盯在空地的卖散车上,保持高度的警惕性。我晓得这个时辰尚早,不会有啥事的,就只管近距离地瞧她的脸庞,猛吸从她身上散发出来的好闻气味。渐渐地便有些把控不住,脑袋情不自禁地靠将过去贴住了她脸颊。兰须果决地揉开我说,不可以越界哦。这样来瓢冷水也好,我倒是顷刻间平静了下来,不再那么火烧火燎般地难受了。

时间过得很慢,时间又过得很快,很奇妙的一种感觉。

一只蚊子叮在兰须脸上,她拍出一声响亮的巴掌。我用气声说,千万别弄出动静啊。兰须说,我被蚊虫咬了,你带风油精了吗?我说带是带了,但按照纪律不允许搽抹的噢。兰须问,为什么?我说,风油精气味太刺鼻,怕引起打劫的家伙警觉呢。兰须说,明白了,我要以邱少云为榜样!

微风拂过,飘来了风油精气味。看来,有人忍受不住破坏纪律了。我摸出一只小瓶装的风油精递给兰须,说,既然人家开了头,你也搽抹上吧。兰须说,这样不好,几只蚊虫比起燃烧弹算不了什么的。兰须执意不肯搽抹风油精——我从双肩包里取出一条毛巾毯子让她捂头上。兰须问,你没被蚊虫咬?我说我脸肿如斗了。兰须说,你一声没吭,比我坚强多了⋯⋯你也钻进来吧。我头拱进毛巾毯子时不小心碰到了她的脸,兰须说,没关系的。我趁机拿舌尖舔了下她脸,兰须说,这个不可以哦。这娘们还真是个童心未泯的有趣之人呐。

凌晨过后,夜头两三点钟,睡眠生物钟信号尤其强烈,困得要命。我头颅重如铜锤,捣臼似的捣个不停,眼皮机关失灵,睁开两秒即耷拉下来。万般无奈之下,我拿风油精抹在鼻子底下、太阳穴上,人醒索了一半。许是风油精的气味钻进兰须鼻腔了吧,她睁开眼睛说,你⋯⋯怎么可以破坏纪律呢。我说,差点睡过去了,抹一点有效果。兰须问,刚才⋯⋯我是不是睡着了?我说,你长身子的年龄段,睡会儿天经地义的。兰须说,我和你同岁好不好⋯⋯刚才没发生情况吧?我说,按时辰来看,该要来了。

我从包里取出一样东西,兰须问,什么物什?我说,火箭筒。兰须眼睛一亮,问,火箭筒?上次去南斯拉夫连这种重武器都采购来了？我说，不是的，是我土法上马制造出来的。兰须眼珠子更为明亮一些，真的假的哇，你会制造军工产品？我说，只是个放鞭炮的筒了，吓唬吓唬人的。

  这物什两尺见长，铁管子上焊个把柄，塞入普通鞭炮，点上导火索即能发射出去。我是做着玩的，被张放鸣看见后他说，这个好，既不会出人命，又能形成强大的震慑力！于是他让人做了一批，分发给每人携带上。

  三条黑影飘然而至。第一步砸开驾驶室窗玻璃；第二步凶神恶煞大叫大嚷；第三步……没等他们实施第三步，我用烟屁股点燃鞭炮导火索，随之射出一缕火光，爆炸声中火星子飞溅，映照出三张惊慌失措的白脸。另外三只角紧随其后，从不同方向射出三条金黄色火龙，爆炸声接二连三……三位人高马大的东欧白人方寸大乱，哇啦哇啦，鬼哭狼嚎，抱头鼠窜，眨眼间没了踪影。

  这一幕，使得兰须对我既钦佩又热情似火。她说，我奖励你！说完给了我一个潮湿的热吻。我还想要，兰须说，不可以得寸进尺的啦。

  兰须说，卖散车这名称太土气了。我说，就是个谋生工具了，要那么洋气干吗。兰须说，工作也好，生活也罢，最好还是有点浪漫色彩吧。我说，有钱赚才是硬道理，其他都是次要的了。兰须说，人活着的意义，就是做自己喜欢做的事情，你喜欢干这行，觉得天高任鸟飞，水深任鱼跃，那么在名称上何不赋予……我想到了,叫它大篷车怎么样?一路流浪,一路有情节、有故事进展,多么令人向往的一种生活方式啊!

正聊得忘乎所以,车子与对过开来的车子发生刮擦。我从车上跳下,对方从车上跳下——真是冤家路窄呢——熊腰虎背的男人不是别人,周山也。周山瞪圆牛卵大眼珠子道,原来是你?!我欠了欠身子说,周山哥,对不起我赔。周山道,明明是我走你的道了,干吗要你赔?我说,小钱了,无所谓的。周山道,发大财了是啵,看你牛逼哄哄的。我明白在这鸟人面前说什么话都是自找羞辱,干脆闭嘴不响。周山慢悠悠说道,我批准你来罗马了?还开起卖散车了嗨,要和我抢饭碗是啵?

我不搭腔。

这可把兰须急死了,她从车上跳下说,吕璧,你干吗低三下四,对于这种蛮不讲理的人,你要奋起反击啊!周山睨视一眼兰须说,你从哪里冒出来的?在罗马地界从未见过哦。兰须嚷道,你算老几,还罗马地界呢,罗马是你的?!周山浮上坏笑道,一张桃花脸,长得倒是水嫩水嫩的。兰须杏眼怒睁吼道,臭流氓!周山脸挂不住了,捋起袖子。我焦急万分大声喊道,你想干吗!周山做出一个抹耳朵手势,说,你懂的哦,老叔公给你一个面子,叫这娘们识相点!我拉扯兰须回车里。她又急又愤怒嚷道,吕璧你让我失望……你为什么就不拿出发射火箭筒的勇气来啊……周山讪笑道,火箭筒?这个男人会有火箭筒?这个男人顶多有根螺丝钉而已了……我使出吃奶力气连推带抱将兰须弄上了车。她气得脸色煞白,全身筛糠似的抖个不停。

一路上兰须没拿正脸瞧我,气鼓鼓的。我说兰须,别生气了好么,身体是自己的,气坏了不好。兰须铿锵有力说,我鄙视你!我说,跟他那种人有什么气好生哇,横行的螃蟹一只,不值得了。兰须说,我不生他的气,我生你的气,你今天的懦夫行为,让我看清楚了你懦弱的本质!我说,也许这是一种锻炼啦。兰须厉声问,什么锻炼?我说,锻炼自己的肚量,看到底能撑开多大尺度了。兰须一听再度来气,锻炼你个头!说话间她的手无意碰到坐垫一侧的物什,拿起打开包布一看——她怒不可遏嚷道,原来你车上有枪,吕璧你有枪为什么要怕那家伙?你为什么不一枪毙了那家伙啊!枪就是那管枪。前段日子我前往比萨取回交还张放鸣,他说,现在开卖散车不太平,你留着防身用吧。

兰须见我没吱声,再问,你有枪怕他什么?难道你就是这么一个胆小如鼠的人?我说,你不认为一旦动用枪支,便是下策了么。兰须问,那你把枪带在车上干吗?我故弄玄虚道,你慢慢想呗。

有关周山与万俊于某月某日举行比赛的消息在华人圈传开。比赛什么呢?比赛摸耳朵。众人觉得这个比赛太搞笑了,太滑稽了,太无厘头了,叫人不笑翻都难呢。

比赛当日,天高云淡,望断南飞雁。此等气候条件,举办户外活动真是再适宜不过了。地点必须得偏僻,徒步走是没法子抵达的，限于距离缘故，前来观赛的人数并不太多，百把人光景吧。树林子里的一块荒草地，隔了密密匝匝的树木，在这里头杀年猪或锣鼓喧天什么的——外头的人压根听闻不见啥动静。购买旧游轮的神秘老板今天露脸了——原来是那位当年在匈牙利与奥地利边境干偷渡行当、后与西西里岛巴勒莫老板娘麻稻菽有一腿的留日留学生伍靖年！这位十八变的家伙和两位满脸横肉的侨界翘楚人士做评委；担任裁判一职的是位瘦筋筋中年男人。有认识他的人嘀咕道，裁判是我小学的体育老师哈。

一张长条桌摆在荒草地一侧中间位置，伍靖年居中，五福园老板坐左首，春草园老板坐右首。按规矩论，坐左首的要比坐右首的位高那么半个级别。在众人眼目中，两位皆是肥头大耳胖子而已了。

小学体育老师自来欧洲后，不是在餐馆里刷盘子揉面，便是在衣工场里踏缝纫机剪线头，久未干老本行了。茵茵青草地的操场，他可是在梦境中相遇过无数趟的，这是一块割舍不掉的地皮，魂牵梦萦啊！今天重返绿草地——虽说是一块不规则的荒草地，但他已寻到当年的感觉，身轻如燕了。小学体育老师穿一套鲜艳的天蓝色运动服，白球鞋，脖子上悬挂不锈钢哨子，一副踌躇满志神态。他吹响嘹亮的哨子绕场一周，吆喝道，往后退，往后退，比赛马上就要开始了，我们要给运动员留下足够的场地，比赛不是开玩笑的噢！有人说，不就是摸耳朵么，让运动员来摸我耳朵好了。其他几位发出水鸡过烂田的浪笑声。小学体育老师正色道，当真摸到你耳朵，怕哭都来不及了！

万俊先到，短衫短裤装束。他在场地上翻筋斗、爆发式冲刺短跑、弹跳，做热身运动。周山迟迟未露面。众人议论纷纷道，毕竟是师傅呢，用不着跟徒弟一样提早来。有人道，别说师傅与徒弟的关系了，光凭胚架，周山如铁塔，这万俊顶多称得上是吊铁葫芦的三脚架吧……胜负还不一目了然。有知情者说，万俊这两年一直在练，周山没练，说不定青出于蓝而胜于蓝呢。

周山到场，牛仔裤弹力背心，同样白球鞋。周山喜好穿弹力背心，显得格外有型。万俊跑过去与周山握手寒暄。周山道，好久没活动筋骨了，你可要留一手哦。万俊拱手道，周山哥这么说，我可要折寿的了。小学体育老师端来一瓶天晓得由什么元素兑成的红水，既不黏稠亦不稀薄，关键是既不会凝固也不会轻易流动，实在是神了。双方手上抹了这等"神水"后，形同沾满鲜血的刽子手。

谁人耳朵上红颜色多——傻瓜都晓得必定是输方了。

十分钟便见了分晓。

万俊的两只耳朵红通通的，如同端午节用茜草煮染的红壳蛋；周山仅一只耳朵划了一抹红。万俊拱手道，周山哥，万俊甘拜下风。周山道，这赤手空拳，发挥不出水平的了。万俊道，周山哥水平已经超常发挥了，我哪怕有一百只耳朵也已落地了呀。周山道，我的意思是……你留了一手。万俊摇头道，我已使出浑身解数，就这点本事了。周山道，瞒不了我的。

三位评委站起从桌子后头走出来。伍靖年双手托面锦旗,其他两位大领导范儿慢条斯理鼓掌。三人款步而至。伍靖年有板有眼地将锦旗递给周山,说,祝贺啊周先生,你是当之无愧的冠军,赢得理直气壮!五福园老板道,今天的比赛,大饱眼福哪,虽说眼花缭乱看不太清楚,看的还真叫过瘾呢。春草园老板卖弄文藻道,波浪壮阔,流光溢彩,气贯长虹,出神入化,此乃绝美之舞蹈艺术啊!

周山将锦旗丢在了地上,吐口痰说,戏就不用演下去了吧。

全场愕然。

周山道,接下去,玩真的。

全场骚动。

伍靖年脸色发青说道,那怎么可以……友谊第一,比赛第二,我们这是为了丰富广大侨胞的业余生活呀……如动真格,那可是要致残的啊!

周山道,一山难容二虎,有人明里暗里要制服我,我周山心里青天铜镜一样清楚……怎么说呢,我不比是个败局,比输了,老叔公痛快!

围观的人群中有三位满面通红的人,分别为陈岳生、孙翠花及她儿子詹军。

有次陈岳生对我说,周山那个狗生儿,勾引糟蹋了翠花的囡詹媚呢!

作为男人,周山无疑雄性荷尔蒙爆棚,这对于某类不谙世事的小女生来说，极具杀伤力。孙翠花女儿詹媚上了周山的床后，最为愤怒的人并非孙翠花，倒是陈岳生，差点没脑溢血丧命。陈岳生牙关咬得咯咯响对我说，你评评理看，那个狗生儿割了我耳朵，欠我十辈子还不清的深仇大恨……翠花的囡虽则不是我生的，但日子长了是有感情的啊，我在心目中早已把她当自己的囡了……却被那个狗生儿睡了！

陈岳生口吐白沫道，周山这个害群之马，如果得不到惩罚，天理不容呐！

此时的陈岳生，撩起自个的长头发，将那片酱油肉似的耳窟窿朝向场地中央，像青铜铸的英雄雕塑一样一动不动。孙翠花则扭动胯部，肥硕的屁股如同一台碾米机，她双手一会儿叉腰一会儿打起水波浪形拍子。詹军尽力挂长舌头，眼白朝天翻，吊死鬼一个。

这等小伎俩——老狐狸周山才不会为此分心呢。

犹如吃了鞭子的陀螺，两人自成方圆旋转开来，难分彼此，整个儿揉捏作了一团光影。众人屏声静气，眼睛如同电灯泡般大个、明亮。众人的脑袋，一只只西葫芦似的齐刷刷跟着"光影"移来移去。

两支烟工夫，只听"光影"里头传出一记啊声，俨然石破天惊。

戛然而止。死一般沉寂。

一线血水从周山耳根滴下，落在他的白球鞋上，宛若桃花朵朵开。

陈岳生兴奋至极,箭般扑进赛场,满地找耳朵,未见踪影。他抬头一瞧,耳朵依旧支棱在周山的大头上呢!陈岳生歇斯底里嚷道,为什么、为什么没割下耳朵……不是说定要把耳朵拿去喂狗的么……万俊像是刚醒过神来的样子,忙不迭地向周山拱手道,对不起了周山哥,我、我失手了,请包涵哇……周山罕见地现出了窘态,低声道,万俊你……手下留情了。紧接着,周山仰天长啸,张放鸣,老叔公他妈的服你啊!

兰须说,大篷车在广阔无垠的大地上奔驰,风和日丽,莺飞草长,湛蓝的洋面上波光潋滟,远方的古堡高耸峰巅,气象万千,自由飞翔啊……

兰须并非光会动嘴皮子的小文青一枚,她不怕苦不怕累,极具韧劲,每日里搬货摆摊子,吃喝做买卖一样不落。兰须做的菜过得去,谈不上厨艺如何了得,清爽还是蛮清爽的。

三四样小菜端上折叠小桌子。

兰须问,晚上喝红的吗?

我说,口有点干,喝啤的吧。

我给白面书生写信道,我现在的日子,车轮滚滚四处奔波,起早贪黑蓬头垢面,小商贩一个。收入蛮不错的,一天的营业额能装满一纸板箱呢,当然都是零碎散钱了,前来购买中国小商品的人,家庭妇女居多,白发苍苍老人居多,中国小商品价廉物不美，冒牌货多不耐用，贪小便宜的人愿意上当。零碎钱脏兮兮的，把我数得手抽筋，我同样能获得土财主的享受，一纸板箱的钱呐，看着叫人心花怒放，用橡皮筋一捆捆扎起来，沉甸甸的叫人心里踏实。一天里最舒心的要数收摊后了，开着大篷车寻找风景优美的地方过夜，有时在古色古香的古城，有时在百鸟啁啾的林间草地，有时在镜子一样平静的海的边岸上。有一次，我把大篷车开到亿万富翁的别墅附近过夜，说白了他们所能呼吸到的空气我们一样呼吸，他们眼中看见的景色与我们看见的景色一模一样，但我们是零开支啊。夕阳西下，熏风习习，我们支上折叠式椅子、折叠式桌子吃晚饭，红酒一杯，三菜一汤，别提多爽快了……兰须脑袋凑过来问，给谁写信？我说，老家一位有文化的朋友，在文化馆工作的。兰须看了一眼我的信文说，你信写得蛮好的，有一种朴实美呢。我说，胡乱写的，想到哪写到哪，我朋友批评我太不讲究文采和章节了，没有主题思想，说我信马由缰埋头拉车跑到底……兰须问，他的信你有保留吗？我说有，而且我写给他的信也有保留。兰须问，这是怎么回事？我说，我每次写信，都抄了一份呀，在欧洲业余生活太枯燥了，我有时候就把信拿出来读一读，好打发日子。兰须问，这么说来，这些信件都在？

一直到半夜三更，兰须方读罢一大摞我与白面书生的信函。她红肿着眼圈说，你的经历丰富多彩，虽谈不上跌宕起伏刀光剑影，但足已引人入胜了……我对你提个建议，你要把这段经历写成书哦。我自然直摇头，我说我连信都写的丢三落四，白话连篇，语句不通顺，不痴心妄想了。兰须说，按你目前的水平当然不行，但我认为你对生活的还原能力挺强的，对生活的记忆力与捕捉力也挺不错，感性思维发达，这些是一个人的文学先天元素哦，只要后天加强学习训练，我看你能行！

我恬不知耻说道，就算写，那也要等到不愁吃不愁穿的日子啦，到那时告老还乡回到老家，最好是待在一个山清水秀的地方吧，再作计较呗。

2019年6月毕于仁庄卫生院
2020年3月至5月修改于仁庄卫生院